光尘
LUXOPUS

消失的另一半

The Vanishing Half

[美]布里特·本尼特 著
程玺 译

北京联合出版公司

给我的家人

目 录

第一部 / 001
消失的双胞胎—1968
1 归来：只一半 / 003
2 德西蕾 / 033
3 寻人 / 056

第二部 / 079
地图—1978
4 突如其来的黑色女孩 / 081
5 里斯与裘德 / 102
6 身体 / 122

第三部 / 143
心弦—1968
7 新邻居 / 145
8 朋友 / 162
9 没有过去的人 / 182

第四部 / 203
剧场后门—1982
10 重遇 / 205
11 史黛拉 / 220
12 相见 / 236
13 谜一般的母亲 / 245

第五部 / 265
太平洋湾—1985/1988
14 表姐妹 / 267
15 肯尼迪 / 287

第六部 / 307
地点—1986
16 归来：另一半 / 309
17 再出发 / 335

第一部

消失的双胞胎

1968

1

归来：只一半

那天早晨，失踪的双胞胎中的一位返回了马拉德，卢·勒邦冲进小餐馆宣布了这个消息。时隔多年，人们依然记得那天卢推门而入时的冲击感，他满头大汗，领口浸湿，胸膛起伏。大约十位睡眼惺忪的客人一窝蜂涌向勒邦，后来有更多人谎称在场，只为了塑造亲历过这一激动场面的假象。这座农场小镇从未发生过什么让人吃惊的事，至少自维涅家的双胞胎消失以来，小镇一直风平浪静。一九六八年四月的那个早晨，上班路上的卢发现德西蕾·维涅提着一只小皮箱，走在帕特里奇路上。她还是十六岁消失时的样子，还是那么白，肤色像潮湿的沙子。他看着她单薄的身躯，想起强风吹拂的枝杈。她步子很急，低着头——讲到这里，卢喘了口气，吊起大家的胃口——她牵着一个小女孩，七八岁，黑得像沥青。

"黑不溜秋,"他说,"像直接从非洲飞来的。"

接着,卢氏蛋屋各处掀起了十几场对话。厨师质疑他见到的不是德西蕾本人,因为到五月,卢就六十岁了,但他一直嫌戴眼镜丢人。服务员说他不会认错,瞎子也不会认错维涅家的姑娘,而且绝不会有人把双胞胎中的另一个认成德西蕾。客人们把玉米粥和蛋留在吧台,也不关心维涅家的姑娘了,满脑子都是那个黑孩子,她从哪儿蹦出来的?可能是德西蕾的吗?

"还能是谁的?"卢说着从纸巾盒里抽出几张纸,擦着额头的汗。

"说不定是领养的孤儿。"

"我就纳闷,德西蕾怎么能生出这么黑的孩子。"

"你觉得德西蕾会是领养孤儿的人吗?"

当然不是。她是个自私鬼。多数人如果对德西蕾还有印象,除了自私,应该也想不起什么了。双胞胎消失了十四年,快赶上她们离开时的年纪了。她们在创始人节的舞会后消失,当晚她们的母亲就睡在门厅旁。前一天,双胞胎还挤在卫生间的镜子前,四个一模一样的女孩抓着头发。第二天就人去床空,史黛拉的那边整洁依旧,德西蕾的那边凌乱如常。镇上的人找了她们一上午,在林子里呼唤她们的名字,幻想着她们是否被上天选中。两人的消失就像被提升天[1]一样猝不及防,而留下的马拉德人都是罪人。

当然,真相非关罪恶,也无涉神秘。双胞胎很快在新奥尔良现身,

---

[1] 被提升天(Rapture),基督教名词,指耶稣再临时将基督徒从人间带入天国而不必经历死亡。——编者注

她们只是两个逃避责任的自私女孩而已。她们不会去太久的，城市生活终会让她们厌倦。等耗尽了金钱和怨恨，她们自会像小狗一样，循着味儿回到妈妈的臂弯。但两人却一去不返。一年后，两姐妹分道扬镳，同一颗卵子孕育的两人就此天各一方。史黛拉过上了白人的生活，德西蕾嫁了个她能找到的最黑的黑人。

现在，她回来了，天晓得为了什么。也许想家了吧。走了这么多年，也许想妈妈了，或者想显摆一下她的黑女儿。马拉德没人嫁给深肤色的人。虽然也没人背井离乡，但德西蕾早破了那条戒。可嫁给深肤色的人，拖着黑不溜秋的孩子招摇过市，实在得寸进尺。

卢氏蛋屋的人群已经散去，厨师戴着发罩打盹，服务员在桌上数硬币，身穿连体工作服的男人们喝着咖啡，准备去炼油厂上班。卢靠着脏兮兮的窗户，望着窗外的马路。他觉得应该给阿黛尔·维涅打个电话，总不能让她被自己的女儿吓到吧，她经受得已经太多。德西蕾回来了，还带着个黑孩子。老天爷。他把手伸向电话。

"你觉得她们会留下来吗？"厨师问道。

"谁知道？她一副急匆匆的样子，"卢说，"不知在急什么。看见我过去，也不挥手，也不打招呼。"

"趾高气扬。她有什么可趾高气扬的？"

"好家伙，"卢说，"没见过黑成那样的孩子。"

这座小镇有些奇怪。

"马拉德"的字面意思是绿头鸭，即一种生活在稻田或沼泽的鸭子。和其他小镇一样，这座小镇也是创意先于地点的。创意由阿方斯·德屈尔于一八四八年构想，当时，他正站在从他的父亲手中继承的甘蔗田里。父亲去世后收获自由身的德屈尔看着大片土地，渴望建功立业，流芳百世。他想为自己这样的人——永远不被当成白人，但又拒绝被视为黑人的人——建一座小镇，即第三种场所。他已故的母亲始终不喜欢他的浅肤色：儿时，母亲曾推他到阳光下，求他晒黑。也许就在那时，他萌生了建这样一座小镇的梦想。和所有付出巨大代价继承的东西一样，浅肤色是一件孤独的礼物。他娶了一位肤色更浅的黑白混血儿。当时，她怀上了他们的第一个孩子，他想象着子孙后代的肤色越来越浅，像一杯咖啡，被奶油一点一点稀释。更完美的黑鬼，每代人的肤色都比前代人浅。

很快，更多人纷至沓来。很快，创意与场所融为了不可分割的一体，马拉德的事也传遍了圣朗德里教区。黑人们窃窃私语，暗自惊叹。白人们不敢相信真有这样一座小镇。一九三八年，圣凯瑟琳教堂落成，教区安排了一位来自都柏林的年轻教士履职，教士抵达后，坚信自己来错了地方。主教不是说马拉德是一座黑人小镇吗？街上走的都是什么人呢？肤色浅淡，有人金发，有人红发，最黑的也不及希腊人黑。难道在美国这样就算黑人吗？这样就让白人避之不及吗？他们怎么分得出来呢？

维涅家的双胞胎出生时，阿方斯·德屈尔早已离世。他的重重重孙女们继承了他的遗产，至于这是否符合她们的心意，就很难说了。德西蕾觉得这些事都跟自己无关，每次创始人节的野餐会前，她总是牢骚满腹；每次在学校听到创始人的名字，她总会翻起白眼。双胞胎消失后，这些传统仍然保持着。德西蕾从不想成为这座小镇的一员，哪怕这是她天生的权利。她觉得她能像拂去搭在肩上的手一样拂去历史。你可以逃离一座小镇，但你无法逃离血脉。不知为何，维涅家的双胞胎相信她们两样都能做到。

如果阿方斯·德屈尔有机会漫步在他曾经想象的这座小镇上，他一定会被眼前的重重重孙女惊呆。双胞胎女孩，奶油色皮肤，浅褐色眼睛，波浪状长发。他一定会瞠目结舌。孩子们都比父辈更完美一点，还有什么比这更奇妙的呢？

维涅家的双胞胎消失于1954年8月14日，创始人节舞会的次日。人们后来才反应过来，她们的逃离蓄谋已久。作为双胞胎中更聪明的一个，史黛拉应该能预料到，那天小镇的人一定顾不上她们。白天，人们会聚在广场上参加漫长的烧烤活动，屠夫威利·李会熏烤一架架的肋骨、牛胸肉和香肠。然后，镇长方特诺特会发表讲话，卡瓦诺神父会为众生祈福。此时，孩子们早已坐立难安，趁父母祈祷的当口，偷吃盘子里的脆鸡皮。人们会伴着庆祝活动的乐队演奏，度过一个漫长的下午。晚上的压台活动是学校体育馆的舞会，会上大人们喝了太多三一蒂埃里朗姆酒，然后歪歪扭扭走上回家的路，在体育馆的几个小时软化了他们对待后生晚辈的态度。

换作任何别的日子，萨尔·德拉福斯都可能透过窗户看到两个女孩在月光下的身影，阿黛尔·维涅也会听到地板的嘎吱声，甚至卢·勒邦也可能在关门时透过小餐馆脏兮兮的玻璃窗看见这对双胞胎。但在创始人节，卢氏蛋屋会早早打烊，突然生龙活虎的萨尔也早早和老婆温存去了。几杯朗姆酒下肚后，阿黛尔已鼾声连连，梦中正和丈夫在返校舞会上相拥而舞呢。没人察觉到双胞胎鬼鬼祟祟的行动，一切都正中她们下怀。

这其实不是史黛拉的主意，在那个夏天的最后时光，决定在野餐会后出逃的是德西蕾。这也不足为奇。多年来，她不是逢人便说自己已经等不及要离开了吗？史黛拉是她的主要倾诉对象，她以一种习惯了各种痴心妄想的耐心，纵容着德西蕾的倾诉。对史黛拉而言，离开马拉德就像飞往中国一样纯属异想天开。虽然技术上可以实现，但不表示她就敢幻想自己付诸这样的行动。但德西蕾永远在幻想离开这座农场小镇后的生活。双胞胎在奥珀卢瑟斯的五分钱影院看《罗马假日》时，一群无聊的黑人小孩在二楼吵吵闹闹，向下方的白人扔爆米花，因此使她几乎听不见电影台词。但她仍紧靠栏杆，目不转睛地盯着银幕，幻想着自己飞上云端，飞往遥远的巴黎或罗马。但实际上，她连两小时车程外的新奥尔良都没去过。

"外面等着你的只有野蛮。"她母亲总这么说，当然，这只会让德西蕾更心怀憧憬。一年前，双胞胎认识的一个名叫法拉·蒂博多的女孩逃去了新奥尔良，一切似乎轻而易举。法拉只比她们大一岁，既然她能做到，这事会有多难？德西蕾想象着自己如何逃往城市，成为一名演员。她这一生只在九年级时主演过一部《罗密欧与朱丽叶》，当她登上舞台中心时，有那么一瞬间，她感到马拉德或许并非美国最沉闷的小镇。同学们为她欢呼，史黛拉留在体育馆的暗影里，德西蕾觉得她仿佛不再是双胞胎中的一个，不再是一个不完整组合的一半，她只是她自己。但第二年，在争夺《第十二夜》的薇奥拉一角时，她败给了镇长女儿，因为镇长在最后一刻敲定了给学校的捐款。当玛丽·卢·方特诺特笑容满面地向观众挥手时，德西蕾在舞台侧翼生了一晚上闷气，她对史黛拉说，她等不及要离开马拉德了。

"你总这么说。"史黛拉说。

"因为我总这么想。"

事实并非如此。她并没有那么讨厌马拉德，她只是受不了这里的小，让她有种身陷囹圄的感觉。她从生下来就走在同样的土路上；她在课桌背面刻上了自己名字的首字母缩写，那些课桌是她母亲用过的，未来，她的孩子也会用，并会亲手触摸这些粗糙的刻痕。整个学校都在同一栋楼里，所有年级一起上学，升入马拉德高中也只是去走廊对面继续读书而已，不会有更上一层楼的感觉。但如果不是所有人都对浅肤色执迷不悟，她或许还能忍受。比如，西尔·吉约里和杰克·理查德会在理发店争论谁的太太肤色更白；比如她母亲会对着她大喊大叫，让她戴上帽子；人们还会相信一些莫名其妙的事，比如怀孕时喝咖啡或吃巧克力会让宝宝变黑。他父亲的肤色很浅，清冷的早晨，她会翻过他的胳膊，看上面的青色血管。可当那些白人来抓他时，这些都变得毫无意义，既然那样的事会发生，她如何还能在意肤色深浅呢？

她几乎想不起他了，这让她有点害怕。他去世前的日子似乎成了一个别人口中的故事。那时，她母亲不必早早起床去白人家打扫卫生，也不必周末接更多洗衣服的活儿,在客厅挂满交错的晾衣绳。双胞胎过去喜欢在那些床单被套间玩捉迷藏,后来,德西蕾认识到这是件丢人的事,因为家里到处是陌生人的脏东西。

"如果真这么想,你应该行动起来。"史黛拉说。

她一向这么务实。每个周日晚上,史黛拉都会熨好一周的衣服,德西蕾则是起床后才匆匆翻出一件干净衣服穿上,并匆匆完成压在书包底下的作业。史黛拉喜欢上学。自幼儿园以来,她的算术成绩一直出类拔萃,高中二年级时,贝尔顿老师甚至让她给低年级学生代过几堂课。老师还送了她一本自己在斯佩尔曼学院读书时的微积分教材,史黛拉一连几周都在床上钻研那本书,钻研各种奇怪的形状和括号里的长字符串。有一次德西蕾拿起来翻了翻,里面的公式像古文天书,而史黛拉一把夺回,仿佛德西蕾多看几眼都是对那本书的亵渎。

史黛拉希望有一天能成为马拉德高中的教师。但德西蕾畅想她自己在马拉德的未来时,生活似乎会永远一成不变,她总感觉如鲠在喉。而每当她说起要离开,史黛拉总是不愿搭腔。

"我们不能离开妈妈。"史黛拉总这么说,德西蕾也总会识相地闭上嘴。"妈妈已经失去了太多"是永远不必说出的后半句话。

十年级的最后一天,母亲下班后宣布,双胞胎秋天就不用回去上学了。她说她们上的学已经够多,她轻轻坐进沙发,放松她的腿脚,说她需要她们出去工作。当时,十六岁的双胞胎惊呆了,虽然史黛拉应该注意到了,最近家里的账单越来越多,德西蕾也应该纳闷,为什么短短一个月里,母亲就两次让她去方特诺特店里赊更多账。尽管如此，当母亲弯腰松鞋带时，两个女孩仍相对无言。史黛拉看上去如遭当头一棒。

"但我可以一边工作，一边上学，"史黛拉说，"我会想办法的……"

"亲爱的，你不能，"她妈妈说，"你白天都得待在那儿。你们知道的，如果不是实在没办法，我也不会让你们辍学。"

"我知道，可是……"

"南希·贝尔顿都让你代课了。你还要学什么呢？"

她帮她们找好了工作，去奥珀卢瑟斯的一户人家打扫卫生，从隔天一早开始。德西蕾讨厌帮妈妈打扫卫生。要她把手伸进脏兮兮的洗碗池，要她弯腰洗拖把，她知道自己的手指有朝一日也会因为洗白人的衣服而变肥变糙。但她至少不用再考试了，至少不用再学习和背诵了，也不用再去上那些无聊至极的课了。现在，她是个大人了。生活终于能扬帆起航了。但双胞胎准备晚饭时，史黛拉始终阴沉着脸，一言不发地冲洗胡萝卜。

"我想……"她说，"我只是想……"

她想有一天能上大学，当然，最好能去斯佩尔曼，或哈佛，或其他好大学。史黛拉撇下她独自去亚特兰大或华盛顿特区，一想到这个，德西蕾便会惴惴不安。从这个角度说，她松了一口气。现在史黛拉没法抛下她了。话虽如此，她也不想见妹妹难过。

"你还可以去呀，"德西蕾说，"我是说以后。"

"怎么去？你必须读完高中。"

"嗯，那就读完嘛。去上夜校什么的，很快就读完了，你这么厉害。"

史黛拉又不说话了，默默切胡萝卜，准备炖汤。她知道妈妈有多不容易，她不可能违抗妈妈的意志。心烦意乱中，刀口一滑，她切到了手。

"该死！"她轻声诅咒，吓到了一旁的德西蕾。史黛拉几乎从不说粗口，尤其在妈妈可能听到的地方。她放下刀，血从食指渗出，德西蕾来不及多想，抓起史黛拉流血的手指就塞进了嘴里，仿佛回到了小时候，德西蕾吸着史黛拉的手指，史黛拉哭个不停。她知道她们已经长大了，但她还是含着史黛拉的手指，品尝着她金属味道的鲜血。史黛拉无声地望着她，泪水盈眶，但没流下来。

"恶心。"史黛拉说，但她没有抽走手指。

整个夏天，双胞胎每天早上乘公交车去奥珀卢瑟斯，那是一户藏在铁门后的白色大宅，铁门上趴着白色的大理石狮子。第一次去，面对如此戏剧化的装潢，德西蕾忍俊不禁，史黛拉则一脸警惕，仿佛它们随时会化为真狮子，向她扑来。母亲说给她们找了这样一份工作，德西蕾知道这家人一定很有钱，一定是白人。但她永远想象不出这样的房子：钻石吊灯从高高的天花板垂下，她要爬到梯子顶端为其除尘；长长的螺旋楼梯，擦栏杆时她感到头晕目眩；宽敞的大厨房里装满各种未来感的新奇电器，她甚至不懂如何使用。

有时，史黛拉不见了人影，她会四处找她，她想唤她的名字，又怕自己的声音回荡在楼层里。有一次,她发现史黛拉在擦卧室的梳妆台,史黛拉看着梳妆镜和前面装着乳液的一个个小瓶,满眼憧憬,她似乎想坐在那张毛茸茸的长凳上,像奥黛丽·赫本一样,把芳香的乳液涂在手上。她居然在欣赏那样的自己,仿佛她生活在一个女人们会这样生活的世界。此时,德西蕾的身影出现在镜子里,史黛拉匆匆移开视线,仿佛齿于被看出心中的任何向往。

那户人姓杜邦。妻子有一头羽毛般的金发,眼皮低沉,整个下午都坐着发呆。丈夫在圣兰德里银行和信托公司工作。两个男孩在彩色电视机(她第一次见)前推来搡去,还有一个大肚子的秃头婴儿。初次见面时,杜邦夫人认真端详着双胞胎,然后心不在焉地对丈夫说:"多漂亮的女孩。真白,是不是?"

杜邦先生只点了点头。他是个笨拙的人,戴着可乐瓶底般的眼镜,厚厚的镜片把他的眼睛变成了小珠子。每次经过德西蕾,他都会歪起头,做冥思苦想状。

"你是哪个来着?"他问。

"史黛拉。"她有时会故意糊弄他,只为寻个开心。她一向谎话连篇。说谎和演戏的唯一区别是受众是否参与其中,但从表演角度讲,两者如出一辙。史黛拉从没想过交换身份。她总是认定自己会被识破,撒谎(或演戏)只有全情投入,才可能奏效。德西蕾花了很多年研究史黛拉:她摆弄衣襟的方式、头发收至耳后的方式,以及打招呼前犹犹豫豫抬起的眼神。她能以假乱真地模仿妹妹,学她的声音,仿佛本人上身。她觉得自己很特别,她能假扮史黛拉,而史黛拉永远无法假扮她。

整个夏天，双胞胎都不见踪影。她们不再走在帕特里奇路上，不再溜进卢氏蛋屋的后排卡座，也不再去足球场看男孩们踢球。两人早出晚归，一早就钻进杜邦的房子，晚上才精疲力竭、双脚浮肿地离开。回家的公交车上，德西蕾总是瘫靠在窗边。夏天眼看要过去了，她不愿想秋天的事，到那时朋友坐在午餐室闲聊，计划着开学舞会，而她还在擦浴室地板？这一生就这样了吗？困在一所房子里，每次走进去，都像被活活吞没？

有一条出路。她知道，她一直都知道，但到了八月，她满脑子都是新奥尔良。创始人节的早晨，她已经害怕再回杜邦家，她轻轻摇醒旁边的史黛拉，说：“咱们走吧。”

史黛拉埋怨着翻过身，脚上缠着床单。她睡觉总像打仗一样，经常噩梦缠身，但她从没对人说起过。

"去哪儿？"史黛拉说。

"你知道的。我说得够多了，咱们直接走吧。"

她仿佛看到一扇逃生门出现在眼前，再耽搁下去，那扇门就会永远消失。但她离不开史黛拉。她从没和妹妹分开过，她甚至不知道离开妹妹她还能不能活下去。

"一起走吧，"她说，"难道你想一辈子在杜邦家打扫卫生？"

她永远不确定是什么打动了史黛拉。也许她也觉得无聊吧。她是个务实的人，也许她也意识到她们能在新奥尔良赚更多钱，到时把钱寄回家，她们就能更好地帮助妈妈。或许是她也看到了那扇即将消失的逃生门,她也意识到了她向往的一切都在马拉德以外吧。管他什么原因,反正史黛拉终于开口说:"好吧。"

整个下午,双胞胎都徘徊在创始人节的野餐会上,德西蕾怀揣着秘密,快要爆炸。史黛拉则镇静如常,她是德西蕾分享秘密的唯一对象。她知道德西蕾没及格的那些考试,知道她没把卷子拿给妈妈,自己在背后伪造了签名。她知道德西蕾从方特诺特那里偷走了各种小东西,一管唇膏、一包纽扣、一条银色袖扣,因为她有这个本事,因为当镇长女儿从她身边飘过,德西蕾想到自己拿了她的东西,总会泛起一阵得意。史黛拉听说后,有时会批评她,但从不会告发她,这是最重要的。对史黛拉讲一个秘密,就像对一只罐子窃窃私语,再拧紧盖子。她会把秘密烂在肚里。但德西蕾没想到的是,史黛拉对她自己的秘密也同样守口如瓶。

维涅家的双胞胎离开马拉德几天后,镇上河水泛滥,道路泥泞不堪。如果两人晚走几天,暴风雨势必会打消她们的念头。就算她们忍得了雨水,也一定忍不了泥泞。跋涉过半条帕特里奇路后,她们定会勇气全无,打道回府。她们不是吃苦耐劳的女孩。她们在泥泞的乡间小路上绝对走不了五英里,最后一定会拖着湿透的身子悻悻而返,上床睡觉,德西蕾会坦承自己太冲动,史黛拉会说她只是想和姐姐同进退。但当晚没有下雨。两人头也不回地离开家的那晚,天空晴朗无云。

回来的那天早上,德西蕾有点记不清去母亲家的路。这比彻底迷路更麻烦。帕特里奇路通向树林,然后呢?在河边转弯,但往哪儿转?人们重归故里时,总会觉得家乡变了样,仿佛房子里的每件家具都移动了三英寸。你知道这是你的家,但你会反复在桌角磕到腿。她停在树林入口,看着绵延无尽的松树,有些彷徨无措。她一边整理围巾,一边寻找熟悉的地标。蓝色的薄纱围巾几乎完全遮住了她的瘀伤。

"妈妈?"裘德说,"到了吗?"

女儿张着月亮般的大眼睛望着德西蕾,看上去和萨姆一模一样,德西蕾挪开了视线。

"快了。"她说。

"还有多久?"

"快了,宝贝,过了树林就是。妈妈只是辨认一下方向,放心。"

萨姆第一次打她时,德西蕾就想回家了。当时他们已结婚三年,她仍觉得像蜜月期。不管是萨姆舔她手指上的糖霜,还是在她涂口红时亲她的脖子,她都会感觉心里小鹿乱撞。华盛顿特区开始给她家的感觉,她似乎能想象再无史黛拉相伴的余生。然后,六年前的一个春夜,她忘了缝他的衬衫扣子,他提醒她时,她说她忙着做饭,让他自己缝。工作太累,时间太晚,她听到客厅传来《艾德·苏利文秀》[1]的声音,戴安·卡罗尔[2]尖叫道:"只能是你。"她把鸡肉放

---

[1] 美国史上播出时间最长的综艺节目之一,由CBS电视台于1948年到1971年播出。节目嘉宾包括猫王、披头士、滚石乐队等音乐人及喜剧演员,被认为是演艺界新人最好的曝光舞台。——编者注

[2] 戴安·卡罗尔(Diahann Carroll, 1935-2019),美国演员、歌手,曾出演多部电影及百老汇舞台剧,曾获美国戏剧托尼奖最佳女主角、全球奖"视后",并获艾美奖提名。——编者注

进烤箱，转过身，萨姆一巴掌扇在了她嘴上。她当时二十四岁，此前从没有人扇过她的脸。

"离开他，"她朋友萝伯塔在电话里说，"你不走，他会觉得这事没什么大不了。"

"我没法一走了之。"德西蕾说。她瞥了一眼孩子的房间，摸了摸肿起的嘴唇。脑中突然浮现史黛拉的脸，以及没有伤痕的自己的脸。

"为什么？"萝伯塔说，"你爱他？还是他太爱你了，恨不得让你的脑袋搬家？"

"没那么严重。"她说。

"你要等到那么严重吗？"

终于鼓起勇气离开时，德西蕾已经很久没和史黛拉说过话了，两人分别后再未相见。她没有她的联系方式，甚至不知她身在何方。但当她牵着一脸疑惑的女儿穿行在联合车站时，她只想给妹妹打电话。几小时前，萨姆在又一场争吵中扼住她的喉咙，用枪对准她的脸，他的眼睛和他初次吻她时一样清澈。之后，他放开了她，她喘着粗气滚到一边。她知道她总有一天会死在他手里。那天晚上，她在他身边装睡，然后，她一生中第二次在黑暗中收拾行李。来到火车站，她抓着女儿直奔售票窗口，身上带着从萨姆钱包里偷的钱，她呼吸急促，腹中作痛。

现在呢，她问脑海中的史黛拉。我该去哪儿？史黛拉当然没有回答。而且，她也只有一个地方可去。

"还有多久？"裘德问。

"快了,宝贝,就到了。"

可快到家又如何呢?母亲可能在她走上台阶前就赶走她。只要看裘德一眼,她就会让她们从哪儿来回哪儿去。那个黑家伙当然会打你。你还指望什么呢?强扭的瓜当然甜不了。她停止思前想后,弯腰抱起女儿,让身体机械地向前挪动。也许回马拉德是个错误。也许应该找个新地方,从头开始。但现在后悔已经太晚。她听见了水声,开始朝它走去,女儿沉重地挂在她脖子上。那条河将校正她的方向感。走到岸边,她就会想起回家的路。

德西蕾·维涅在华盛顿特区学会了指纹识别。

从前,她甚至不知道这是能学的东西,直到一九五六年春天,走过运河街时,她在面包店的橱窗外看见一张海报,上面写着联邦政府的招聘信息。她停下来仔细端详。当时史黛拉已离开六个月,时间似乎放慢了流速。虽然听起来很荒唐,但她有时会忘了妹妹的离开。每当她在有轨电车上听到一个笑话,或经过一个两人过去的朋友,她都会扭过头说"嘿,你……",然后才反应过来,史黛拉已不在身边。史黛拉已经离开她,她不得不第一次单独面对这个世界。

虽然已经过了六个月,德西蕾仍心存希望。史黛拉会打电话来的,史黛拉会寄信来的。但每天晚上,等待她的总是空空如也的信箱和沉默如谜的电话。史黛拉离开她去创造自己的新生活了,德西蕾却留在这座史黛拉弃之而去的城市,凄惨度日。她抄下了那张黄色海报上的地址,下班后直奔招聘办公室。

招聘人员本以为在这座城市再也招不到合适的人了,看见眼前这位干净利落的年轻女子,她显然吃了一惊。她看了一眼她的申请表,"黑人"一栏让她有些纳闷。接着,她拿笔指向了籍贯一栏。

"马拉德,"她说,"我没听说过这个地方。"

"只是座小镇,"德西蕾说,"在北边。"

"胡佛先生喜欢小镇,他总说最优秀的人都来自小镇。"

"是吗,"德西蕾说,"没有比马拉德更小的小镇了。"

在华盛顿特区,她努力将悲痛埋藏起来。她在指纹识别部的另一个黑人女性萝伯塔·托马斯那里租了一间房。其实是一间地下室,阴暗无窗,好处是干净,重点是实惠。"条件不算多好,"萝伯塔在她第一天上班时对她说,"但你真需要地方住的话。"她试探性地提议,仿佛宁愿被拒绝。她已经疲惫不堪,要照顾三个孩子,还要忙里忙外,而且老实说,德西蕾看上去又是个需要照顾的。但她同情这个女孩,刚满十八,就孤身一人漂在陌生的城市里,所以她还是提供了那间地下室:一张单人床,一个梳妆台,一台让她每晚在嗡嗡声中入睡的散热器。

德西蕾决心从头开始,但她对史黛拉的想念却有增无减,她总想知道史黛拉会怎么看这座城市。为逃离对史黛拉的记忆,她离开了新奥尔良,可来到这里后,她依然辗转反侧,难以入眠,她不得不骗自己史黛拉就在旁边的床上。

在单位里,德西蕾学会了识别拱形指纹、环形指纹和螺旋指纹。反箕纹向拇指旋转,正箕纹向小指旋转。囊形纹始自双箕斗纹。她也学会了区分年轻人和老人的指纹,老人的指纹嵴会因年纪而磨损。通过研究一条指纹嵴(宽度、形状、孔洞、轮廓、断隙和褶皱),她可以从一百万人中锁定一个人。每天早晨,她桌上都摆满了从被盗汽车、子弹盒、被破坏的窗户、门把手或刀子上提取的指纹。她既要处理反战示威者的指纹,又要帮助确认裹在干冰里的归国士兵遗体的身份。萨姆·温斯顿第一次从她身边走过时,她正研究一套从被盗枪支上提取的指纹。萨姆系着淡紫色领带,搭配一条丝巾手帕,领带的鲜艳色调,以及这位佩戴它的黑漆漆的老兄的胆量,都让她大为震惊。后来看到他和其他律师一同吃午餐,她问萝伯塔:"居然有黑人检察官?"

萝伯塔轻蔑地笑道:"当然有了,这里可不是你家那种穷乡僻壤。"

萝伯塔没听说过马拉德。出了圣朗德里教区就没人知道这个地方,当德西蕾向萨姆说起马拉德,他甚至想象不出有这样的地方。

"当我傻啊,"他说,"一整座小镇都是你这种浅肤色的?"

他邀请她共进午餐。那天,他来到她的隔间,俯身索要一套指纹。后来他说他并不太需要那套指纹,只是想找个理由认识她。他们坐在国家植物园里,看池塘里的鸭子划水。

"我还不是最浅的呢。"她说,她想起方特诺特夫人,她一直夸耀他的孩子是酸奶色的。

萨姆笑了起来。"好吧,你要带我去看看,"他说,"我得亲眼瞧瞧这座浅肤色之城。"

但他只是在调情。他出生在俄亥俄州,从没去过弗吉尼亚以南的地方。母亲曾想送他去莫尔豪斯,但未成行。早在校园废除种族隔离制度前,他就已经是俄亥俄州人了。上学时,曾有白人教授拒绝回答他的提问。每年冬天,他都要从挡风玻璃上刮下被尿黄的雪。他交往过不愿在公共场合牵他手的浅肤色女孩。北方的种族主义,他早已司空见惯。南方的种族主义,他不愿再去领教。就他所知,他的同胞们逃离南方不是没有理由的,他有什么资格质疑他们的判断?他总是开玩笑,那些红脖子会让他一去不返。哪怕只是去玩,到头来也会被抓去弹棉花。

"你不会喜欢马拉德的。"她对他说。

"为什么?"

"因为,那里的人很荒唐,执迷于肤色。这也是我离开的原因。"

并不完全如此,但她希望他相信她与她出生的地方截然不同。她想让他相信她说出的一切,除了事实:她只是因为年轻和无聊,才拖着妹妹来到了城市,后来,妹妹在那里迷失了自我。他停顿片刻,回味她的话,然后他将装面包屑的袋子推向她。他一直在撕三明治,给她做喂鸭子的饲料,正是这些点点滴滴的殷勤让她慢慢爱上了他。她笑着把手伸了进去。

她告诉他,她从未和他这样的男人交往过,事实是她从未和任何男人真正交往过。因此,他做的每一件小事都让她惊喜:萨姆陪她去有白色桌布和精美银器的餐厅用餐;萨姆请她去看电影,萨姆突然拿出艾拉·费兹杰拉的演出门票。第一次带她回家,他的单身公寓让她大开眼界,整齐的床单,按颜色分类的衣柜,宽敞的大床。返回萝伯塔的地下室后,她几乎哭了出来。

他再也不会提议跟她回家。她也永远不会要求他这么做。从一开始她就说得明明白白,她讨厌马拉德。

"我不信。"他说。他们躺在他床上,听着雨声。

"有什么好不信的?我只是说我的感觉。"

"黑人都热爱家乡,"他说,"虽然我们都来自最烂的地方。只有白人有讨厌家乡的自由。"

他在克利夫兰的孤儿院长大,他以没体会过太多爱的凶悍去爱着那座城市。而她只得到了一座她无时无刻不想逃离的小镇,和一个清楚表明不欢迎她回去的母亲。她还没对萨姆说过史黛拉的事,那似乎是另一件他理解不了的关于马拉德的事。但此时,雨水敲打在金属消防梯上,她转过身来,说她还有个双胞胎妹妹,她决定成为另一个人。

"她会厌倦那些装腔作势的,"他说,"我打赌她一定会跑回来,悔不当初。谁离开了你这么可爱的人,都会悔不当初。"

他亲吻她额头,她紧紧抱住他,耳边是他的心跳声。这是两人恋情的开始。他的手掌还没握成拳头,他还没叫她高高在上的黄种母狗,他还没说她和她妹妹一样失心疯,自以为是白人。那时,她刚感到自己开始信任他。

多年后,当她的视力衰退,她怪罪于每天盯着指纹、标记嵴线的岁月。萝伯塔曾告诉她,很快,整个指纹识别系统将由机器代替,日本已经在测试相关新技术。但机器如何能比训练有素的眼睛更擅长这项工作呢？德西蕾能看出多数人看不出的纹路。她能从人的指尖读出人生经历。培训期间，她曾练习阅读自己的指纹，这些繁复的纹路构成了她的独特印记。史黛拉的左手食指上有一条自己用刀划出来的疤，这也是会导致指纹差异的众多原因之一。

有时，你的身份总取决于细枝末节。

阿黛尔·维涅住在一套白色的排屋[1]里，房子位于树林边上，最早由创始人建造，德屈尔家的祖祖辈辈一直生活在这里。阿黛尔结婚时，新婚丈夫莱昂·维涅曾徘徊在厅房，端详那些古老家具。他是一位想当木工的修理工，他伸手抚过细长的桌腿，赞叹其精良的做工。他从未想过有一天会住进这样一所有着厚重历史的房子，但话说回来，他也从未想过能娶到德屈尔家的姑娘———一位有遗产的姑娘。他的家族传承自法国的葡萄种植商，他们本想在新世界闯出一片天地，打造自己的葡萄园，却发现路易斯安那又潮又热，不适宜葡萄生长，最后，他们不得不安心种植甘蔗。远大的理想被现实压垮——这就是他的遗产。他的父母把目光投向了更务实的营生——他们在马拉德外围开了家地下酒吧，取名"坏脾气山羊"。后来，马拉德一些虔诚的居民会将悲剧归咎于这门罪恶营生：维涅家的四兄弟没有一个活过三十。莱昂作为老幺，是最早丧命的一个。

岁月流逝，房子已饱经风霜，但不知怎么，它似乎仍是德西蕾记

---

[1] 原文为 shotgun house，字面意思是"猎枪屋"，是一种窄而深的房子，所有房间纵向排列，常见于美国南方。——译者注（按：本书如无特殊说明，注解均来自译者）

忆中的模样。她抱紧女儿，走进空地，每走一步，肩膀都在刺痛。黄铜柱子，蓝绿色屋顶，狭长的门廊。母亲正坐在门廊的摇椅上，将青豆倒进一只装了水的碗中。母亲依然纤瘦，长发披背，两鬓斑白。德西蕾停下脚步，女儿沉重地挂在脖子上。岁月仿佛伸出一只手，往后推她。

"正纳闷怎么还没到。卢打电话来了，说见到你。"母亲在跟她说话，但眼睛盯着她怀里的孩子，"这么大还抱着。"

德西蕾终于放下女儿。背很疼，但至少疼痛让她感觉熟悉。身体的疼痛让人警醒，不像坐在火车上，她只觉得浑身麻木，她们虽然在移动，却被困在一个空间里。她推了推女儿。

"去亲亲外婆，"她说，"去吧，别怕。"

女儿很害羞，别着腿，挪不动步，德西蕾又推了推她，她终于听话地爬上台阶，犹豫片刻后，伸出一只胳膊搂住了外婆。阿黛尔向后仰，端详着孩子，摸了摸她乱了的发辫。

"去洗个澡吧，"她说，"你们都一身外面的味儿。"

德西蕾蹲在浴室破裂的瓷砖上，帮女儿在爪足浴缸里洗澡。她摸了摸水，一切恍如梦境。左上角发黑的镜子，破损的扇形水槽，吱嘎作响的木地板。从前，每当她在门禁时间后偷溜出去，总会小心避开那些地板。母亲在门廊摘豆，仿佛只是一个稀松平常的早晨。实际上，自史黛拉离开后，她们就再没说过话。德西蕾曾声泪俱下地打电话回家，却换来母亲的一句"你活该"。她还能说什么？劝史黛拉离家出走的是她。如今，妹妹宁愿当白人，母亲只能怪她，因为史黛拉已无处可寻。

她坐进厨房的椅子,过了一会儿才发现,这正是她过去常坐的那把,一旁是史黛拉的空椅子。母亲在灶台前忙碌,德西蕾盯着她僵硬的后背,久久无法挪开视线。

"所以这就是你一直想做的是吗?"母亲说。

"什么意思?"

"你知道什么意思。"母亲转过身,眼眶含泪,"你那么恨我们,不是吗?"

德西蕾站起来。

"我知道我不该来……"

"坐下……"

"如果你只有这些话……"

"你指望我说什么?天知道你从哪儿冒出来,还拖着个一点也不像你的孩子……"

"我们会走的,"德西蕾说,"你怎么生我的气都行,妈妈,别发泄在我孩子身上。"

"我让你坐下,"她母亲又说了一次,这次压低了声音。她从桌子对面滑过一盘黄色的玉米饼,"我只是很惊讶。我不能惊讶吗?"

漂泊在外的日子里,德西蕾经常想跟母亲联系。她前往华盛顿特区,安顿在萝伯塔的地下室后,母亲不再有她的联系方式。萨姆求婚后,他们在樱花树下拍了订婚照。她曾把照片装入信封,甚至填好了地址,终于没鼓起勇气寄出去。不是因为她觉得他会给她丢人(萨姆是这么想的),而是觉得与一个不会为你开心的人分享好消息,又有什么意义。她知道母亲会说什么。**你并不爱那个深肤色的人。你嫁给他只是为了表达叛逆,而对于一个叛逆的孩子,最不应给予的就是关注。等你有了自己的孩子就明白了。**婚礼结束,蛋糕切完,朋友醉醺醺地笑闹着散去,她穿着白色婚纱,在接待厅后面哭了起来。她从没想过她会在没有妹妹和母亲的陪伴下结婚。

她在弗里德曼医院生下女儿后,也想过打个电话。裘德出生时,一位黑人护士把孩子包进粉色毛毯前愣了一下,说:"女儿长得像父亲会有好运的。"随即给了德西蕾一个安慰的笑,她觉得德西蕾一定需要安慰。但德西蕾看着女儿的脸,满心幸福。换成别的女人,看到女儿长得不像自己,或许会大失所望,但德西蕾只觉得感激。她一点也不想爱一个长得和自己一样的人。

"你先打声招呼,我也不会这么惊讶了。"她母亲说。

"这也不是一早决定的。"德西蕾说。

她在火车上几乎没吃东西,只吃了薄饼干,喝了黑咖啡,太多的咖啡因让她心神不宁。她需要计划。马拉德,然后呢?然后去哪儿?她们不可能留在马拉德,但她也不知道能去哪儿。现在,她看着这间陈旧的厨房,开始想念她在华盛顿的公寓。想念她的工作,她的朋友,她的生活。也许她反应过度了,骚乱让每个人都处于崩溃边缘。一周前,沃尔特·克朗凯特播报新闻时,萨姆哭了起来,他们坐在沙发上,他在她怀里颤抖。枪手可能是疯子,可能是军事人员,甚至可能是政府特工。而他们在为错误的一方工作，他们都是与虎谋皮的黑鬼。他有些语无伦次，她紧紧抱着他，直到新闻播完。当晚，他们拼命做爱，一种奇怪的向马丁·路德·金致敬的方式，也许，但她感到失魂落魄，她被巨大的悲痛淹没，为一个素不相识的人。

早晨，她走过骚乱后的街市，黑人兄弟在上了木板的橱窗上涂下各种标语，或用记号笔匆匆写下效忠之词，贴在窗上。那天单位提早下班。她下了公交车步行回家的路上，一个面有惧色的黑人青年（如手中的球棒一样枯瘦）向她索要钱包。

"快掏出来，白人婊子！"他大叫着，球棒狠命敲着人行道，仿佛要钻入地心。她很害怕，抓着肩带，不敢纠正他，她在他的恐惧和愤怒中认出了自己，此时萨姆冲了过来，喊道："兄弟，这是我的女人。"那个孩子转身跑开。萨姆把她拉进公寓，抱在胸前，抚慰着她。

骚乱持续了四个晚上。最后一晚，萨姆紧抱着她的裸体，轻声说："再生一个吧。"她过了一会儿才反应过来，他在说生孩子的事。她踌躇了。她本不想这样，但想到多一个孩子，她会被他拴得更紧，以后每次萨姆发怒时，她都要为两个孩子提心吊胆——她绝不可能再和他生一个。她当然未袒露真心，但她的踌躇已经明明白白，后来，每当他卡住她的喉咙，她都很清楚个中原因。她在他悲愤之时伤了他的心。无怪乎他会生气，无怪乎他要对枕边人发泄不满。谁能怪他呢，活在这样一个不被当人的世界？她本不必这么坦白。她本可以更努力地维持一个宁静的家。这难道不是那个挡在她和愤怒男孩的球棒之间的人吗？这难道不是那个在妹妹抛弃她、妈妈拒接她的电话后，选择爱她的人吗?

也许亡羊补牢为时未晚。她们才离开两天。她还可以打电话给萨姆,告诉他自己错了。她只是需要一点时间理清思绪,仅此而已,她从没真想过离开他。母亲再次将盘子推向她。

"你遇到的是哪种麻烦?"她说。

德西蕾勉强挤出笑容。"没有麻烦,妈妈。"

"我不是傻子,你以为我不知道你在躲你的男人吗?"

德西蕾盯着桌子,眼含热泪。母亲把牛奶倒在玉米饼上,用叉子搅成糊状,和德西蕾小时候的吃法一样。

"他不在这儿,"母亲说,"快吃吧。"

那天深夜,在马拉德东南一百多英里的地方,厄尔利·琼斯得到了一份将改变其人生轨迹的工作。他当时并不知道。对他而言,一切工作都只是工作,当他走进欧内斯托酒吧,抬头找塞尔时,他唯一担心的是还付不付得起酒钱。口袋里的零钱叮当作响,他身上永远剩不下一美元。两周前,他刚为塞尔完成了一份工作,不知不觉钱已经花得精光,其花钱之处和新奥尔良的所有单身汉没什么两样:牌、酒、女人。现在,他渴望下一份工作。当然是为了钱,但也因为他讨厌在一个地方待太久,对他而言,两个星期已经太久。

他不是个安定的人。漂泊是他唯一擅长的事,他从小就过着漂泊无定的生活。他的整个童年(如果能称作童年的话)都在各地的农场做佃农,从简斯维尔到耶拿,再一路往南,到纽罗兹和帕尔梅托。他八岁就被过继给了姨妈和姨夫,他们无儿无女,而他父母有太多儿女。他不知道父母身在何处,是死是活,他说他从不想他们。

"他们不在了,"有人问起时,他总这么说,"不在的就不在了。"

事实是,当他开始搜寻藏匿者时,也曾试过寻找双亲。但他的失败来得迅疾而屈辱。他对父母一无所知,甚至不知从何处着手。也许这是最好的安排。小时候,父母已经不想要他,现在长大了,他们又怎么会和他相认?尽管如此,这个失败一直萦绕在他心头。从他开始搜寻藏匿者以来,父母是他唯一追寻无果的对象。

永远漂泊的关键就是不能爱上任何东西。那些让逃亡者割舍不下的东西总让厄尔利捉摸不透。多数时候都是女人。在杰克逊,厄尔利抓获了一个谋杀未遂者,那人总是为了妻子一再回头。天涯何处无芳草啊,但还是那句老话,最凶残的人也往往最容易感情用事。不管从哪个角度看,他们都是纯粹的情绪动物。特别触动他的是有些人会为了某样老物件而回家。为汽车回家的人数不胜数,永远有些傻瓜蛋放不下自己那辆开了许多年的破车。他在托莱多抓到一个人,居然为了一只旧棒球回到童年时的家。

"我不知道,哥们儿。"那个人说,他被铐在厄尔利的埃尔卡米诺牌汽车后座上,"我真的很爱那东西。"

厄尔利从不会被爱左右。只要离开一个地方,他就会把一切抛诸脑后。名字消失,面目模糊,建筑化为千篇一律的结构。他忘了所有母校老师的名字,忘了所有住过的街道的名字,也忘了父母的相貌。记性不好是他的天赋。记性太好会让人发疯。

他已经断断续续为塞尔工作了七年。他从不想让人以为他在为法律效劳。他抓捕罪犯的目的只有一个，就是钱，他丝毫不关心白人的正义。每抓到一个罪犯，他也从不操心那人是否会被陪审团定罪，或命丧囹圄。他会一股脑儿忘个干净。尽管厄尔利曾在一家酒吧被人认出，尽管他肚子上还留着作为纪念品的刀疤，但遗忘是他坚持下去的唯一办法。他喜欢追捕罪犯。每当塞尔让他寻找失踪的小孩或浪荡的父亲时，他都会一口回绝。

"对这些人一无所知。"他说着端起威士忌酒杯。

在欧内斯托酒吧，塞尔耸了耸肩。他在第七区的教堂对面有一间不错的办公室，但厄尔利讨厌去那里见他，下楼梯时，一众圣人先贤盯着他看。厄尔利喜欢这家酒吧，昏暗，安全。塞尔身材魁梧，纸板色的皮肤，一头丝滑黑发。说话时，他总在指尖转动一只银色打火机。多年前，他在一家类似的酒吧初次接近厄尔利时，也这样转着打火机。厄尔利三心二意地听他说话，打火机反射的银光在吧台里扫来扫去。

"孩子，想不想赚点钱？"塞尔问。

他不像黑帮或皮条客，但他有种从事灰色工作的不太正派的感觉。他是保释担保人，正物色新的赏金猎人，他注意到了厄尔利。

"你有种沉静的感觉，"他说，"这很好。我需要一个人去观察和聆听。"

那一年，厄尔利二十四岁，刚离开监狱，独自一人漂在新奥尔良，他觉得新奥尔良是个适合重新开始的地方。他接受了这份工作，因为他需要工作。他从没想过自己会擅长做这件事，事实上，他做得非常出色，塞尔甚至提供了各种与保释金无关的工作。

"听我说，你了解他们，"塞尔说，"我还什么都没说呢。"

"那个，我不喜欢掺和家务事。没有其他活吗？"

塞尔笑了。"从来没人说过这种话。大家都巴不得有那么一两回不用去抓恶棍。"

但厄尔利至少理解通缉犯们的想法，疲惫、绝望、自私，一心只想活下去。别的失踪人口令他困惑。他当然不了解已婚人士，也不想卷入其中。但不管怎样，工作只是工作。接点轻松的工作又有何妨？他刚花了两个星期追捕一个男人，差点儿追去墨西哥；他的车在沙漠里抛锚，他一度以为这条命就报销在那儿了，而这一切只是为了追踪一个他压根不在乎会不会被绳之以法的人。既然钱不分高低贵贱，就这么一次，换个轻松点的工作又有何妨？

"我不用抓她。"他说。

"不用抓。找到她打个电话就行。她男人在找她，她带着他的孩子跑了。"

"为什么跑？"

塞尔耸了耸肩。"与我无关。男人想知道她的下落。她来自北边的一座叫马拉德的小镇，听说过吗？"

"小时候曾经路过。"厄尔利说，"傻不拉唧的、装模作样的地方。"

他对那座小镇的印象已经模糊，只记得每个人肤色都很浅，态度都高高在上。有一次做弥撒时，一个高大的浅肤色男人打了他一巴掌,只因为他在那人的妻子前面把手浸入了圣水盆。当时他十六岁,被脖子上突如其来的刺痛吓了一跳,姨父按住他的肩,他盯着开裂的瓷砖地板,向人道歉。他在那儿度过了一个夏天,在小镇外围的农场工作,兼送食品杂货,贴补家用。他没交到一个朋友,但他对送杂货时遇到的一个女孩产生了徒劳的情愫。至于她是怎么钻进他心里的,他恍然不知。当时年纪还小,他几乎算不上认识她。秋天,他就搬去了另一座城镇的另一家农场。不管怎样,他看见她赤脚站在客厅,擦洗窗户。塞尔把照片递过来时,厄尔利感到腹中一阵痉挛。他几乎以为是自己的幻觉。时隔十年,他第一次看到了德西蕾·维涅的脸。

2

德西蕾

维涅家的双胞胎不告而别后,和所有突然失踪的人一样,她们的离开被赋予了各种意义。在她们现身新奥尔良之前,在她们褪去光环,成为单纯寻找乐子的无聊女孩之前,只有悲剧色彩的推测合情合理。这对双胞胎似乎总是同时伴随着祝福与诅咒。她们从母亲那里继承了整座城镇的传奇,从父亲那里继承了英年早逝的血脉。维涅家的四位男丁都在三十岁前离世。大儿子在一群锁链缠身的囚犯中间中暑倒下;二儿子在比利时的战壕里中毒身亡;三儿子在酒吧打架时被刺死;最年轻的莱昂·维涅被两次处以私刑,第一次在家里,当时,双胞胎躲在壁橱,透过门缝目睹了一切,两人用手捂住对方的嘴,直到掌心被口水打湿。

五个白人从前门闯入的那晚,莱昂·维涅正在削一根桌腿。他硬生生倒在地上，脸面朝下，沾满污垢和鲜血。暴徒的首领是一名高个儿白人，一头金红色头发，像秋天的苹果，他挥动一张皱巴巴的纸条，称莱昂给一名白人妇女写了下流文字。莱昂不识字，他的客人知道他只会用打叉做记号，但那些白人狠狠把他踩在脚下，踩断了他的每根手指和关节，又连开四枪。他没死成，三天后，白人冲进医院，找遍了每间黑人病房。这一次，他们朝他脑袋放了两枪，鲜血洇红了棉布枕套。

德西蕾目睹了第一次私刑，但永远只能想象第二次私刑，她父亲一定在睡觉，昏沉沉的，像他晚饭后坐在椅子里打盹的样子。雷鸣般的靴子声应该吵醒了他。他可能大叫了起来，也可能来不及叫出声，肿胀的双手缠着绷带，无力地垂在身侧。在壁橱里，她看到白人将父亲拖出屋子，他的长腿在地板上磕磕碰碰。她突然感觉妹妹会叫出声，连忙捂住史黛拉的嘴，几秒后，她感觉到史黛拉的手也在自己嘴上。那一刻，她们之间发生了某种变化。过去，德西蕾总能像条件反射一样，判断出史黛拉要做什么。但在壁橱里，她第一次不知道妹妹会做什么。

葬礼期间，双胞胎穿着一样的带完整衬裙的黑色礼服，腿与裙子接触的地方很痒。几天前，女裁缝伯妮丝·勒格罗上门致哀，发现阿黛尔·维涅正缝补莱昂去教堂时穿的裤子，用作寿衣。伯妮丝见她双手发抖，于是接过针，自己缝了起来。她不知道阿黛尔如何独自承受这一切。德屈尔家习惯了柔软的东西，习惯了轻松长寿的人生。双胞胎甚至没有葬礼时穿的衣服。次日一早，伯妮丝抱来一卷黑色面料，蹲在客厅摆弄尺子。当时,她仍分不出两人,又不好意思问,她会发出各种简单指令,比如"你,剪刀给我"或"站直,亲爱的"。她对静不下来的那一个说:"别动来动去,姑娘,小心粘你身上。"另一个会抓住这个的手,让她安静下来。伯妮丝不安地看着她们,仿佛在为一个一分为二的人缝衣服。

葬礼结束后,伯妮丝挤在阿黛尔的客厅,欣赏她的手工制品,德西蕾拉着妹妹的手从一旁走过。伯妮丝后来了解到静不下来的那个是德西蕾。大人们在轻声交谈,相互抚慰。莱昂不可能写那张字条,白人生气的一定是别的事,谁能弄懂他们的怒气呢?威利·李听说白人生气的原因是莱昂压价抢走了他们的生意。但怎么能因为别人要价低就杀人灭口呢?

"你要的太多,白人会杀了你;你要的太少,白人也会杀了你。"威利·李摇着头说,一边把烟丝装进烟斗,"你必须遵守他们的规则,但他们随时会改规则。要我说就是一群恶魔。"

双胞胎坐在卧室的床沿,摆着腿,吃着蛋糕。

"爸爸到底做了什么?"史黛拉不停地问。

德西蕾叹了口气,第一次感到必须提供答案的重负。姐姐就是姐姐,哪怕只早出生了七分钟。

"就像威利·李说的。他太能干了。"

"可这不合理。"

"不需要合理。白人不讲理。"

岁月流逝,父亲只偶尔闪现在她心头,比如摸到牛仔衬衫时,她仿佛回到小时候，贴在父亲胸前感受其牛仔服的质感。在马拉德本应感到安全才是，在这样一座奇怪而隔绝的小镇，本应可以安全地躲在自己的地盘。但即便在这里，即便没人和深色皮肤的人通婚，黑人依然是黑人，白人可以因为你的求生欲而杀了你。维涅家的双胞胎即是鲜活的例子，这对身穿丧服的小姑娘将在一个没有父亲的家里长大，因为白人决定夺走她们的父亲。

她们就这么长成了大姑娘，两人的相同与不同之处都越来越显眼。很快，对于过去没人分得清她们，大家都觉得不可思议。德西蕾总是静不下来，仿佛脚上钉了钉子，必须不停拉扯。史黛拉则平稳沉静，连萨尔·德拉福斯那匹暴躁的马在她身边都会静下来。德西蕾主演过一次校园剧，如果不是方特诺特家贿赂校长，她本来有机会主演两次。史黛拉聪颖过人，只要她母亲负担得起，她一定能读大学。德西蕾和史黛拉，马拉德的掌上明珠。她们越长越大，不再像一个身体一分为二，越来越像两个身体合二为一，如今，这两个身体正往各自的方向拉扯。

出走多年的女儿之一回到家的次日早晨，阿黛尔·维涅一早起来煮咖啡。她整晚没怎么睡。她独自生活了十四年，除了安静，一切声音都很陌生。地板的吱吱声、被子的摩挲声、每一次呼吸声，都让她睡不踏实。此刻，她束紧了家居服的带子，在厨房里忙来忙去。微风从前门吹来，德西蕾倚在门廊上，头顶升烟。她总是那样站着，一腿在前，一腿在后，宛如一只白鹭。或者，那是史黛拉吗？在她记忆里，两个女孩常常彼此交织,盘根错节,直到重叠成为一个单数。一对,她本来有一对。现在回来了一个,另一个不在的感觉反而更强烈、更鲜活。

她放在炉子上一壶水,转身发现那个黑孩子站在门口。

"老天爷!"她说,"我差点吓出心脏病。"

"对不起。"女孩轻声说。她很安静。她为什么这么安静?"能给我一杯水吗?"

"说'请'。"阿黛尔说,但还是倒了水给她。她背靠橱柜,看着女孩喝水,在她脸上搜寻女儿的痕迹。但她只看到孩子的坏爸爸。她不是一直对德西蕾说深皮肤的男人有害无益吗?她不是从小到大都在警告她吗?深色皮肤的男人会践踏她的美。他一开始会爱上她的美丽,但就像他渴望而得不到的一切一样,他很快就会怨恨起它来。现在,他就在为此惩罚德西蕾。

孩子把空杯子放在台面上。她有些恍惚,仿佛醒来发现自己身在另一个国度。她的外孙女,天哪,她有外孙女了。只在心里想想就觉得滑稽。

"你接着玩吧。"阿黛尔说,"我来做点早餐。"

"我什么也没带。"女孩说。她可能在想留在家的玩具——城里的玩具,真正的电动小火车或有真头发的塑料娃娃。尽管如此,阿黛尔还是走进双胞胎的房间,她看见乱糟糟的床(德西蕾睡了她过去的床)时愣了一秒,然后,她打开散发霉味的壁橱。她在壁橱深处的纸箱里找出了史黛拉为德西蕾做的玉米棒娃娃。女孩有些踌躇,比起她在商店买的娃娃,这个娃娃实在有点可怕,但她还是小心翼翼带着史黛拉的娃娃走进了客厅。

一对,阿黛尔本来有一对健康的双胞胎姑娘。那是她第一次怀孕。她在卧室生产,天空突然飘起雪花,她不确定接生婆能否及时赶到。塞鲁克斯夫人抵达后,宣告了她的福气。他们两家人三代内从未有过双胞胎。接生婆告诉她,如果你有幸生下双胞胎,一定要供奉统一天地的双胞胎神马拉萨(Marassa),她们是强大但嫉妒心重的儿童之神。你必须平等供奉两位神祇,在神龛上放两颗糖果、两杯苏打水和两个娃娃。阿黛尔在圣凯瑟琳大教堂受教,她知道自己不该在孩子出生时听塞鲁克斯夫人谈论异教信仰,但这些故事分散了她的痛苦。此时,德西蕾出生了,七分钟后,史黛拉出生,她一手抱着一个,皱巴巴,粉扑扑,她们只需要她,别无所求。

双胞胎出生后,阿黛尔没有制作神龛。但女孩们失踪后,回想起此事,她在想她是不是太自以为是了。不管听上去多蠢,或许她都该制作一只神龛。或许那样,她的女儿们就会留下。又或者,这一切都该怪她自己。怪她未能一碗水端平,把爱平分给两个双胞胎,她们才离她而去。她一直对德西蕾更苛刻,德西蕾更像她父亲,坚信只要怀着美好愿望,就没什么能伤害她。你必须约束一个任性的孩子。如果不爱德西蕾,她完全可以放任她的倔强。但这样一来,德西蕾会感到被讨厌,史黛拉会感到被无视。这就是症结所在:你永远无法用一模一样的方式爱两个人。她的幸运从一开始就背负了诅咒,她的女孩们像嫉妒心重的神一样难以取悦。

爱莱昂则不难。她早该知道他们二人不会长久。从生命伊始,好运一直伴随着她,后来的岁月,她却失去了他们所有人。但她不能再一次失去德西蕾。

她端着两杯咖啡,来到吱嘎作响的门廊。德西蕾马上把香烟按熄在栏杆上。阿黛尔差点笑出声来,几十岁了,还像个偷糖吃的小孩。

"我想着做点早餐。"阿黛尔说着把杯子递给德西蕾,又瞥了一眼她的伤,那条没用的围巾几乎遮不住什么。

"我不太饿。"德西蕾说。

"你再不吃东西要晕倒了。"

德西蕾耸了耸肩,喝了口咖啡。阿黛尔已经感觉到她想要挣脱,像一只小鸟在她掌心拍打翅膀。

"等会儿我可以带你女儿去学校,"阿黛尔说,"让她登记入学。"

德西蕾冷笑道:"你又在唱哪一出?"

"你看,她不应该耽误学习……"

"妈妈,我们不会留下。"

"你们要去哪儿?怎么去?我打赌你兜里连十块钱都没有……"

"我不知道!哪儿都行。"

阿黛尔嘟起嘴。"哪儿都行,就是不能留下,和我一起。"

"不是的,妈妈。"德西蕾叹了口气,"我只是不知道我们应该去哪儿……"

"你们应该和家人一起,孩子,"阿黛尔说,"留下。这里很安全。"

德西蕾无言以对，望向树林。树林上方的天空正在苏醒，淡紫色和粉红色渐渐消失，阿黛尔伸手搂住女儿的腰。

"你觉得史黛拉在做什么？"德西蕾说。

"我没有。"阿黛尔说。

"妈妈？"

"我没在想史黛拉。"她说。

在马拉德，德西蕾走到哪儿都能看见史黛拉。

她穿着淡紫色连衣裙，坐在水泵边，她褪下袜子，挠她的脚踝。她深入树林，玩捉迷藏。她走出肉店，拿着白纸包的鸡肝，她紧紧抓着包裹，像抓着一个珍贵的秘密。史黛拉，用缎带把鬈发扎成马尾，衣服永远板板正正，鞋子永远闪闪发亮。一个如静物般的女孩，因为这是德西蕾认识她的唯一方式。但这个史黛拉总在她的视线里飞进飞出。她要么倚在栏杆上，要么推着推车走过方特诺特家旁边的小巷，或者歇坐在圣凯瑟琳石阶上，吹着蒲公英。德西蕾第一天带女儿去上学的路上，史黛拉就跟在她们身后，对袜子上的灰尘大惊小怪。德西蕾紧握裘德的手，努力无视她。

"你今天要跟人说话。"她说。

"我会跟喜欢的人说话。"裘德说。

"但你还不知道你会喜欢谁，所以要友善对待每一个人，再看会喜欢谁。"

她拉了拉女儿衣领的荷叶边。她一整晚都在院子里洗裘德的衣服。她俩的衣服都没带够,她把手伸进轻薄透明的水中,设想着女儿如何轮换穿这四套衣服,直到穿不下为止。她为什么不事先计划好呢?史黛拉一定会的。她一定会在逃离前的几个月就开始制订计划,然后慢慢收走衣物,一次收走一只袜子。她会慢慢存钱,想好要去哪里,买好火车票。德西蕾知道史黛拉会这样,因为她在新奥尔良就是这么做的。从一种生活滑入另一种生活,就像滑入另一个房间一样轻而易举。

在学校附近,米色皮肤的孩子们抓着栅栏,望向这边,德西蕾再次握紧女儿的手。她为裘德精心打扮了一番,白色裙子,粉色围兜,蕾丝边袜子,玛丽珍女鞋。"没有棕色衣服吗?"徘徊在门口的母亲问,德西蕾置之不理,为裘德的发辫系上粉色丝带。所有人都说鲜艳的色彩搭配深色皮肤显得俗气,但她拒绝把女儿藏在沉闷的橄榄绿或灰色里。现在,她们像游行一样经过其他孩子时,她悔之不及。也许粉色太招摇了,也许她把女儿打扮得像个百货商店里的娃娃,毁了女儿融入学校的机会。

"他们怎么都看着我?"裘德问。

"你是新来的嘛。"德西蕾说,"他们只是对你好奇罢了。"

她笑着说,尽量表现得轻描淡写,但女儿还是警惕地瞥了一眼学校。

"我们在这里住多久?"她问。

德西蕾在她面前蹲下,说:"我知道这里不一样,但都是临时的。等妈妈搞清楚一些事就走,好吗?"

"临时是多久？"

"不知道，宝贝，"德西蕾终于开口道，"我不知道。"

坏脾气山羊酒吧懒洋洋地架在柱桩上，大树长满青苔，枝杈垂在变红的屋顶上。德西蕾小心摸索过泥泞的小径，只为找到破败的第一级台阶。作为一座与炼油厂相伴的小镇，附近没有电影院，没有夜总会，也没有棒球场，这意味着镇上有大量百无聊赖的糙汉。玛丽·维涅是马拉德唯一不觉得这是问题的人。相反，她把父母留下的农舍改成酒吧，让她的四个儿子洗酒杯、拖酒桶，偶尔负责拉架。她打算有一天把酒吧留给其中一个儿子，但她死的时候，他们四个都已不在人世。父亲葬礼过后，双胞胎很少见到玛丽。她们的母亲从不想与那家非法酒吧或经营酒吧的粗俗女人有任何往来。莱昂在世时，两个女人还相敬如宾，现在他不在了，她们和她们的悲痛都不再有交集。

因此，双胞胎只是听说了很多故事，关于玛丽·维涅如何为马拉德最粗野的男人倒酒，关于她如何放了把猎枪在吧台下面，她称之为耐特·金·科尔[1]，每当糙汉们因为打牌推来搡去，或因为某个女人大打出手时，她总会亮出那把老耐特。那些男人原本面对穿着居家便服的妇女是不为所动的，但每当她提着枪出来，他们都会收起怒气，变得像辅祭的男童一样温顺。可是，当德西蕾第一次走进坏脾气山羊酒吧，她几乎大失所望。她一直把那家酒吧幻想成某种神奇的存在，一定能唤起她对父亲的回忆。然而，那里只是一家平淡无奇的乡村酒

---

[1] 耐特·金·科尔（Nat King Cole, 1919—1965），美国黑人歌手、爵士钢琴家。

吧而已。

之所以大白天跑到酒吧,是因为无处可去。她在威利·李的卡车前座颠簸了一上午,她跟他去了奥珀卢瑟斯。她想找一份工作,她在威利·李的店铺外看见他,他正在装车,准备送货。她问他能捎她去镇上吗。当这辆拉肉的车渐渐远离马拉德,她心里想着女儿,想着她转头看见女儿消失在校舍的样子。她消瘦的肩膀,垂在身体两侧的手握得紧紧的。

"在哪儿放下你?"威利·李问她。

"警察局就可以。"

"警察局?"他转身看向她,"你去那儿干吗?"

"跟你说了,找工作。"

他咕哝了一声。"你可以在马拉德附近找到打扫卫生的工作。"

"不是去打扫卫生。"

"那你去警察局做什么?"

"申请做指纹识别员。"她说。

威利·李被逗笑了。"你打算就那么走进去,然后说什么?"

"说我想申请一份工作。我不知道你笑什么,威利·李。我做指纹识别员已经十多年,既然我能为联邦调查局工作,为何不能在这里工作?"

"那可难说。"威利·李对她说。

难道她离开后,世界还是一潭死水吗?难道她走进圣朗德里教区警察局时,不是信心满满的吗?她径直走入那栋围着铁丝栅栏的肮脏的棕色建筑,副警长是一位有沙褐色头发的矮胖男人,她对他说她想申请一份工作。"你说联邦调查局吗?"他挑高了眉毛问,她看到了希望。她坐在等候室一角,快速参加了潜在指纹识别员测试,她此时很感激可以做这样的思维训练,这不同于她最近的思维练习(后勤思维,比如手里的钱还能撑多久),这是真正的分析思维。她很快完成了测试,副警长赞叹不已,用时恐怕创了纪录。他从牛皮纸文件夹中取出答案,准备批改考卷。但他首先端详起她的完整申请表,看到地址一栏写着马拉德,他瞬间变了脸。他把答案收回文件夹,靠回椅背。

"就这样吧,姑娘,"他说,"别浪费我的时间了。"

现在,她走进了坏脾气山羊酒吧,走过那道欢迎标语:冷女人!热啤酒!又走过一排穿着油腻工作服的男人,钻进一个空卡座。

"哟,稀客稀客。"老侍女洛娜·赫伯特说。德西蕾还没点单,她就放下了一杯威士忌。

"你看上去不怎么惊讶。"德西蕾说。她已经回来两天,镇上当然已尽人皆知。

"人总要回家的嘛,"洛娜说,"让我好好看看你。"

在昏暗的酒吧,她还系着那条蓝色围巾。不知洛娜注意到没有,但她什么也没说。她消失在吧台后面,德西蕾干掉杯中酒,烧灼感抚慰了她。大白天一个人喝酒,她觉得有点可悲,但她还能做什么?她需要工作,需要钱,需要计划。但那些孩子盯着女儿看,副警长打发了她,萨姆扼住了她的喉咙。她又冲洛娜招了招手,她想忘掉一切。

一杯又一杯酒下肚,见到他时,她已略有醉意。他坐在酒吧尽头,穿一件旧旧的棕色皮夹克,一双脏靴子踩在吧凳上。一旁的人说了句什么,他笑着端起威士忌酒杯。他高高的颧骨刺穿了她。即使时隔多年,她仍能一下子认出厄尔利·琼斯。

在马拉德的最后一个夏天,德西蕾·维涅遇到了这个不合适的男孩。

在那之前,她一生遇到的都是合适的人:马拉德男孩,肤色浅,野心大,他们拽她的马尾辫,他们在教理问答时贴着她,喃喃念诵《使徒信经》,他们在校园舞会外向她索吻。她本该嫁给这些男孩中的一个,当约翰尼·希罗克斯在她的历史书里留下心形纸条,当吉尔·达尔库尔特邀请她参加开学活动时,她几乎能切实感到母亲在她背后推波助澜。选一个,快选一个。这只会让她更固执己见。没有什么比理应喜欢一个人更让她扫兴的了。

马拉德男孩就像表兄弟一样熟悉而安全,但她也遇不到其他男孩了,除了某人来探亲的侄子,或一些搬来小镇外围的佃农。她从未和佃农男孩说过话,只有他们走过小镇时,她才能看见他们,又高又壮,褐色的皮肤。这些男孩看起来就像大人一样,你能跟他们说什么呢?况且,你本不该和深色皮肤的男孩说话。有一次,一个男孩对她行了脱帽礼,母亲立刻抓紧她的胳膊,发出轻蔑的"啧啧"声。

"别看那边,"母亲说,"那种男孩坏得很。"

母亲总说,出现在马拉德的深肤色男孩只想到处泡妞。他们想泡白人女孩而不得,就退而求其次,追求浅肤色的女孩。但过去,德西蕾从不认识深肤色的男孩,直到六月的一个晚上,她在擦客厅的窗户,透过朦胧的窗户,她看见一个男孩站在门廊。个子高高的,穿着吊带工作服,没穿上衣,皮肤是焦糖一般的深棕色。他抓着一个纸袋,咬了口紫色水果,用手背擦了把嘴。

"不让进吗?"他说。他直勾勾盯着她,她脸红了。

"不让。"她说,"你是哪位?"

"你觉得呢?"他说。一边把纸袋转向她,给她看方特诺特的标志。"开门。"

"我不认识你,"她说,"你可能是个斧头杀人犯。"

"我身上有斧头吗?"

"也许藏起来了。"

他本可以把纸袋放在门廊上,但他没有,她意识到他们在调情。

她把抹布扔在窗台上,看着他吃东西。

"你吃的什么?"她问。

"你过来看。"

她终于打开纱门,光脚走上门廊。厄尔利也放下戒备。他身上散发着檀香味和汗味,他走近她,有那么一刻她几乎屏住呼吸,以为他会吻她,但他没有。他把无花果举到她嘴边,她在他咬过的地方咬了一口。

后来,她知道了他的名字,虽然算不上什么名字,但每次念出来总让她情不自禁地发笑。厄尔利、厄尔利,就像在打发时间。一整个月,他会送来各种水果,像送来花一样。每天晚上,当双胞胎从杜邦家回来,她都能在门廊栏杆上发现一个李子、一个桃子,或一包用餐巾包着的黑莓。油桃、梨和大黄，多到吃不完，她会藏在围裙里，之后再吃，或烤成派。有时，他送货的晚上途经这里，会在她的门廊台阶前徘徊。他说他是兼职送货，剩下的时间在镇子外围的农场给姨妈姨父帮忙。但等收获季结束，他打算溜走，去一座真正的城市，比如新奥尔良。

"你不觉得他们会想你吗？"德西蕾说，"你走的话？"

他讥笑道："钱才是他们会想念的，他们只会想钱。"

"可人总得想钱，"德西蕾说，"大人都这样。"

如果母亲不是一直在担心钱，她会变成什么样呢？难道像杜邦太太一样，在房子里恍恍惚惚、游来荡去吗？但厄尔利摇了摇头。

"不一样的，"他说，"你妈妈有房子，有这座隐秘的小镇。我们什么都没有。这就是为什么我要把水果送人，它们反正也不属于我。"

她伸手拿餐巾里的蓝莓。她已经吃了太多，指尖染成了紫色。

"如果它们属于你，"她说，"你就不送我了吗？"

"如果属于我，"他说，"我会把全部都给你。"

然后，他亲吻她的手腕内侧，亲吻她的掌心，又把她的小指滑入嘴中，品尝她指尖的果汁。

一个深肤色的男孩穿过后院的草地，为她送来水果。她不知厄尔利何时会来，也不知他会不会来，她总在太阳落山前坐在门廊的栏杆边等他。史黛拉警告她当心。史黛拉总是很当心。"我知道你不想听，"

她说,"但你几乎不认识他,而且他这个人似乎很无礼。"但德西蕾不在乎。他是她认识的第一个有趣的男生,也是唯一哪怕只是幻想马拉德以外生活的男生。也许史黛拉对他的不信任反而让她开心,她从没打算让两人见面。他一定会傻乎乎地打量双胞胎,从她们的相同之中寻找不同。她讨厌这种无声的打量,讨厌别人将她与她本可以成为的另一个版本(甚至是更好的版本)进行对比。如果他在史黛拉身上看到更喜欢的东西怎么办?那一定是无关外表的什么,而不知为何,这会让她更不开心。

她永远不会和他交往。他对此心知肚明,哪怕两人从未开口聊过。只有她母亲去上班时,他才会潜入门廊,而且总会在天黑后立刻离开。尽管如此,有一天母亲下班回家时,还是发现了她在和厄尔利聊天。他跳下栏杆,膝上的黑莓像铅弹一样散落在地板上。

"给我走开,"她母亲说,"别来我这儿泡妞。"

他举手投降,好像也自认做了亏心事。

"对不起,夫人。"他说完就踏着凌乱的脚步走进树林,没有回头看德西蕾一眼。她幽怨地看着他消失在树林里。

"妈妈,你为什么要这么做?"她说。

母亲把她领进屋。"以后你会感谢我的,"她说,"你以为你无所不知?姑娘,你根本不懂这个世界。"

也许母亲说得没错,这世上充满无边无际的残酷。母亲已经在面对她那一份。或许在她眼中,德西蕾也即将迎来自己的那一份,但她不想让一个深肤色的男孩加快命运的脚步。或许她和所有人一样,认为深肤色的人很丑,唯恐避之不及。不论如何,厄尔利·琼斯之后再未现身。德西蕾在杜邦家打扫卫生时总会想起他。周六下午,哪怕没东西可买,她也会徘徊在方特诺特店里,希望捕捉到他送货的身影。当她终于开口询问时,方特诺特先生告诉她,男孩一家已搬去另一座农场。

就算知道怎么联系他,她又能说些什么呢?为母亲的话道歉?还是为她没开口为他辩解而愧疚?说她不喜欢自己的乡亲吗?但此时此刻,她已经不确定这是不是真的。你没法将被抓到做某事的羞耻感,与做某事本身的羞耻感分开。如果她一点也不相信与厄尔利交往是错的,她为什么从没提议跟他去卢氏蛋屋喝一杯?或去河岸走走坐坐呢?或许在厄尔利眼中,她和她母亲没什么两样。正因为此,他才不告而别。

现在,厄尔利·琼斯回到了马拉德,他不再是那个穿着破衣烂衫、给她送水果的瘦瘦高高的男孩。不及多想,她已经迈开有些慌乱的脚步,朝他走去。他转身望过来,棕色的皮肤在暗淡的灯光下熠熠生辉。他似乎并不吃惊,有那么一瞬间,他对她微微一笑。有那么一瞬间,她仿佛又回到小时候,她不知该说些什么。

"我想可能是你。"她终于说。

"当然是我,"他说,"还能是谁?"

从某种角度看,他还是她记忆中的样子:高高的,肌肉紧实,像一只干练的野猫。但即使在朦胧的酒吧里,她仍能从他眼神中看出多年的艰苦磨砺,他眼里的疲惫感令她错愕。他挠了挠下巴,朝洛娜招手,慵懒地指了指德西蕾的酒杯。

"你怎么在这儿?"她说。她以为马拉德是她最不可能遇见他的地方。

"刚好过来几天,"他说,"有点事。"

"什么事?"

"各种事。"

他又笑了笑,但其中透着些令人不安的东西。他低头瞥了一眼她的左手。

"哪位是你丈夫?"他说,同时冲着满屋子男人抬了抬下巴。

她忘了自己还戴着婚戒,马上握起了手。

"他不在这儿。"她说。

"他不介意你一个人来这种地方?"

"我的事不用他管。"她说。

"那不错。"

"我来看看妈妈,仅此而已。他来不了。"

"看来是个心大的男人,竟敢让你离开他的视线。"

他只是在说恭维话,她知道只是为了过去的交情,但她还是感觉红了脸。她心不在焉地摆弄着蓝色围巾。

"你呢?"她说,"我没看到你戴戒指。"

"当然没有,"他说,"我对那个没兴趣。"

"你的女人不介意吗?"

"谁说我有女人了?"

"不止一个吧?"她说,"我不了解你的近况。"

他笑着干掉了杯中酒。她有许多年没和一个陌生男人调情了,虽然萨姆经常污蔑她,说她向电梯操作员暗送秋波,说她对迎宾员笑靥如花,说她听完出租车司机的笑话笑得花枝乱颤。有男人在公共场合关注她时,他似乎与有荣焉。但私底下,他会因他们的关注而惩罚她。此时此刻,如果萨姆看见她身在这种地方,跟厄尔利靠得这么近,伸手就能碰到衬衫纽扣,他又会作何感想呢?

"你什么时候回去?"他问。

"不知道。"

"没买回程票吗?"

"你问题还真多,"她说,"你还没说你在做什么呢。"

"打猎。"他说。

"猎什么?"她问。

他半天没吱声,低头看着她,随即,她感觉他的手放在了她脖子后面。温柔的手,几乎像在抚慰一个哭泣的孩子。突如其来的温柔,与刚才无礼的调情如此不同,她一时竟不知说些什么。接着,他松开她的围巾。伤痕已开始消退,但即使在酒吧的昏暗光线下,脖子上的瘀青仍清晰可见。

小时候,当人们谈论她美丽的浅肤色时,没人警告过她,这种肤色多么容易留下一个愤怒男人的痕迹。

厄尔利眉头皱起,她觉得自己仿佛被掀起裙子,裸露在人前。她一把推开他,他吃了一惊,差点摔倒。她急忙缠上围巾,冲出了酒吧。

马拉德是弯曲的。

一个地方不会是铁板一块,厄尔利已经明白了这一点。一座小镇就像一块果冻,永远围绕你的记忆变换形状。德西蕾·维涅在酒吧推开他的次日早晨,厄尔利躺在旅馆床上端详塞尔给他的照片。他待在坏脾气山羊酒吧的时间比他预想的长,但话说回来,他从没想过能碰到德西蕾。他只想打发打发时间,或许顺便打听一二。他在新奥尔良逗留了两天,四处嗅探,但他知道德西蕾不会在那里。

"她回去了,我知道,"她丈夫在电话里对他说,"她所有朋友都在那儿。她还能去哪里?妹妹走了,她和她妈不说话。"

厄尔利抓起电话,光脚踩在木头上。

"她妹妹去哪儿了?"他说。

"妈的,我怎么知道。听着,我给你汇了第一笔钱。你到底去不去找她?"

这就是厄尔利一直选择追捕罪犯的原因:罪犯和保释担保人之间绝无私事,永远只有钱多钱少的问题。但找妻子的男人不同,他们急不可待。他几乎能感到萨姆·温斯顿就在他身后踱来踱去。也许德西蕾自己会回来的。被愤怒的女人抛下这种事,厄尔利经历过无数次。但萨姆坚信她铁了心不回头。

"她就那么走了,"他说,"带了个包,带着我的孩子,兄弟。大半夜一走了之,我能怎么办?"

"你觉得她干吗要这么做?"厄尔利说。

"不知道,"萨姆说。"我们起了点争执,但你知道的,结了婚都这样。"

厄尔利不知道,但他未置一词。他不想萨姆知道他的任何事。所以决定去马拉德时,他也没告诉萨姆。受伤的鸟会归巢,受伤的女人也一样。她一定会回家,他确信无疑,哪怕他对她的生活一无所知。在I-10旅馆,他不停摆弄塞尔给他的照片。他对自己说在研究线索,但他知道自己只是在欣赏她。过去在门廊打情骂俏的漂亮女孩,已出落成一个成熟佳人,照片里的她蹲在圣诞树前,灯光在她周围闪烁。她看上去很幸福,不像会收拾行李离家出走的人。是什么驱使她这么做?胡思乱想毫无意义,反正跟他无关。他会找到她,并拍照为证。照片到位,报酬到位,他跟德西蕾·维涅的事也就到此为止了。

他没料到这么快就在一家充斥炼油工人的酒吧里找到她。他当然没料到她脖子上的瘀青。拉开围巾时,他无意冒犯,只是惊讶,仅此而已。但她退缩的样子,仿佛他就是那个扼住她喉咙的人,她用力推他,他撞上身后的人,还碰洒了酒杯。他应该跟上她,但他着实吃了一惊,说实话,场面有些尴尬,酒吧里爆出哄堂大笑。

"她干吗呢?"那位老侍者问。

"不知道。"厄尔利拿起纸巾,擦了擦外套,"我们好多年没见了。"

"你们过去在一起吗?"头戴斯泰森毡帽的一个瘦瘦的男人问。

"过去!"一个老人笑了起来,拍了拍厄尔利的背,"没错,过去,说得没错!"

"她过去没这么大脾气。"厄尔利说。

"是啊,我要是你就不管她了,"戴斯泰森毡帽的男人说,"一家人都有问题。"

"什么问题?"

"你知道她妹妹跑了,以为自己是白人。"

"哦,没错,"老人说,"在外面像个白人女士一样,过得滋润极了。"

"德西蕾还生了个孩子。"

"孩子怎么了?"厄尔利问。

"没怎么,"戴斯泰森毡帽的男人缓缓说道,"就是黑得够呛。德西蕾跑出去嫁了个世上最黑的男孩,还以为大家不知道他打了她。"

"带着一大块瘀青回来。"老人笑道,"可能是在训练她,把她练成了拳王乔·弗雷泽,所以她才给你来了那么一下子!"

厄尔利不会打女人,打架应该光明正大,如果是跟一个势均力敌的女人,那另当别论,否则,他绝不会对女人拳脚相向。但话说回来,工作就是工作。他不是她的牧师,甚至不是她的朋友。他对她几乎一无所知,她只是一个曾和他在门廊上调情的女孩。她和她丈夫的事跟他毫不相干。

次日早上,他给了一个男孩一枚硬币,请他指出去阿黛尔·维涅家的路。他背着相机,踩在粗壮的树根上,记忆慢慢苏醒。他仿佛回到了十七岁,伤心地在树林里游荡。阿黛尔·维涅一脸不屑,伸手让他出去。德西蕾在旁边一言不发,甚至不敢看他。他跌跌撞撞回到家,满心屈辱,但当他告诉姨父时,只换来一番嘲笑。

"你指望什么呢,孩子?"他说,"你不知道周围都是些什么人吗?你可是黑鬼生的黑鬼。"

从那以后,他再没和德西蕾说过话。有什么可说的呢?不论是不是铁板一块,一个地方总是有规矩的。厄尔利居然以为德西蕾会为了他而不顾众人眼光,他觉得自己真傻。

此时此刻,他躲在树后,相机对准了白色房子。他好像失去了时间观念,只听到燕子在头顶呼啸,大概过了十分钟,德西蕾终于走上门廊,她点起一支烟。昨天,她在昏暗的酒吧里吓了他一跳。他还没顾得上把握她的现状。日光下,他回想起那个曾经相识的女孩。身材纤细,纷乱的黑发垂在肩上。她光着脚踱步,浑身洋溢着一种神经质的能量,似乎连她指间的香烟都被感染。他终于举起相机,按下快门。德西蕾走到门廊一端,咔嚓,转身,咔嚓。一旦狭小的镜头锁定她,他的眼睛就挪不开了,她走路时蓝色裙子的摆动方式把他的眼睛引到她细长的脚踝。然后纱门打开,一个黑漆漆的女孩走上门廊。德西蕾转过身,微笑着,弯腰将女孩揽入怀中。厄尔利放下相机,看着德西蕾抱着女儿进屋。

"有什么消息?"那晚他给萨姆打电话时,萨姆问道,"找到她了?"

厄尔利靠在壁橱上,回想门廊上的德西蕾和她抱女儿的画面。当他拉下围巾,她伸手摸向瘀青,手指滑过皮肤,仿佛在调整项链的位置。他也想去触碰它。

"还要一点时间。"他说。

3

寻人

　　离开马拉德是德西蕾的主意,但留在新奥尔良是史黛拉的想法。多年以来,德西蕾一直不明就里。双胞胎初次来到这座城市后,一起在迪克茜洗衣房工作,负责叠床单和枕套,日薪两美元。起初,干净衣物的气味让德西蕾分外想家,几乎想落泪。城市肮脏不堪,卵石路上遍布尿渍,垃圾桶满溢出来,饮用水有一股金属味道。她们的领班梅说是密西西比河的原因,天知道他们往河里倾倒了什么?梅在离市区不远的肯纳出生和长大,双胞胎初来乍到的不适应让她觉得乐趣十足。她们一天早上出现在迪克茜洗衣房前,满腹牢骚的电车司机放下她们,两人气喘吁吁,在街边摸索零钱。梅很同情这些乡下的穷姑娘,她当场雇用了她们,尽管她们还没到法定的工作年龄。

　　"你后面,不是我后面。"她说。当检查员不请自来时,她敲响了四次午餐钟,两人冲进厕所,其他女孩哄堂大笑。后来,每次想起迪克茜洗衣店,德西蕾只会想到她在马桶盖上压着史黛拉的背、努力保持平衡的样子。她讨厌这样工作,永远要回头张望,但她还能做什么呢?

"不管要跑多少次厕所,"她说,"我绝不回马拉德。"

任性的她喜欢发表这样的宣言。但她其实并没有很笃定,离开母亲的愧疚感仍萦绕在她心头。史黛拉对德西蕾说,妈妈不会一直生她们的气,只要她们找到好工作,开始给家里寄钱,妈妈就会知道,她们离开是最好的选择。有一段时间,这个想法减轻了德西蕾的负罪感,让她感到释然。德西蕾甚至没觉得奇怪,为何被她拖到新奥尔良的史黛拉会打算留下来。史黛拉变了吗?暂时还没有。她们刚刚出逃,史黛拉还是从前的史黛拉——工作一丝不苟,安静沉稳,枕套叠得整整齐齐,德西蕾则总会被计划晚上出门的女孩们的闲言碎语吸引。史黛拉追踪着两人赚的每一分钱,史黛拉睡在她身边,偶尔仍会做噩梦,德西蕾会轻抚她醒来。

随着时间从数周变为数月,初来乍到的感觉消失了,她们好像会永远留下。这个想法既让人兴奋,又让人恐惧。她们可以做到这件蠢事,然后呢?还有什么是她们不能做的?

"第一年是最难的,"法拉·蒂博多对她们说,"熬过一年就没事了。"

第一个月,双胞胎睡在法拉家的地板上,躺在一堆毯子上面。她们是在电话簿中找到法拉的。刚来时,两人睡眼惺忪、衣衫凌乱、饥肠辘辘。法拉倚在门口笑了起来。她经常嘲笑她们,比如当她们盯着俱乐部窗户上的滑稽舞者海报时,或被人行道上的醉汉吓跑时,或表现得像没出过门的乡下姑娘时。

"这是我的双胞胎。"法拉把她们介绍给朋友时总这么说,德西蕾只觉得尴尬——她自己的尴尬叠加妹妹的尴尬。法拉在一家名为"装饰音符"的小型爵士俱乐部里做服务员。每当她负责关门的夜晚,会把双胞胎从后巷接进去,偷拿东西给她们吃。她的多米尼加男友演奏萨克斯,穿一件闪亮的银色衬衫,扣子一直解到肚脐。歌曲之间,他会靠在舞台边,问双胞胎想听什么。两人会在舞池度过一夜,头昏眼花,大耳朵的男孩徘徊在她们身边。她们开始结识一些常客:一个擦皮鞋的男孩,总和德西蕾跳舞,跳到她脚疼;一个不断乞求为史黛拉买酒的士兵;一个蒙特莱昂酒店的服务生,总让德西蕾吹他的哨子叫出租车。

"我打赌你现在不想马拉德了。"一天晚上,双胞胎欢闹过后,疲惫地坐在后座时,法拉说。

德西蕾笑了。"从来不想。"她说。

她善于假装勇敢。她绝不会向法拉承认她很想家,永远在为钱担心。很快,法拉就会厌倦双胞胎一直霸占她的地板和卫生间,吃她的食物,在她身边晃荡。一个不速之客乘以二。现在怎么办呢?她们能去哪儿?也许她们只是两个头脑发热的傻乎乎的乡下女孩。也许德西蕾被冲昏了头,才认为自己能闯出一片天地。也许她们应该收拾行李打道回府。

"但这么多年你一直说要出来,"史黛拉说,"现在就想回去吗?图什么?让所有人笑话吗?"

后来德西蕾才意识到,每当她动摇时,史黛拉都能一语中的,打消她回家的念头。但如果史黛拉本人想留下,为什么不直说呢?德西蕾又为什么从没开口问过?她当时十六岁,满脑子都是自己,害怕她的冲动让自己和妹妹流落街头。

"我不该带你来,"她说,"我应该自己走。"

史黛拉一脸震惊,仿佛被德西蕾打了一下。

"你不会的。"她说,但似乎突然有了那种可能。

"不会,"德西蕾说,"但我应该自己走,我不该把你卷进来。"

当时,德西蕾就是这么自以为是,她觉得她是史黛拉生命中的唯一动力,她就像一阵强风,足以扯断史黛拉的根基。这是德西蕾需要讲给自己的故事,史黛拉也听之任之。在这个故事里,两人都觉得很安全。

德西蕾·维涅返回马拉德的第七天,"推搡事件"已家喻户晓,在有些人口中,推搡变成了耳光、拳头,甚至拳脚交加。维涅家的女孩一路拖着、踢着、尖叫着出了酒吧。有些不太虔诚的人承认自己当天就在现场,他们说她袭击了一个深肤色的人后,自行离开了酒吧。那人是谁,他说了什么激怒了她?有人说可能是来接她的丈夫。有人说是个无礼的陌生人,她只是正当防卫。德西蕾一直是双胞胎中骄傲的那个,有人招惹她,她一定迎头反击,不像史黛拉,死也不愿做出引人注目的事。在理发店,珀西·威尔金斯慢慢在皮带上磨着剃刀,听人们谈论双胞胎中哪个更漂亮。事后看来,史黛拉变得更有异国情调,她的消失也为她平添了光环,但德西蕾回家后声势见涨。显然,她还是那个暴躁女孩。至少有三个男人开玩笑说,他们不是她的对手。

"她们一向都不对劲,"理发师说,"跟她们的老爸一样。"

小女孩本不该目睹维涅双胞胎看到的场景。在葬礼上,珀西曾望着双胞胎,企图在她们身上搜寻变化的迹象。但他看到的只是两个普通女孩,和过去牵着莱昂的手在镇上蹦蹦跳跳的女孩没什么两样。这样的孩子不可能突然变成怪人。但至少在他看来,两人现在都有点疯,德西蕾大概是更疯的那个。假装白人力争上游,这还说得过去。怎么会跑去嫁给一个黑不溜秋的男人?还带着他黑不溜秋的孩子回来?德西蕾·维涅惹的麻烦会让她永无宁日。

在卢氏蛋屋,德西蕾·维涅学会了如何平衡装着炒蛋、培根和吐司的盘子。粗玉米粉要拌黄油,厚煎饼要蘸糖浆。她学会了在小桌子间周旋,端着咖啡平稳地转身,也学会了怎么记住客人点的东西。她学得很快,因为申请工作时,她对卢说她做过三年服务员。

"你说做过三年?"她第一天上班还不太会点单,卢开口问道。

"没错,但太久了,"她笑道,"还是在新奥尔良的时候。"有时她会说是在华盛顿的时候。她撒的谎前后不一,卢或许注意到了,但从未拆穿。他不会拆穿女士的谎言,而且他知道德西蕾需要工作,尽管她太骄傲,不愿承认。毕竟,创始人的重重重孙女做了服务员,还不是服务白人,还就在马拉德。谁想得到有这么一天?德屈尔家族世世代代活得自由自在,有一天,阿黛尔嫁了个维涅家的男孩。现在她的女儿为炼油厂工人端咖啡,为农场男孩上核桃派。一旦混入寻常血脉,便永无翻身之日。

"她不算个好服务员,"卢告诉厨师,"但无伤大雅。"

如果他是个老实人,他会承认请德西蕾其实能帮到他的生意。好奇的老同学坐在吧台喝着本不爱喝的咖啡,连不可能对她有记忆的青少年也挤在后排卡座议论纷纷,仿佛见到了某位小名流。她当然注意到了,但她仍会每天早晨深吸一口气,系好围裙,脸上挂上不变的笑容。为了女儿,她吞下了这些屈辱。然而上班第一周,她还是差点功亏一篑。那天走出厨房,她发现厄尔利·琼斯坐在吧台边。一时间,她有些踌躇,手指拨弄着围裙,但不上前打招呼又会引起更多注意。她硬着头皮走了过去。

他还是穿那件皮夹克,摸着胡子,德西蕾滑过一只咖啡杯。旁边的空凳子上放着一只旧包。她举起咖啡壶,他遮住杯子不让它倒。

"打你的那个家伙,"他说,"知道你母亲住在哪儿吗?"

瘀伤已褪成病恹恹的黄色,她还是小心地摸了摸。

"不知道。"她说。

"你母亲给你寄过信什么的吗?"

"我们那时候没有联系。"

"行吧。"他的手指滑进空杯子的光滑手柄,"你妹妹呢?"

"她怎么了?"

"你最后一次听到她的消息是什么时候？"

她冷笑一声。"十三年前了。"

"她到底怎么了？"他说。

"她找了份工作。"她说。说出来好像一切都很简单，最初也的确如此。史黛拉需要一份新工作，她在报纸上看到布兰切大厦里的一家公司在招秘书。那种地方从不会请黑人女孩，但她们需要钱，住在城市里有各种花销，总不能挨饿吧。史黛拉明明很擅长打字，难道因为她是黑人，她就不适合了吗？德西蕾对史黛拉说这不是撒谎。他们请她时以为她是白人，这不是她的错。现在又何必纠正他们呢？

先给史黛拉找一份好工作，再给自己找一份好工作，这是德西蕾的计划。史黛拉需要做一点伪装，但一点点伪装就能让她们免于流落街头，何乐而不为呢？一年后的一个晚上，当德西蕾从迪克茜洗衣房回到家，发现公寓里空空如也。史黛拉的衣服和所有物品都不翼而飞，仿佛她从没在那里生活过。

史黛拉用认真的笔迹留下了一张字条：对不起，亲爱的，我得走自己的路了。此后的几个星期，德西蕾一直带着这张字条，直到一天晚上，她在怒气中将其撕碎，扔出窗外。她现在后悔了，至少该保留一点史黛拉的东西，哪怕是一张有她字迹的小纸片。

厄尔利沉默片刻，终于把空杯子推向她。

"你想不想我帮你找她？"他说。

她皱起眉头，慢慢倒咖啡。

"什么意思？"她说。

"我在得克萨斯有份新工作,之后我会原路返回,"他说,"我们可以开车去新奥尔良,四处打听打听。"

"你为什么要帮我?"她说。

"因为我擅长这种事。"他说。

"什么事?"

他拿出一只旧旧的牛皮纸信封,放在柜台上。信封是寄给一个叫塞尔·刘易斯的人的,但她认出了萨姆的笔迹。

"打猎。"他说。

厄尔利在得克萨斯阿比林城外的一座小镇上梦见了德西蕾·维涅。

日暮时分,他躺在埃尔卡米诺牌汽车的后座,摆弄着德西蕾的照片。他把塞尔给的所有照片都还给了她,只留下一张,放在皮夹克的内口袋,感觉照片的边角在戳他的胸膛。他不确定为什么要留下这张照片。或许他觉得如果她和他绝交,他还能留个念想。当德西蕾得知他找她的真正目的时,她很震惊,这一反应无可厚非。他没有留下来等她原谅他。他去得克萨斯追捕一名被控殴打和谋杀未遂的技工,谋杀对象是他的妻子和她的情人,凶器是一把扭矩扳手。满是血迹的车库照片登上了《皮卡尤恩时报》头版。向西行驶的路上,厄尔利想象着那名技工被自己的正义和妻子的背叛蒙蔽了双眼,像挥舞驴子下颌的参孙[1]一样挥舞扳手。过去,追捕这样一个犯下耸人听闻罪行的

---

1 参孙(Samson),《圣经士师记》中的犹太领袖,英国作家约翰·弥尔顿(Iohn Milton)创作的《力士参孙》中的大力士。参孙不尊重民族传统和父母劝诫,娶了敌对的腓力斯丁女人为妻,并向其透露了自己的弱点,随后参孙被妻子背叛,被敌人俘获,双目失明。最终其复仇成功,与敌人同归于尽。——编者注

人,他会很兴奋。但现在他的心思已不在这上面。只要闭上眼,他满脑子都是德西蕾。

在卡车停靠站,他买了瓶可乐,走进电话亭,告诉萨姆·温斯顿他的妻子不在新奥尔良。

"可能去东边了,"他说。"纽约、新泽西之类的。"

"她去那边干吗,老兄?"萨姆说,"不会。听我的,她肯定回了新奥尔良。你找得还不够仔细。"

"你问问塞尔,我找得有多仔细。她如果在这儿,我早找到了。"

"要不我多给你点钱?"

"那我也会告诉你一样的话,"厄尔利说,"她不在这儿。试试其他地方吧。"

他挂了电话,倚在电话亭里。他开始反向思考。他知道怎么找到一个藏身的男人,但要怎么隐藏一个女人,让她永远不被发现呢?植入错误信息,散布线索,不论萨姆雇用谁,都让他无从下手。他从口袋里掏出香烟,双手颤抖。他从未半途放弃过工作。他把胶卷摊在阳光下,德西蕾在门廊的画面逐渐变黑。到手的钱就这么没了。当他告诉塞尔他一无所获,需要另一份工作时,塞尔耸了耸肩,给了他技工的照片。

"想不到那个小女人居然把你难倒了。"他离开酒吧时,塞尔笑着说。

她的确难倒了他,厄尔利开始承认这一点。他不知道为什么,但她就像毛刺一样粘在他身上,让他摆脱不了,也不想摆脱。在电话亭,他掏出一张皱巴巴的收据，拨通了卢氏蛋屋的电话。他听到她的声音，心里七上八下，有一瞬间几乎想挂断电话。最后，他清了清嗓子，问她过得如何。

"哦，还好，"她说，"你知道的。你去哪儿了？"

"得克萨斯州的尤拉，"他说，"你到过尤拉吗？"

"没。"她说，"那里怎么样？"

"干燥，"他说，"多尘，寂寞。我觉得自己是全城唯一的活人，好像从大地边缘坠落。你懂这种感觉吗？"

他想象着电话另一端的她，抓着电话，靠在厨房门口。已临近关店时间，小餐馆里应该没什么人了。也许她一直都是一个人，希望时间快点过去。也许她在想妹妹，甚至在想他。

"我特别懂。"她说。

当时恐怕没人相信德西蕾·维涅会留在马拉德。镇上的人都赌她坚持不了一个月。每当她和女儿走在镇上，周围总会浮现不礼貌的窃窃私语，就算她听不到，也一定感觉到了。看着德西蕾牵着个深色皮肤的小女孩，总有人希望她们早早离开。人们不习惯他们中间出现一个深色皮肤的孩子，他们很不高兴，这种不高兴甚至让他们自己也颇为惊讶。女孩经过时，人们不会行脱帽礼，不会打招呼，他们心中五味杂陈，就像当年托马斯·理查德打仗回来时一样，后者失去了半条腿，还会把那条裤腿绑起来，让所有人看清他失去了什么。就算对丑陋无能为力，你至少也不该这么招摇吧。

然而，一个月过去了，大家都吃了一惊。即使德西蕾不愿为了女儿离开，但就算为了躲开各种麻烦事，她也早该走了。经历了这么多年的城市冒险，她怎么忍受得了小镇生活？没完没了的教堂烘焙义卖、集市、才艺演出、生日派对、婚礼和葬礼。她离开前就不太在乎这些事，双胞胎中的另一个会为圣凯瑟琳教堂的义卖活动烤山核桃派，在学校合唱团尽责地唱歌，或浪费两小时庆祝特里尼蒂·蒂埃里的七十岁生日。德西蕾则不同，她只会被史黛拉拖去参加派对，满脸挂着无聊，主人宁愿从未邀请她。切蛋糕时，她早已溜之大吉。

不知何故，那个德西蕾回来了，在礼拜天的弥撒中跪在母亲和女儿之间。一天早晨，人们发觉她已经回来了一整个月，所有人都吃了一惊，包括她自己。她开始过上按部就班的生活，每天走路送裘德上学，然后打扫屋子，晚餐时间在卢氏蛋屋工作，为不慌不忙的用餐者服务。此时，裘德就在柜台里看书。每天晚上，她都会等厄尔利·琼斯的电话。她不知他会从哪里打来，甚至不知他会不会打来，但当卢氏蛋屋快打烊时，电话铃响起，她总会及时接听。而电话铃响起时，她通常都在漫不经心地装糖罐或擦桌子，尖锐的铃声总会让她心头一颤。

"就问候一下。"厄尔利总这么说。她一天过得怎么样？她妈妈怎么样？她女儿怎么样？很好，很好，很好。有时他问起她的工作，她会告诉他自己不得不为客人退掉三个蛋，因为厨师忙中出错，把煎蛋做成了炒蛋。或者她会问他开车的事，他告诉她自己在俄克拉何马州遇到了沙尘暴，伸手不见五指，他只好龟速前进，以免撞车。他的故事总让她心潮澎湃，哪怕是很沉闷的故事。两人的生活似乎有天壤之别。时间久了，他也开始说起过去，说起他如何在一天夜里被父母送走，如何被姨妈和姨父养大。她听说过这样的事。父亲去世后，母亲的姐姐曾提出抚养她们姐妹中的一个。

"你太辛苦了，"索菲姨妈握着母亲的手说，"让我们分担一下吧。"

双胞胎紧贴卧室门，屏息聆听，两人都想知道自己会不会被送走。索菲姨妈自己选一个吗，像从篮子里挑小狗那样？还是由母亲决定割舍哪个？终于，母亲对苏菲姨妈说，她不能让两个孩子分开。后来，德西蕾得知姨妈曾点名带走她。苏菲姨妈住在休斯敦，德西蕾曾想象她在休斯敦的生活，想象自己变成城市女孩，穿着浆过的裙子和闪亮的皮鞋，而非母亲从教堂箱子里捡来的褪色的印花布鞋。

厄尔利说，他离开马拉德后厌倦了为他人干农活，他决定去巴吞鲁日碰碰运气。但碰到的只有坏运气。他在那儿待了一年，靠偷汽车零件糊口，后来被抓，进了安哥拉州立监狱。当时他已经二十岁，从法律和现实的角度看都是个大人了。但对他而言，早从父母不告而别的那晚起，他就已经告别了童年。世界的运作方式与他想象的不同。你爱的人会离开你，而你束手无策。当他明白天下没有不散的筵席时，他在自己眼中就更老了一点。

他坐过四年牢，如今，他已将那段生活抛在脑后，不愿多提。

"这会改变什么吗？"他问她。

她想象着他在某个地方的电话亭里，靴子踢在玻璃上。

"改变什么？"她说。

他沉默片刻，说："哦，不知道。"

她其实明白他的意思：她对他的看法会不一样吗？但她还不确定自己对他有什么看法。她很久以前喜欢过他，但她不了解长大后的这个人。他对她有什么想法，她也了无头绪。几周前，他提出帮她找史黛拉，她说她没法马上付钱，他说"没关系"。

"什么叫没关系？"她说。

"意思是我不急着用钱。以后再说吧。"

她从没遇到过对钱这么漫不经心的打工人，可话说回来，她也没遇到过以此谋生的人。厄尔利追捕保释逃犯，那些人逃得无影无踪，一心想找个新地方从头开始。但只要你搜索得够仔细，他们总会留下蛛丝马迹，没人能彻底无影无踪。她又想起他给她的那袋照片。在小餐馆，她拿起那袋材料，心怦怦直跳。

"别担心，"他说，"我会让那个王八蛋离这里远远的。"她一定显得很不放心，于是他说："相信我，我不会放弃你。"

但他图什么呢？他几乎不认识她，而萨姆会给他很多钱。他出于什么原因效忠于她呢？接下来的几周，她一直不确定她和裘德是不是该换个地方。如果萨姆在找她们，迟早会找到吧？他不会亲自来马拉德吗？但此时此刻，或许马拉德才是最安全的地方。萨姆雇的人告诉他她不在路易斯安那，他有什么理由怀疑呢？也许她可以信任厄尔利，如果他想伤害她，萨姆早找到她了。但仅仅因为她可以信任他，并不表示他一无所图。

"他只说你想听的,"母亲一天晚上一边对她说,一边递给她一只湿盘子,"那人对史黛拉下落的了解不会比你更多。"

德西蕾叹了口气,伸手拿擦盘子的布。

"但他知道怎么找。"她说,"难道我们不应该试试吗?"

"她不想被找到。放了她吧,让她过她的人生。"

"那不是她的人生!"德西蕾说,"要不是我让她接下那份工作,这一切都不会发生!要不是我把她拖到新奥尔良!那座城市对史黛拉百害无益。你一直都是对的。"

她妈妈撇了撇嘴,说:"那不是她的第一次。"

"什么?"

"假装白人,"她母亲说,"新奥尔良只是让她有了机会真正付诸行动。"

这是她母亲一直未说出的故事:

史黛拉离家前往城市一周后,威利·李垂头丧气地来到这所纵排屋。他说他有话对阿黛尔说,早在创始人节前的几周,他就该告诉她了。有一天下午,他开车带史黛拉去奥珀卢瑟斯。因为史黛拉能快速估量出重量,她周末会在他的肉店里帮忙。她能比威利·李更准确地估量出一磅肉馅,每次他称她估量的肉,都分毫不差。她是个聪明细心的女孩,但那个夏天,他注意到她有些不一样。她似乎更多愁善感了,似乎把自己封闭了起来。他想可能是辍学的缘故,虽然他不太懂,他自己也是在九年级告别了学校。不管上不上大学,一个有本事估量出一磅肉馅的女孩一定能过得不错。但不是人人都像他这么务实，当史黛拉闷闷不乐地站在收银机后面，他想她应该还在为无法如愿去斯佩尔曼深造而耿耿于怀。

所以，他有一天下午邀请她去奥珀卢瑟斯。他要去送货，心想说不定她也想出去散散心。他给了她一枚镍币，让她买可乐喝。卸完货后，他发现她站在卡车旁边，脸红气喘。她去了一家名叫达莱娜魅力的店铺，售货员把她当成了白人。

"太滑稽了吧？"她说，"这些白人这么容易糊弄！和大家说的一模一样。"

"这可不是好玩的，"他告诉她，"被识破了可不得了。"

"白人哪里分得出来，"她说，"看看你，和卡瓦诺神父一样一头红发。凭什么他能当白人，你就不能？"

"因为他是白人。"他说，"我又不想当白人。"

"我也不想，"她说，"我只是想逛一下那家店。你不会告诉我妈妈吧？"

在马拉德，成长过程中难免听到各种假装白人的故事。沃伦·方特诺特乘火车时曾坐在白人区，多疑的行李员问他话时，因为他会讲足够多的法语，对方相信了他只是个肤色稍黑的欧洲人。马莱娜·古多假装白人获得了教师资格证；路德·蒂博多的领班将他标记为白人，给了他更高的薪水。偶尔假装一下不无乐趣，甚至显得很英勇。谁不想改变一下，当一会儿白人呢？但彻底变成白人则始终是个谜。你永远不会认识一个从未被识破的人，就像你永远无法成功伪装死亡一样；只有永远不暴露，这种表演才称得上成功。德西蕾知道许多失败案例：因为想家，因为被识破，因为厌倦了伪装。但就德西蕾所知，史黛拉已经过了半辈子白人的生活，或许演了这么久的戏，一切早已浑然天成。或许长年假装白人，最后也就变成了白人。

"搞定了，"两天后，厄尔利从什里夫波特城外打来电话时说，"我往回走了，你还想找妹妹吗？"

她从没想过史黛拉会有什么大秘密瞒着她。那不是史黛拉，不是那个睡在她旁边，思绪如流水般流淌在她们中间，声音回荡在她自己脑海的史黛拉。她和史黛拉共度了整个夏天，怎么会对她打定主意成为别人浑然不觉呢？她已经搞不懂史黛拉了，或许她从来就没搞懂过她。

电话线在她手指上缠得更紧了。小餐馆空荡荡的，裘德在柜台里看书——她永远在看书，永远一个人。

"想，"德西蕾说，"应该想。"

厄尔利·琼斯抵达的那个早晨下着雨，天气闷热，浓云密布。德西蕾坐在沙发边上，听着春雷声，给裘德扎辫子，她回想起刚到新奥尔良的几周，每当突如其来的暴雨落下，她和史黛拉都会在屋檐下避雨。后来她习惯了无常的雨水，但那时，每一场突如其来的暴雨都会让她大叫，她和史黛拉紧贴墙根，看着水溅到脚踝，笑个不停。裘德在她前面的地毯上扭了扭身子，指向门廊。

"妈妈，有个人。"她说。厄尔利站在门廊外的台阶上，夹克领子向上竖起，胡须上缀着雨滴。德西蕾慌忙起身，有种奇怪的紧张感，打开门的一刻她才意识到，两人正好站在他们初次见面的地方，恍如隔世。

"你可以进来。"她说。

"确定吗？"他说，"我不想搞得鸡犬不宁。"

他看上去和她一样紧张，这让她壮大了胆子。她招手让他进来，他在门廊上跺脚，甩掉靴子上的泥。他跟着她进屋，站在门口，一只手握在夹克口袋里。

"这是裘德。"她说，"裘德，来跟厄尔利先生问个好。我要和他开车出去一下，记得吗？"

"叫厄尔利就好，"他说，"我不是谁的先生。"

他笑着伸出手。裘德也把手递过去，随即跑进卧室拿书包。后来在州际公路上，厄尔利问德西蕾，裘德是不是一直这么安静。

德西蕾望着窗外，看着阳光照在庞恰特雷恩湖上。

"一直都是，"她说，"一点也不像我。"

"那像她爸爸？"

她不喜欢跟厄尔利说萨姆的事，甚至不愿想象这两个男人出现在她生命的同一阶段。而且，裘德也不像萨姆。从某种意义上说，她更像史黛拉。她对此讳莫如深，仿佛她告诉你任何一件有关自己的事，都是交出了什么再也无法收回的东西。

"不，"她说，"不像任何人，只像她自己。"

"那很好。做自己的女孩。"

"在马拉德不好，"她说，"没有一个女孩像裘德这样。"

厄尔利碰了碰她的手，她吃了一惊，他也缓过神来，抽回了手。

"肯定不容易。"他说，"我当时也不容易。你知道有个男人在教堂打了我吗？就打在后颈上。只因为我在他妻子前面把手伸进了圣水。好像我玷污了圣水似的。我以为姨父会给我撑腰。不知道为什么，但我当时就那么想的。结果他跟那个人道歉，好像我做了什么错事。"

他发出一声苦笑。货运列车从州际公路的另一侧驶过，雨水从轨道上滑落。她扭头看他，眼睛也湿了。

"我应该说话的，"她说，"我妈妈那样赶你走的时候。"

他耸了耸肩。"过去的事了。"

"你为什么要帮我？到底为什么？"

"哦，不知道，"他说，"可能这件事让我有点难过，你和你妹妹的事。"他凝视前方，拒绝与她对视。"可能我只是喜欢和你说话。这辈子没和女人说过这么多话。"

她笑了。"你都不怎么说话。"

"够多了。"他说。

她又笑了，伸手摸了摸他的脖子，后来他对她说，那是他第一次体会到那种感觉。他开车穿过桥梁，一只温柔的手放在他后颈上。

他们追逐往昔，在街头、楼梯间和小巷里寻找史黛拉的踪影。

他们走上双胞胎住过的三层公寓的台阶，那里如今住着一对老年夫妇。德西蕾尽量礼貌地问他们收没收到寄给德西蕾·维涅或史黛拉·维涅的物品，但老夫妇刚搬来两年。在此之前，双胞胎的生活痕迹早已湮灭在公寓的墙缝里。两姐妹一起煮饭，一起听小型晶体管收音机，那是她们的第一件奢侈品。两姐妹熬夜到天亮，仿佛终于变成了她们向往的成年女性。两姐妹签下第一套公寓的租约，也许在那时，史黛拉已经知道这只是临时安排。也许她已经开始寻找出路。

整个下午，他们去了各种老地方搜寻史黛拉的蛛丝马迹。他们去迪克茜洗衣房和装饰音符俱乐部打听她的下落。德西蕾问遍了电话簿中的老朋友，没人有史黛拉的消息。法拉·蒂博多嫁给了一名市政官，她在电话另一头笑了起来。

"不敢相信史黛拉会跑掉，"她说，"现在说你，我应该想得到……"

"那谢谢了。"德西蕾说，打算挂电话。

"等等，"法拉说，"不知道你急个什么劲。我刚要说我见过你妹妹。"

她心跳加速。"什么时候？"

"哦，好久了。还是你离开前。她走在皇家大街上，一副无忧无虑的样子。跟一个白人手挽着手。看见我，她马上把头扭向另一边。我发誓她一定看见我了。"

"确定是她吗？"

"肯定不是你，"法拉说，"她的眼神错不了，亲爱的。那个白人也很帅，不然她怎么会乐成那样。"

史黛拉为一个男人抛弃了她，史黛拉秘而不宣地恋爱了。史黛拉从来不是痴情种子，德西蕾为厄尔利犯傻的时候，她总会翻起白眼，她甚至从没交过男朋友。男孩们都叫她双胞胎中的性冷淡。但厄尔利告诉她，最简单的解释往往就是正解。

"感情会让人做出各种疯狂的事。"他说。

"但我了解她。"她说，然后自己住了嘴，她已经拿不准史黛拉的任何事了。她不是早就明白了吗？

当厄尔利提议去布兰切大厦试试时，她已经筋疲力尽。她只冒险进去过一次，是史黛拉消失的几天后。乘有轨电车途经运河时，她告诉自己，史黛拉不会一去不返。这是史黛拉，她只是陷入了某种不良情绪。史黛拉喜欢玩捉迷藏，喜欢躲在干床单后面。德西蕾想了太多自己都不信的安慰话。史黛拉会冒出来的，她会出现在她们的公寓台阶上，并做出解释。她不会放弃她拥有过的最好的工作，她不会丢掉姐姐不管。

德西蕾进入百货公司，缓步走过香水过道，了无头绪。她知道史黛拉在最高的几个楼层工作，但不确定是哪一层。在大厅，她花了很长时间研究导览，一名粗鲁的保安员问她要做什么。她支支吾吾，害怕暴露史黛拉，终于被赶了出来。

"太显眼了，"厄尔利说，"你得放轻松。你显得太急切，会让人生疑。平静下来。"

他们坐在布兰切大厦对面的咖啡馆。她点的意式浓缩咖啡几乎一口没喝，她还在想法拉看见的那个和史黛拉一起的白人。她看上去多么幸福。她不想被找到。德西蕾到底要做什么，把史黛拉拖回她已经不想要的人生吗？

"你走进去，要表现得像个他们愿意告诉你事情的人，"他说，"像个总能得偿所愿的人。"

"你的意思是，像个白人？"

他点了点头。"那样容易一点，"他说，"我没法和你一起去，会暴露你。你就走进去，说要找人，找一个老朋友。别说妹妹，会引起太多追问。就说你丢了朋友的联系方式之类的。放轻松，随便一点，像个无忧无虑的白人女士一样。"

于是，她想象自己是史黛拉，不是过去认识的史黛拉，是现在的史黛拉。她推开装饰着巨大黄铜把手的门，走进百货商店。她信心满满地走过香水通道，仿佛只要她愿意，她可以买下其中任何一瓶。她停下闻了几瓶，做用心挑选状。她浏览了柜里的珠宝，扫过精致的手袋，女售货员走近时，她表示自己随便看看。她走进电梯，黑人电梯员盯着地板。她对他视而不见，就像史黛拉可能表现的样子。这一切简单得令她作呕，变成白人只需演得像个白人即可。

当她进入第一个办公楼层后，一名白人保安赶来招呼她。她重复了厄尔利的话。轻松，随意，心无旁骛。她说她在找一个过去在市场营销部门工作的老朋友。

当然，他未能在大厦名册中找到史黛拉·维涅，但他告诉了德西蕾营销部门的楼层。她乘电梯去了六楼，走进办公室后，她做好了被误认为是史黛拉的准备。但红发秘书只冲她微微一笑。

"我在找一个老朋友,"德西蕾说,"她过去在这里当秘书。"

"叫什么名字呢?"

"史黛拉·维涅。"她环顾了一圈安静的办公室,仿佛说出名字,她就会被召唤出来一样。

"史黛拉·维涅。"秘书重复着,转向身后的文件柜。她一边找一边轻念那个名字,除此之外,办公室里只有轻轻打字的声音。德西蕾试着想象史黛拉在这样的地方工作的样子,想象她和其他礼貌的白人女孩一起坐在办公桌前。

秘书拿着一个文件夹回到座位上。

"怕是没有最新地址,"她说,"最后几张圣诞卡都退回来了。"

只能提供文件夹中给出的最近的地址,她很不好意思,连声抱歉。史黛拉留在一张卡片上的工整字迹将她指向了马萨诸塞州波士顿。

"不是什么大发现,"当晚厄尔利说,"但算是个切入点。"

两人坐在坏脾气山羊酒吧的昏暗卡座里,厄尔利慢慢喝着威士忌。他第二天又要去达勒姆执行新工作。此后,他会去波士顿的那个地址,看能不能挖掘出什么线索。她想不出史黛拉怎么会选那座城市,但这不重要。那张纸上的内容为她提供了一直以来无处可寻的新信息。

她再次感到对厄尔利的帮助无以回报,不知该如何谢他。喝完酒,她送他回寄宿处。两人登上脏兮兮的台阶时,他把她的手夹在胳膊下面,她没有抽开,她从没进过他的房间。她没喝醉,但房间突然很热。她已经有很多年没在一个陌生男人面前脱衣服了。

077

然后,时间变得很慢。他靠在破旧的梳妆台上,等待着。她靠在他身上,手顺势滑过他的肚子。他在皮带处拦住她。

"才刚刚开始,"他说,"离找到她还早呢。"

他握住她的手,仿佛明白这是两人更进一步的条件。

"没事。"她说。

"也可能找不到,也可能她已经走了。你明白吧?

她停顿片刻。"我明白。"

"只要你想,我就一直找下去,"他说,"你说停,我就停。"

她挣开手,伸入他的黑色T恤。手指拂过他腹部的疤痕。他在颤抖。

"别停。"她说。

第二部

地图
1978

4

突如其来的黑色女孩

一九七八年秋天,一个深色皮肤的女孩突然从一座地图上不存在的小镇闯入了洛杉矶。

她乘坐灰狗巴士[1],一路离开了那个鸟不拉屎的地方,她的两只手提箱在车里吱嘎作响。一个没来历的女孩,无名小卒,其他乘客不会注意到她有任何特别之处,除了黑漆漆的肤色。然后就是很安静。她一直在翻一本破旧的侦探小说,那是妈妈的男友送她的十七岁生日礼物,这已经是她第二次读了,她想找出所有错过的线索。司机靠站时,她把书夹在腋下,下车绕着巴士舒展腿脚。她肌肉很紧绷。那位意大利司机看着她,想起在笼中踱步的猎豹。如果知道她是一名跑步

---

[1] 灰狗巴士(Grayhound),美国州际长途汽车,每隔数小时停靠站点更换司机和车辆,乘客可于此时进食休息。——编者注

选手，他丝毫不会惊讶，男孩般的精瘦身材，一双大长腿。他抽着烟，看她又绕了一圈。多可惜，这双腿，这张脸，那肤色。上帝啊，他没见过这么黑的女人。

她没留意到巴士司机在看她。她几乎从不留意任何投射在她身上的目光，即使留意到，她也很清楚人们在看什么。没错，她太黑了，没人能视而不见，她又很高，手长脚长，像她已经十年杳无音信的爸爸。她又慢慢绕了一圈，试图把那本书页卷曲、书脊折断的书翻到刚看过的地方。她从小就喜欢侦探小说。妈妈的男友经常坐在门廊上，一边清理枪支，一边给她讲他的追捕故事。

对于一个成年男子和一个小女孩，这似乎是种奇怪的互动方式，但她早知道厄尔利·琼斯是个怪人。他不是爸爸，却是她生命里最接近爸爸的人。她喜欢看他慢慢拆卸那把枪，并会准备好各种问题问他。他对她说，只要你善于说谎，就几乎能找到任何人。一半的追捕过程都是在假扮别人：扮成老朋友找寻好友的地址，扮成失散多年的侄子找寻叔叔的新号码，扮成父亲查问儿子的下落。总有什么人接近你的目标。即使不得其门而入，也永远有一扇窗为你打开。

"没有太多让人兴奋的桥段。"他告诉她，嘴里嚼着根牙签，"多数时候只有电话里轻声细语的老太太。"

他把寻找失踪者说得这么轻巧。有一次，她问他能不能找到她爸爸，他没看她，低头刷着枪管内部。

"你不会想我找到他的。"他说。

"为什么？"

"因为,"他说,"他不是个好人。"

他当然是对的,但她讨厌他这么笃定。他怎么知道?他都没见过她爸爸。

她一直在幻想爸爸会开着他闪亮的别克车来营救她。总有一天,她放学时,爸爸会等在校门口。高高帅帅的爸爸,满脸笑容,冲她张开怀抱。其他孩子都看呆了。然后,他会带她回华盛顿,她会去一个和马拉德天壤之别的地方读书、交友、约会、跑步、上大学,届时,她将不再相信马拉德是一个真实存在的地方,一切只是她的幻想。

但十年过去了,没有电话,没有信件。最后还是她自己救了自己。她荣获了州锦标赛的 400 米冠军,又恰巧被大学招生人员看到,堪称奇迹中的奇迹。她拼了命跑啊跑,终于能离开这个该死的地方了。在巴士站,她站在金属台阶下面,看着厄尔利把她的行李搬上车。外婆取下自己的念珠,挂在外孙女脖子上,妈妈一把抱住她。

"我还是不懂你为什么要大老远跑去什么加利福尼亚,"妈妈说,"明明这里就有很好的学校。"

妈妈微微一笑,仿佛只是在说笑,仿佛不是在劝裘德留下。她们都知道事情已成定局。裘德接受了加州大学洛杉矶分校的田径奖学金(好像她可能回绝似的),现在,长途车就在眼前,她已经要上车了。

"我会打电话的,"裘德说,"还有写信。"

"你最好说话算话。"

"没事的,妈妈,我会回来看你的。"

但两人都知道,她再也不会回马拉德了。她在巴士上摆弄念珠,想象着妈妈也曾像这样乘巴士离开。只是她不是一个人,身旁的史黛拉凝望着黑漆漆的窗外。裘德把破旧的平装书放在膝上,身体靠着单薄的窗户。她从未见过沙漠,它似乎绵延不绝。一英里又一英里,把她的人生越拉越远。

他们叫她沥青宝贝。

午夜。小黑。泥饼。他们说:笑一个,我们看不见你。他们说:你太黑了,站在黑板前面就看不见人。他们说:我打赌你参加葬礼不用穿衣服,我打赌萤火虫白天会围着你转,我打赌你游泳时像抹了一身油。他们发明了许多笑话,四十多岁时,她还在旧金山的一次宴会上如数家珍地分享了许多个。我打赌蟑螂管你叫老兄,我打赌你找不到自己的影子。她惊讶于自己居然记忆犹新。她在宴会上强颜欢笑,尽管她并不觉得有任何好笑之处。那些笑话说得没错。她确实黑,深黑色。不,甚至黑得发紫。黑得像咖啡,像沥青,像外太空,黑得像宇宙太初,像世界末日。

起初,她外婆希望她远离阳光,给了她一顶大园艺帽,紧紧绑在下巴上,她几乎无法呼吸,她没法戴着它跑步。但她喜欢跑步,而跑步不可能让她变白。阿黛尔苦口婆心:至少等太阳落山再去跑吧。整个夏天,她都在屋里看书,觉得自己快憋疯时,就在院子里追逐阴影,戴着那顶巨大的帽子,长长的袖子紧贴在汗湿的胳膊上。她不会更黑了,但似乎在马拉德住得更久一点,她就会更黑一点。她是班级照片里的一个黑点,她是礼拜日弥撒长椅上的一块黑斑,她是其他孩子游泳时，徘徊在河岸上的一个黑影。因为太黑，你看见她，就看不见别的什么。一只苍蝇弄脏了一锅牛奶。

在教室里，她坐在校队投手朗尼·古多前面，整个学生时期，他都在用纸球砸她。他有一双灰色的眼睛，红褐色的头发盖过脖子，脸上散落着点点雀斑。一个漂亮男孩。每当她想到他在盯着她时，都感觉如芒在背。他撸起袖子，前臂的肤色很淡，棕色的汗毛历历可数。他伸展手臂，揉起纸团，然后，她感觉有东西打在脖子上，后面的男孩开始窃笑。她从不会转过头去。有一次，扬西先生抓了朗尼现行，罚他留堂。她出去时，他在擦黑板，他一边在灰尘中挥舞黑板擦，一边对着她傻笑。回家路上，她一直在回味那一刻。他的表情介于鬼脸和笑脸之间。

朗尼·古多是第一个叫她沥青宝贝的人。在她搬到马拉德一个月后，他在教室垃圾桶里捡到一本《野兔大冒险》，他得意地拍了拍封面上闪亮的黑块。"看，裘德。"他说。她震惊于他居然知道她的名字，直到全班哄堂大笑，她才反应过来他在取笑她。他因为打扰班级默读而受惩，那本书很快被涨红了脸的老师拿走。但那天晚餐后，裘德问妈妈什么是沥青宝贝。德西蕾正把脏盘子浸入水槽，一时语塞。

"只是个老故事，"她说，"怎么了？"

"今天有个男生这么叫我。"

她母亲慢慢用毛巾擦干手，在她面前蹲下。

"他只是想惹你生气。"她说，"别理他。等他玩够了，就消停了。"

但他玩不够。朗尼往她的袜子上甩泥点,把她的书扔进垃圾桶,考试时踢她的椅子腿,扯她的发带,她一来就唱"你的我的,黑的裘德"。五年级的最后一天,他在学校台阶上绊倒她,导致她刮伤了膝盖。在厨房桌子前,外婆把她的腿放在自己腿上,用棉球轻轻帮她擦拭血迹。

"也许他喜欢你,"外婆说,"小男孩总爱捉弄喜欢的女孩。"

她试着想象朗尼握她的手,放学帮她拿书,亲她,甚至用他长长的睫毛蹭她的脸颊。她想象两人去看电影,乘坐嘉年华摩天轮,朗尼伸手搂她。但她只能想象出朗尼在泥泞的水坑里往她身上溅脏水;朗尼在她头上粘口香糖,骂她蠢母狗;朗尼攻击她,直到她嘴巴裂开,眼睛肿胀得闭起来。然后,她爸爸总会在暴怒下冲出门去,妈妈在地板上抽泣,把脸埋进沙发垫。有一次爸爸没有马上离开,而是把妈妈的脸拉到他肚子上,轻抚她的头发。妈妈呜咽着,但没有抽身离开,仿佛他的抚摸安慰了她。

不如想象朗尼打她吧。相反的事(柔软的部分)更让她恐惧。

在侮辱和嘲笑之前,在嘲讽之前,在泥泞的袜子、被踢的椅子、空空的午餐凳等之前,首先到来的是各种各样的问题。她叫什么,她从哪里来,为什么来这里。上学第一天,路易莎·鲁比杜从桌子的另一边靠过来问,早上那位和她一起的女士是谁。

"我妈妈。"裘德说。不是很明显吗?她送她上学,牵着她的手。还能有谁?

"但不是你亲妈,对吧?"路易莎说,"你们看上去一点都不像。"

裘德愣了一下，说："我像我爸爸。"

"那他在哪儿呢？"

她耸了耸肩，虽然她知道答案。她们把他留在了华盛顿。她已经开始想念他，哪怕她还能看见妈妈脖子上的瘀伤，哪怕她还能记起长久以来在她身上见过的各种瘀伤，那些奇形怪状的黑斑。有一次在泳池，妈妈换衣服时突然停下，她盯着妈妈，发现她大腿上有一块褐色的瘀伤。妈妈默默穿回衣服，对裘德说，她决定今天就坐在泳池边看她游。回到家，爸爸用一个吻欢迎了妈妈，裘德意识到，只要努努力，她就可以假装瘀伤来自别处。她与其中一人的关系奇迹般地摆脱了与另一人关系的束缚。比如想起爸爸，她心中浮现的是一个四肢摊开，躺在地毯上翻漫画的人。而不是那个抓着妈妈头发，把她拖进卧室的人。不，那是另一个男人。当碎玻璃被清走，瓷砖上的血迹被擦去，妈妈躲进浴室，用冰袋敷脸，她真正的爸爸又回来了，微笑着，轻抚她的脸颊。

"为什么我长得不像你？"那天晚上她问妈妈。她坐在沙发前的旧地毯上，妈妈在给她编辫子，她看不见妈妈的脸，但能感觉到她的手停下了。

"我不知道。"她妈妈终于说道。

"你长得像外婆。""有时候就是这样，宝贝。"

"我们什么时候回家？"她问。

"我不是说了嘛，"她妈妈说，"我们得在这儿待一阵子。好了，别扭来扭去，让我编完。"

她开始意识到一件很快就确定无疑的事：妈妈没有回家或去别处的打算，每次妈妈假装有这样的打算时，都是在说谎。第二天，她独自吃午餐时，路易莎带了三个米色皮肤的女孩来质问她。

"我们不信你的话，"路易莎说，"那个人不可能是你妈妈。她太漂亮了。"

"她不是，"裘德说，"我亲妈不在这里。"

"那她在哪儿？"

"不知道。别的地方。我还没找到她。"

她不知为何想起了史黛拉，那个女人虽然和她也没多少相似之处，但一定是个更好的妈妈。史黛拉不会惹爸爸大发雷霆，令他对她拳脚相向。她不会半夜叫醒裘德，带她上火车，去一座其他孩子都嘲笑她的小镇。史黛拉会信守诺言。她不会一次又一次答应离开，却始终哪儿也不去。

"你得看好你妈妈，"她父亲有一次曾警告她，"她还是喜欢那些家伙。"

"什么家伙？"她躺在他旁边的地毯上，看他玩抓石子，他的大手在她眼前变得模糊。

"她老家的那些家伙，"他说，"你妈妈心里还是有那些东西。她还是觉得高我们一等。"

她不太懂他的意思，但她喜欢被当作"我们"中的一员。人们以为被划入某个类别，代表你与众不同。不，这只会让你备感孤独。与众不同代表你不属于这里。

上高中后，那些外号已经让她无感，但孤独感让她备受打击。你永远无法习惯孤独。每当她以为自己习惯了，她又会陷入更深的孤独之中。她一个人吃午餐，一个人翻看廉价的平装书。从没有人周末找她玩，从没有人邀请她去卢氏蛋屋吃午餐，从没有人打电话来问她的近况。放学后，她一个人跑步。她是田径队里跑得最快的女孩，换成另一座城镇的另一支田径队，她理应成为队长。但在这座镇上的这支田径队里，她一个人做准备活动，一个人坐田径队的队巴，获得州锦标赛冠军后，除了韦弗教练，没人对她表示祝贺。

尽管如此，她依然坚持跑步。因为她喜欢跑步，因为她想让自己擅长一件事，因为她爸爸曾在俄亥俄州立大学跑步。每当系好鞋带，她都会想起爸爸。有时，当她在棒球球员休息区后面跑圈，她会感觉朗尼·古多在盯着自己。她的跑步姿势有种颠簸感，既不优雅也不协调，教练曾尝试纠正，但终于作罢。朗尼可能觉得她的姿势滑稽，或者单纯喜欢笑她：一身漆黑，却穿着白色上衣和白色短裤。跑步时，她觉得自己已经黑无可黑，与此同时，她也从不会觉得自己是不是白了一些，没那么像个黑人。

她穿的金色跑鞋是她在某一个圣诞节求厄尔利送的。妈妈对这个选择不以为然。

"你不想要一件漂亮裙子吗？"她问，"一对新耳环？"每年，她都把盒子踢过地毯，似乎连碰都不想碰。"又是运动鞋。"她闷闷不乐地说，看着裘德抽出鞋盒里的纸，"我这辈子也搞不懂，一个女孩子怎么会想要这么多运动鞋。"

她十一岁那年，厄尔利送给她第一双跑鞋，是从芝加哥买来的白色新百伦运动鞋。第二年，他去堪萨斯州工作，圣诞节没回来。第三年他回来了，像从没离开过一样，又带回一双新鞋，那时她早已习惯他的来来去去，像季节变迁一样规律。

"那个鬼鬼祟祟的人又来了。"外婆总这么说。她从没叫过厄尔利的名字，永远称呼他"那人"，或直接称呼"他"。她从不赞成女儿与人姘居，尽管厄尔利每次来访的时间太短，根本称不上姘居，只是不知这到底是好是坏。尽管如此，每个厄尔利季节（裘德开始这么看待他的来访）到来时，妈妈总会发生一些变化。首先是房子，妈妈会踩在椅子上扯下窗帘，她会拍打地毯的灰尘，把窗户擦得干干净净。然后是她的衣服：妈妈会拿出一双新丝袜，完成几个月前开始缝制的裙子，一丝不苟地擦鞋，擦到油光锃亮。最后也是最尴尬的部分：妈妈会像个虚荣的女学生一样在镜子前摆弄自己，把长发拨到一边，又拨到另一边，尝试一种新的草莓味洗发水。厄尔利喜欢她的头发，所以她特别注意头发护理。有一次，裘德看见他站在妈妈身后，把脸埋在妈妈的头发里。那一刻，她不知道自己到底想成为谁，厄尔利还是妈妈，美人还是爱慕者，这种渴望让她难受，她转身走开了。

妈妈从不承认厄尔利季节要来了，但外婆心知肚明。这也是厄尔利季节的特点之一：她和外婆这两个暂时的盟友培养出了明确的忠诚。

"到处是男人，"外婆说，"镇上有这么多男人，她就非揪着他不放。"

外婆抱怨眼干，布伦纳医生给她开了眼药水。每晚睡前，裘德会把外婆的头架在她大腿上，外婆的一头白发像扇子一样散开，然后，裘德会小心为她的每只眼睛滴上一滴眼药水。

"你是不曾看见，"她外婆说，"喜欢她们的男孩乌泱乌泱的。"

时至今日，外婆有时说起裘德的妈妈时还会用"她们"。裘德从未纠正过她。她慢慢滴下眼药水，外婆对着她眨了眨眼。

德西蕾·维涅在车站向女儿乘坐的长途车挥手，她等车消失在转角，才伸手抹泪。她不想女儿最后看到那样的画面，如果女儿真会凝望黑暗的窗外，她不想让女儿看见一个哭花脸的傻妈妈，仿佛再也见不到她。厄尔利递给她一条手帕，她笑着擦干眼泪。"我没事，我没事。"虽然没人开口问她，虽然她并不是没事。他送她去卢氏蛋屋，她系围裙时想到，她会和过去十年一样开始这一天，只是这一次，她不知道何时才能再见到女儿。

十年。她回家已经十年。有时环顾这套房子，她会摇摇头，仿佛仍搞不懂自己是怎么回来的，仿佛置身《绿野仙踪》，只是从天而降的不是房子，是她自己。时隔多年，当她从梦中醒来时，她仍会为自己还留在这里感到恍惚。最早决定留下时，她给了自己一些实际的理由。她在卢氏蛋屋的收入不足以支撑她们去其他地方生活。她不能再一次抛弃母亲。她仍然期望史黛拉能自己回来，即使不回来，留在这里，徘徊在史黛拉的旧物之间，她也能感觉离她更近一些。史黛拉的餐椅，史黛拉称为"简"的玉米壳娃娃。到处是史黛拉碰过的门把手、毯子和沙发垫，上面无不留着她看不见的指纹碎片。

她已经在这里过起了自己的日子，不是吗？有母亲，有女儿，还有厄尔利·琼斯，虽然他一再离开，但又会一再回来。每当他来访，德西蕾总感觉又变回了小女孩，岁月如赘肉，从骨间滑落。他的来访总有些奇妙。有一次，她正端着一盘乡村炸牛排和鸡蛋为客人上菜，猛然发现厄尔利就坐在柜台尽头，叼着根牙签。还有一次，她锁上餐厅门，转过身，厄尔利就靠在马路对面的电话亭上。她已经精疲力竭，看见他立刻笑逐颜开，仿佛春天意外降临。前一天还冰天雪地，第二天就百花盛开。

"刚好想起你了。"他说，仿佛他是顺路造访，而非驱车从查尔斯顿星夜赶来，只为早一刻见到她，"来看看你有什么新鲜事。"

她从来没有任何新鲜事，日子变得千篇一律，慢慢地，这种千篇一律也让她感到安心。没有惊喜，没有突然爆发的愤怒，没有男人这一刻抱着她，下一刻就开始打她。现在的生活很安定，她很清楚每天有什么事等着她，除了厄尔利出现的时间，他是生活中唯一会让她措手不及的事。他顶多逗留一两天，就再次离开。有一次，他说服她请病假，他好带她去钓鱼。他们什么也没钓到，但午后时分，两人漂在如镜的湖面上，他吻着她，手指滑入她裙底，抚慰着她。这是几个月里发生在她身上的最刺激的事。

厄尔利来镇上时，她母亲会变得严厉而寡言，每当德西蕾溜去客栈与他私会，她总是怒气冲冲地盯着门口。

"我不懂你干吗要跟那个人搞在一起，"她说，"留都留不下来，找不到一份正经工作。"

"他有工作。"德西蕾说。

"那算什么正经工作!"她妈妈说,"估计外面有大把女人——"

"那是他的事,跟我无关。"

她没问过厄尔利离开马拉德后跟谁过夜。他也没问过她,他离开后,她是否会想念他。但她不知道是不是正因为他要离开,两人才能维持下去。他不是个安定的男人,或许她也不是个安定的女人。一想到婚姻,她总有种跟萨姆困在一间憋闷公寓里的感觉,她要在每个平静的时刻为他不可避免的暴怒提心吊胆。但厄尔利很好相处,他没有隐藏的一面。他们不吵架,即便有时被他气到,一想到他就要走了,气也就消了。他无法囚禁她,因为他拒绝囚禁自己。他来访时,她还要费力说服他住在家里。

"这个,不好吧,德西蕾。"他一边说,一边摩挲着下巴。

"我没有让你娶我,"她说,"我没有让你做任何事。我得一直往客栈跑,你不觉得多此一举吗。而且我觉得,还有裘德,不如……"但她停在了这里。她从不想让厄尔利觉得她想让他做女儿的爸爸。他不欠她们母女。他们的关系中从不存在"亏欠"一说。

"那你母亲呢?"他说。

"别担心她,我会搞定。我只是觉得……这么做多此一举,仅此而已。我们都是成年人,我受够了偷偷摸摸。"

"那好吧。"他说。

再来镇上时,他在她母亲家中见到她。他站在门廊,小心翼翼地脱掉脏靴子，小心翼翼地走进房子，仿佛来到一家高级店铺，生怕碰坏什么。他很可笑地带来了一束花，她去给花瓶装水，两人像在过家家。厄尔利像电视里的丈夫一样，进门就说，亲爱的我回来了。他还从外地带回了礼物：给她的新钱包，给她母亲的香水——她母亲拒绝说"谢谢"——以及给裘德的书。她已事先跟女儿解释，厄尔利会和她们一起住。

"一直吗？"裘德问。

"不，不是一直，"德西蕾说，"偶尔而已。他来镇上的时候。"

她女儿沉默片刻，说："好吧，也许他不该来。也许我们该跟他走。"

"我们没办法，宝贝。他都没有一个像样的房子，我们只能留在这儿。但他会过来，会给你带好东西。你不喜欢吗？"

她当然知道女儿在说什么。她只想离开，从回到马拉德起，她已经想离开，而德西蕾一直在惭愧地向她做出保证。她无法保证其他孩子会友善对待裘德，会和她一起吃午餐，会带她一起玩，所以每当又一个生日聚会没邀请裘德时，德西蕾都会告诉女儿，等她们离开马拉德，这一切都不重要了。离开是她能为女儿做的唯一一件事。但当她看见厄尔利和裘德一起在地毯上看书时，她会想，留下来对裘德也未必是最糟糕的安排。在这里，她至少有家人，有人爱她。晚上，德西蕾会抱着女儿，给她讲自己的童年故事。起初她会说，我有个妹妹叫史黛拉；后来变成，你有个阿姨；再后来变成，从前有个叫史黛拉的女孩住在这里。

几年里,厄尔利到处追踪史黛拉·维涅,一直到她不再是史黛拉·维涅。

她在新奥尔良和波士顿时尚未改名换姓,之后线索就断了。他猜她应该结了婚,但在能查到的所有史黛拉·维涅去过的地方,他都没找到她结婚的消息。她应该在其他地方结了婚,她应该还叫史黛拉。换姓容易,改名太难,人们很难习惯一个新名字。只有专业骗子才能驾驭一个彻底的新身份,而史黛拉绝非什么专业骗子。既然不认为有人会找自己,何必要处处提防呢?事实上,她一直都很马虎,马虎到厄尔利直接找到了她在波士顿的公寓。

"哦,很好的姑娘,"女房东在电话里说,"很安静,在市中心工作,好像是一家百货商店。后来发达了就搬走了。真是个好姑娘,从不添麻烦。"

他想象史黛拉站在香水柜台后面,向走过的女士喷洒粉色香雾,或在圣诞节期间打包洋娃娃礼品。他做过一两个梦,他在西尔斯百货和罗巴克百货追逐史黛拉,她躲在衣架和鞋架后面。

"她有男朋友吗?"他问。

女房东没有回答,接着就称有事挂断了。一个黑人男性追问白人女性的事,她已经够多嘴了。但厄尔利并不满足,他还没找到她之后的地址。史黛拉撒了些面包屑,几乎比了无踪迹更糟。说"几乎",是因为他一点也不想找到史黛拉。

起初,他是很想找到史黛拉的,至少他是这么对自己说的。现在回头看,他已经不太确定。也许一直都是德西蕾的意志在牵引他。他想取悦她，所以提议帮她。他想找到史黛拉，是因为德西蕾想找到她。这些愿望叠加成了一个单独的愿望，让他坚持了多年。但史黛拉不想被找到，这个愿望似乎更强烈。德西蕾在一边牵引，史黛拉在另一边更用力地牵引。厄尔利被莫名夹在中间。

此时，他已经放弃寻找多年。一天早晨，他从德西蕾·维涅的床上爬起，发现自己长了根白胡子。他在浴室的镜子前站了十分钟，找其他白胡子。他头一次被自己的脸吓到。他怀疑他长得越来越像自己的父亲了，这让他不安，仿佛自己在变成一个陌生人。此时，德西蕾搂住他的腰，靠在他背上。

"还没欣赏完啊？"她问。

"有根白胡子，"他说，"你看，这儿。"

她突然大笑起来。多年后，回想起她的笑声，他仍感到心旷神怡，而当时，突如其来的爆笑着实让他心头一惊。

"好吧，希望你没觉得自己会永远青春可爱。"她说着推开他，开始刷牙。他靠在门框上端详她。多数早晨，她四点就要去卢氏蛋屋开门，所以他醒来时，她已经不在。更不用说多数早晨，他不会在这张床上醒来。他会躺在汽车后座，或躺在破旧的汽车旅馆脏兮兮的床上，想着德西蕾的房间。深色木墙，梳妆台和周围的照片，蓝色印花桌布。她童年的房间，她与史黛拉共用的床。厄尔利总会睡在史黛拉那一侧，两人做爱时，他有时会觉得尴尬，仿佛史黛拉就坐在梳妆台上，目睹着一切。

德西蕾在水池边洗脸，他想把她拉回床上。他对她永远都不腻，他永远没法用他想要的方式爱她。全部，全部的爱会吓跑她。每次回马拉德，他都想带回一枚戒指。至少她母亲终于能尊重他，甚至开始把他当儿子看待。但德西蕾始终不想再结婚。

"我什么都经历过了。"她说，就像谈论战争的士兵，语气里只有疲倦。

从某种意义上说，那的确是一场战争，而她毫无取胜的希望，只求不死。她对他说了萨姆所有伤害她的方式：把她的脸撞到门上，拽着她的头发，把她拖过浴室地板，用手背扇她的嘴，手上留下口红和血迹。她轻抚厄尔利的嘴唇，厄尔利亲吻她的指尖，试着将她的描述与十年前他在电话里听到的那个文质彬彬的声音结合起来。她不知道萨姆如今在何方，厄尔利当然追踪到了他。他和新妻子及三个儿子住在诺福克，那三个儿子也长成了对世界无益的恶毒之人。但他从没对德西蕾说过这些，说了又有何益？

"裘德昨晚来电话了。"德西蕾说。

"是吗？"他说，"她适应吗？"

"你知道她的，从来不多说。但我感觉她挺好的，她喜欢那里，让我跟你问好。"

他咕哝了一声。他不太相信她身在数千英里之外还想得起他，他的存在只会让她想起不在身边的爸爸。

德西蕾拍了拍他的肚子。"宝贝，你看看那个漏水的水槽吧？"

至少她的话让人受用。不像阿黛尔，坐在桌子对面，几乎不看他，只在去上班经过他时丢下一句"椅子晃了"。她对待他像对待一名登堂入室的杂工。也许他的身份正是如此。他有一所房子,但很少来住。他有一个女儿,甚至不喜欢他。

他蜷在厨房水槽下,背部酸痛。过往的生活一幕幕涌来,在车里睡觉的夜晚,在狭小空间躲藏的时间。青春已逝,他不再是那个对每份新工作干劲十足的年轻人。如今只剩疲惫,甚至无聊。他追捕过形形色色的藏匿者,始终未找到搜寻了最久的那些。

在最好的夜晚,他安顿在德西蕾·维涅的床上,磨蹭着她的脚丫。他看她梳头,听她说话。他脱下裤子,她穿着睡衣上床,仍感觉穿得太多——他们不过在自我欺骗——她一关灯,他的四角裤就脱到了脚踝,她的睡衣就拉到了腰间。他们尽量压低声音,但很快他就豪放起来,不在乎任何人听到,因为这样的夜晚实在少之又少。在路上,他总要努力回想如何独自入睡。

"越来越难,你知道,"他有一天晚上对德西蕾说,"时间太久了。有时人们会露出马脚,但……"

"我知道。"她说。她的皮肤在月光下闪着银光。他转向她,摸她的屁股。她如此纤瘦,他经常因为离开太久,而恍如初见。

"她说不定会自己回来,"他说,"想家。也许她年纪大了,发现一切都不值得。"

他伸出手,抚摸德西蕾的柔软鬈发。他如此渴求她,满心都是她,快要窒息。但她背过身去。

"太晚了,"她说,"就算她回来,她也已经不在了。"

在洛杉矶，没人听说过马拉德。

整个大学一年级，裘德常常欣喜地告诉大家她来自一个地图上无处可寻的地方。起初很少有人相信，里斯·卡特尤其不信，他坚称所有城镇一定都会标在某张地图上。相比之下，加州人反而更容易相信，他们会觉得路易斯安那州的某座小镇大概太无关紧要，无法引起制图师的注意。但里斯也来自南方，他在阿肯色州的埃尔多拉多长大，听上去比她的家乡更古怪，但也登上了地图。因此，四月的一个晚上，她把他拉到图书馆，翻开了一本巨大的地图册。外面下着雨，里斯的鬈发被雨打湿，松散地趴在额上。她想把他垂落的头发拨开，终究还是作罢。她指着路易斯安那州的地图，锁定阿查法拉亚河和红河交汇处的下方。

"看，"她说，"没有马拉德。"

"该死，"他说，"你是对的。"

他靠向她的肩膀，眯起眼睛。两人相识于去年田径队的万圣节派对，她是被室友埃里卡拽去的。埃里卡来自布鲁克林，是一名健壮的短跑运动员，她总是没完没了地抱怨洛杉矶，雾霾、堵车、地铁和轻轨太少。她的不满让裘德愈加认识到自己有多幸运，她心中充满感激。但这感激只会暴露她的贫苦出身，所以她尽量不露声色。入住那天，埃里卡瞥了一眼裘德的两个手提箱，问："你剩下的行李呢？"她自己的书桌上摆满了唱片，墙上贴着朋友的照片，衣橱里塞满了亮丽的衣衫。裘德悄悄打开她拥有的一切，说剩下的还没送来。埃里卡再未提过此事，裘德也因此对她有了好感。

万圣节那天，埃里卡穿着亮闪闪的紫色连衣裙，戴着精美头饰，裘德戴上了一对懒洋洋的猫耳朵。她坐在马桶盖上，埃里卡躬身站在她对面，为她搽上蓝色的荧光眼影。

"你知道吗，你稍微打扮一下就特别好看。"她说。

但这种亮蓝色只会让她看上去更黑，所以裘德一直在拍打自己的眼睛。后来里斯告诉她，他最先注意到的就是她的蓝色眼影。在狭窄的公寓，她跌跌撞撞地跟着埃里卡，穿过一个个女巫、鬼怪和木乃伊。当埃里卡去装满冰块的浴缸里拿啤酒时，裘德躲在门口，不知所措。她从未受邀参加过陌生人的派对，她很紧张，甚至未注意到沙发上坐着一个牛仔。他一头金棕色头发，长相英俊，下巴留着胡楂。他上身穿着生牛皮背心和蓝色格子衬衫，下身穿着褪色的牛仔裤，脖子上系一条红色手帕。她感觉到他在看她，不知如何是好，于是说："嗨，我是裘德。"

她拉了一下裙边，略显尴尬。但牛仔露出了笑容。

"嗨，裘德，"他说，"我是里斯。来瓶啤酒。"

她喜欢他说话的口气，更像命令，而非邀请。但她摇了摇头。

"我不喝啤酒，"她说，"我是说，我不喜欢那味道，而且会让我感觉慢悠悠的。我是跑步运动员。"

她有点语无伦次，但他歪了歪头。

"你来自哪里？"他说。

"路易斯安那。"

"路易斯安那哪里？"

"一个小镇。你没听说过的。"

"你怎么知道我没听说过？"

"相信我，"她说，"我知道。"

他笑了，向他晃了晃啤酒。"确定不来一口？"

或许是他熟悉的南部口音，或许是他的帅气，或许是身在人满为患的房间里，他选择了和她说话。总之，她向他走了一步，又一步，又一步，直到站在他正前方。此时，一群吵闹的男孩涌入，里斯伸出手，把她拉到安全地带。他的手护在她的膝盖后面，几周后，回想那场聚会时，她只记得他的手在她裙边徘徊的感觉。

现在，她在潮湿的图书馆里翻阅地图集，从路易斯安那地图到美国地图，再到世界地图。

"我小时候，"她说，"四五岁的时候，以为这只是我们这一侧的世界地图，而另一张不一样的地图上还画着另一侧的世界。我爸爸说我是傻瓜。"

他带她去了公共图书馆，他转起地球仪，她明白了他是对的。但此时此刻，看着里斯在地图上摸索，一部分的她仍希望爸爸是错的，不知为何，她希望还有更多世界有待探索。

5

里斯与裘德

离开埃尔多拉多后，特蕾丝·安妮·卡特变成了里斯。他在普莱诺剪掉了长发，他用一把偷来的猎刀在卡车停靠点的厕所斩断了烦恼丝。他在阿比林城外买了一件蓝色格子衬衫和一条带银色公马皮带扣的皮带。他还在穿那件衬衫，但皮带扣已在他一贫如洗时流入了埃尔帕索的当铺，后来他曾感伤地提起，他仍记得那种重量悬在腰间的感觉。在索科罗，他开始用白色绷带裹起胸部；到了拉斯克鲁塞斯，他已经学会新的步姿，迈开双腿，挺直肩膀。他对自己说这样搭车更安全，但事实是，他自始至终都是里斯。到了图森，特蕾丝反而更像假扮的那个。如果你能在一千英里内摆脱掉一个身份，那个身份又能有多真实呢？

在洛杉矶，他在加州大学洛杉矶分校附近的健身房找了一份清洁工作,他结识了一些练肌肉的人,他们告诉他去哪儿能弄到好东西。在肌肉海滩,男人们在午后阳光下炫耀着健美的上身,他在人群边缘徘徊。问萨德吧,有人对他说,萨德就在那边,身材魁梧,胡须凌乱,没有头发。里斯鼓起勇气走过去,萨德伸出大手把他拉到一边。

"孩子,下回拿五十美元来,"他说,"然后我们来聊一聊。"

他省吃俭用一个月,存下了钱,然后在木板路旁的一家酒吧找到了萨德。萨德把他领进男卫生间,拿出一只小瓶。

"你打过吗?"他问。

里斯摇头,瞪大眼睛看着针头。萨德笑了起来。

"老天爷,孩子,你多大?"

"够大了。"里斯说。

"这玩意儿可不是闹着玩的,"萨德说,"它能让你感觉不一样,让你的生殖能力下降。但我猜你还没到担心这事的时候。"

"是的,先生。"里斯说,萨德开始教他怎么操作。从那以后,他从萨德手中购买了大量的类固醇,每次交易的场景都像他初次踏进的那间酒吧厕所一样龌龊。在黑巷子里和药贩子握手,感觉药瓶被压入掌心,或在健身房的储物柜里收到不明纸袋。七年后的今天,特蕾丝·安妮·卡特只是尤宁县公共记录办公室的一张出生证明上的名字。没人看得出他曾经是女的,有时连他自己都忘了自己是女儿身。

在暗房昏暗的红光下,他将这些往事和盘托出。当时,他正将印相纸放入显影液中,眼睛没看裘德。万圣节派对后的几周,他们开始在这里见面。她没想到还能见到他,那天回家的路上,埃里卡提起她

103

见过的那个可爱的牛仔,就在附近的健身房工作。于是,裘德开始去那里跑步,虽然她讨厌在室内跑步,没有天空,没有新鲜空气,只能盯着自己的镜像,原地奔跑。她讨厌这一切,直到里斯来到她身边,擦拭一辆动感单车。他斜靠在车把上,说:"你的耳朵呢?"

她不明所以地看了一眼镜子,半天才想起他指的是万圣节那天她的装扮。她笑了,惊讶于他还记得在派对上见过她。他当然记得,在整个学校,乃至整个洛杉矶,还有谁比她更黑?

"不知道丢哪儿了。"她说。

"可惜,"他说,"我喜欢那对耳朵。"

他穿一件灰色T恤,胸前印着银色哑铃。有时上班无事可做,他会抓住单杠,做几个引体向上。他来这里工作,就是因为可以免费使用健身器材,经理也不在乎他是不是本地人,有没有身份证明。但他真正的梦想是成为一名专业摄影师。他提出有空给她看他的作品,于是,两人开始了周六在校园暗房的约会。此时此刻,他看着照片,她看着他,试着想象特蕾丝,但脑海里始终没有画面。她只能看到里斯,不修边幅的脸,卷起的袖子,永远有几绺鬈发垂在额上。他是如此英俊,他每次抬起头,她都不敢直视他的眼。

"你怎么看这些事?"他说。

"不知道,"她说,"我从没听过这样的事。"

这不完全是事实。她一直知道,一个人是有可能在一生中成为两个不同的人的,或者说,只有某些人做得到,其他人只能困在自己原本的身份上。在马拉德度过的第一个夏天,她曾试图让皮肤变浅。当时她还小，还相信这种可能性。同时她也够大了，明白这个过程需要某种奥秘、某种魔法。她没有蠢到以为自己的肤色有朝一日会变白，她只期望（或许）它能变成某种深褐色，只要不是这种深不见底的黑就好。

你不能强迫魔法成真，但她尽了最大努力来召唤它。她在《黑玉》周刊上看到蒂娜美白霜广告，画面中，一个棕色男人在一个焦糖色女人（以马拉德的标准看已经很黑，但比她白多了）耳边低语，那女人一抹红唇，一脸笑容。当你的肤色清澈明亮，像蒂娜一样浅淡时，生活会更有乐趣！她从杂志上撕下广告，叠成小方块，随身携带了好几个星期，她经常打开来看，广告女子的红唇上留下了白色折痕。美白霜，这就是她需要的一切。她会把它涂在皮肤上，等秋天重返校园时，带着一身的新肤色亮相。

但她没有两块钱，也不能问妈妈要，妈妈只会骂她。她会说别理那些孩子。但这不只是因为同学，裘德自己也想改变，她不懂为什么就不行，为什么非得向人解释。不知为何，她觉得外婆会理解她。她把那张破破烂烂的广告递给外婆，外婆端详了一下，又递回给她。

"有更好的办法。"她说。

一整个星期，外婆都在制造各种药水。她在浴缸里倒入柠檬和牛奶，让裘德泡澡。她在她脸上敷蜂蜜，然后慢慢剥掉。她榨出橘子汁，与香料混合，睡前抹在裘德脸上。一切都是徒劳，她还是那么黑。一周过去了，妈妈问她脸上怎么油腻腻的，裘德离开餐桌，洗掉了外婆涂的乳霜，这件事就到此为止。

"我一直想变得不一样,"她告诉里斯,"我的意思是,在那样一座小镇长大,每个人的肤色都很浅,我就想……但一点用都没有。"

"挺好的,"他说,"你的肤色很美。"

他看着她,但她移开了视线,看着相纸上浮现一栋废弃建筑。她讨厌被称赞为美。人们说这种话,不过是觉得得体。她想到了朗尼·古多在夜晚的苔藓树下、在马厩里,或在德拉福斯后面吻她的情景。在黑暗里,你永远不会太黑。在黑暗里,人人都是相同的肤色。

到春天,她每个周末都和里斯在一起,两人形影不离,人们看见其中一个,总会问起另一个。有时,他们在市中心相见。他拍照,她在他身边晃荡,帮他拎相机包。他教她各种镜头名称,教她如何拿反光板。他的第一台相机是教区的一个人送的,那人是一位本地摄影师,曾把相机借给里斯,让他拍摄野餐会照片。里斯的天赋打动了他,他送了里斯一台旧相机,让他拍着玩。高中时期,里斯无时无刻不举着相机拍照:为年鉴拍摄足球赛、校园剧、乐队练习的画面。他也会拍摄马路上死掉的负鼠、阳光穿过云层,以及掉光牙的牛仔明星驾驭野马的画面。他喜欢拍摄一切,除了自己——他的镜头从不会掉过来对着自己。

现在,他会在周末拍摄封在木板后的废弃建筑、公交车站的涂鸦、斑驳的车漆、都是些死亡与腐朽之物。美让他厌倦。有时他会抓拍几张裘德,仅仅还原她的本色,拍她在背景中徘徊,凝望天空。洗照片时,她才会发现它们。在他的镜头下,她总显得很脆弱。他给了她一张她站在木板路上的照片,她不知该放在哪里,索性寄回了家。电话里,外婆赞不绝口。

"你可算有了张好照片。"她说。

在所有学校照片中,她要么看起来太黑,要么仿佛曝光过度,除了白晃晃的眼睛和牙齿外,什么也看不见。里斯对她说过,相机的观看方式和人眼一样,换言之,它不是为了注意到她而发明出来的。

"又去了,"每次裘德在周六清晨悄悄出门时,埃里卡都会睡眼惺忪地说,"去见你的好男人。"

"他不是我男人。"裘德一次次地澄清。严格意义上的确如此。他没邀请过她约会,没带她去过餐厅,没帮她拉过椅子。他没亲过她,没牵过她的手。但当暴风雨突然袭来,他不是会脱下外套为她遮雨吗?他不是参加了她的每一场田径运动会,在她的每一轮比赛中为她欢呼喝彩,还在女子更衣室外拉住她,给她一个大大的拥抱吗?她不是跟他讲了她的爸爸、妈妈、厄尔利,甚至史黛拉的事吗?在曼哈顿海滩码头,她靠在绿松石色的栏杆上,里斯则将镜头对准三位渔民,咬着嘴唇。他专心致志时总会这样。

"你觉得她是什么样的人?"他问。

她摆弄着相机包的带子。"哦,不知道,"她说,"我过去也想知道,现在已经不想了。我不懂什么样的人会一声不响抛弃自己的家人?"

话说出口,她才反应过来,这正是里斯做的事。他抛弃家人,抛弃一切过往。他从不会提起家人,她也从不会问,即便是在他想了解更多她的生活的时候。有一次,他问起她的初吻,她说一个叫朗尼的男孩在谷仓外抓住她。当时她十六岁,偷溜出门夜跑。他整夜在河岸和朋友喝一瓶偷来的樱桃酒,那时已经醉了。她总在想,那瓶酒是他亲她的唯一原因吗?她刚在德拉福斯后面跑完圈,他何苦要翻过篱笆,歪歪扭扭地朝她走来。她突然停下,膝盖一阵刺痛。

"你——你在这儿干吗呢?"他问。

她傻乎乎地回头望了望,他笑了。"你,"他说,"这里没别人,只有我们。"他过去从未在校外跟她说过话。她当然看到过他和朋友在卢氏蛋屋的后排卡座里胡混,或在他父亲的卡车边闲晃。他总是无视她,仿佛明白他的嘲弄在学校以外的地方不合时宜,又或许,他觉得无视才是更残忍的做法,觉得她宁愿被嘲弄,也不愿被视而不见。但此时此刻,他决定跟她说话,这只让她恼火,因为她正气喘吁吁、大汗淋漓。

他说他要穿过德拉福斯农场回家。他放学后会照看德拉福斯小姐的马。他问她想不想去看看?它们都老了,但很漂亮。马儿关在马厩里过夜,他有钥匙可以开门。她不知道自己为什么要跟着他。也许因为这个晚上的打开方式如此奇特,朗尼发现了她,朗尼得体地跟她讲话,她必须搞清楚这个晚上会怎么结束。马厩里飘着浓重的粪味,她亦步亦趋跟着朗尼。他停下脚步。在流淌的月光下,她看到两匹马,一匹棕色,一匹灰色,比想象中高大壮硕,肌肉紧实。朗尼抚摸灰马的脖子,她也慢慢抚摸其柔软的鬃毛。

"漂亮吧?"朗尼说。

"是的，"她说，"很漂亮。"

"你该看看它们跑起来的样子，让……让我想起你。你的跑步姿势和所有人都不一样，一颠一颠的，像一匹小马。"

她笑了。"你怎么知道的？"

"我注意到了，"他说，"我什么都注意到了。"

此时，棕马跺了跺蹄子，吓到了灰马。在德拉福斯小姐的灯点亮之前，朗尼急忙把她拉出了马厩。他们从谷仓后面跑过，笑着感叹差点被抓，接着，朗尼靠过来亲了她。夜色像湿透的棉花一样，潮湿而沉重。她尝到了他唇上的糖。

"就这样？"里斯说。

"就这样。"

"好吧，该死。"

当时，两人站在他朋友巴里的公寓屋顶。那晚早些时候，巴里在西好莱坞一家名为"海市蜃楼"的俱乐部里化身为比安卡进行表演。在电光石火的七分钟里，比安卡在舞台上昂首阔步，一条紫色的蟒蛇缠在她宽阔的肩膀上，她高唱："熄灭所有光吧。"她涂着红宝石色的唇膏，戴着夸张的多莉·帕顿式的金色假发。

"做个女人还不够，"里斯在演出期间调侃道，"他非得做个白种女人不可。"

巴里的公寓里摆满了假发头，上面套着五颜六色的假发，逼真而扎眼：棕色短发、黑色蘑菇头、粉色长直发、齐刘海头等等。起初，她以为巴里可能和里斯一样，但来到他的公寓，她发现他穿着 Polo

衫和休闲裤，还摩挲着两颊的胡子。工作日里，他在圣莫尼卡的高中教化学。他每个月只有两个周六在日落大道附近的昏暗夜店里成为比安卡，其他时候他就是个高高的光头男人，丝毫看不出女人的痕迹，这也是她看着台下欢呼的粉丝时乐在其中的原因之一。人人都知道不是真的，所以才有趣。

楼下的公寓又吵又热，塞尔玛·休斯顿的新歌从窗户里飘出。"假女孩们来了。"巴里总这么说，但他指的是和他一起在变装表演中登台的男人们。到春天，裘德已经参加了很多巴里的派对，她能认出每个人不化妆的样子：路易斯是会计师，穿一件粉色皮草唱西莉亚·克鲁兹；杰米在电力公司工作，戴一顶至上合唱团的假发，穿一双长筒皮靴；哈雷是一家小型剧院公司的服装设计师，他帮其他人找来了各种假发，他在演出中变身成贝蒂·米德勒。"女孩们"接纳了裘德，她几乎感觉自己成了其中一员。她从未属于过任何圈子，他们接纳她也只是因为她是里斯的朋友。

"你呢？"裘德说，"你的初吻给了谁？"

里斯靠在栏杆上，点起一支大麻烟。"没什么好玩的。"

"那怎么了？不需要好玩啊。"

"只是教区的一个女孩，"他说，"我妹妹的朋友。过去的事了。"

他的意思是成为里斯前的过去，他从不谈论过去。她甚至不知道他有个妹妹。

"她是什么样的人？"她问。他妹妹，他吻的女孩，特蕾丝，都可以，她只想了解他过去的人生。她想让他信任她，放心讲给她听。

"不记得了。"他说,"你和那个看马的男孩后来怎么样了?"他傻笑着把大麻烟递给她,言语间似乎透着嫉妒,也许只是她自作多情。

"没什么,"她说,"接过几次吻,后来就断了。"

她羞于告诉他实情:她有好几个星期,每晚去马厩和朗尼私会。他在黑暗的角落铺一张毯子,打开一只手电筒,称之为两人的秘境。白天太危险了,被人看见了怎么办?晚上没人会发现他们,彻底与世隔绝,这不是她想要的吗?

他不是她男朋友。男朋友会牵着她的手,问她一天过得怎样。但在马厩里,他只会摸她,抓她的乳房,手伸进她的短裤。在马厩里,她和他热吻,鼻子里都是粪便的气味。而在镇上,他会完全无视她。尽管如此,如果不是厄尔利发现,她仍会每晚去和他幽会。有一天,厄尔利听到她溜出去的声音,跟踪她穿过树林,他使劲敲门,直到穿着短裤的朗尼疯狂地扯起她,把她推出门。她还没走出门就哭了。厄尔利一手抓着她的胳膊,不忍直视她。

"你搞什么?"他说,"你想要男朋友,带他回家来。半夜跑出来私会可不行。"

"他在别的地方不会跟我说话。"她说。

她哭得更凶了,肩膀颤抖不已,厄尔利揽她入怀。他有很多年没这样抱她了。她不想他抱她,他不是爸爸,永远不会是,爸爸从未对她使用过暴力,他把愤怒发泄在了所有地方,唯独没发泄在她身上。爸爸让她感觉与众不同,当朗尼在谷仓后面吻她,她再次体会到了这种久违的感觉。

他不是她男朋友。她从没蠢到幻想这种可能。她无法想象有任何男孩爱她。朗尼愿意注意她，已经够了。

微风拂过，她颤抖着抱紧自己。里斯摸了摸她的手肘。

"冷吗，宝贝？"他说。

她点点头，期待他搂住她。但他脱下外套给了她。

"真搞不懂，"巴里说，"像一场无性婚姻。"

在"海市蜃楼"的后台，他坐在化妆镜前，往脸上抹腮红。离演出开始还有一小时，很快，化妆间里就会挤满变装皇后，她们在镜子前交换眼影，空气里弥漫着发胶味。但现在，"海市蜃楼"昏暗而静谧，她坐在地板上看着巴里，膝上扣着化学课本。他们说好了，他帮她辅导化学作业，她陪他去福克斯山购物中心，假装买自己想要的化妆品。他带她走过商品过道，她挽着他的胳膊。在陌生人看来，他们就像一对恋人，一个身穿灰色长裤的高个儿男子，一个拿起粉饼的年轻女子。当他在柜台上付清费用，他是店员心中的谦谦君子。没人能想到他的浴室柜上摆满了乳液、眼影和金色外壳的唇膏。也没人能想到，他身边的女子对这一切毫无兴趣，尽管他自告奋勇教她化妆，她仍不为所动。她怀疑市面上没有适合她肤色的眼影，她知道人们怎么嘲笑涂红唇的深皮肤女孩——猴屁股。

不，她对巴里的瓶瓶罐罐毫无兴趣，在她看来，那些东西就像化学实验室里的试管一样神秘。新学期开学没几周，她已经跟不上了。

巴里同意教她，因为里斯打了招呼，他永远无法拒绝里斯。两人七年前在一家迪斯科舞厅相识时，他觉得里斯美极了，最后他喝大了，壮起胆子告诉了里斯。

"你怎么说的？"她问。

"你说呢？"他说，"我请他去我家呀！你猜他怎么说？'不，谢谢你。'"巴里笑了起来。"你信吗？他说'不，谢谢你'，就像我要请他喝杯咖啡。哦，我一向喜欢这些乡下男孩。朴实可爱，正合我意。"

她试着想象自己也壮起胆子，走到里斯身边，可说什么呢？说自己满脑子都是他，甚至此时此刻，当她盯着一本满是艰深符号的教科书，一边和一个涂口红的男人说话时，脑子里也都是他？

"我们是朋友，"她说，"这有什么？"

"没什么。"他透过镜子瞥了她一眼。他正尝试一种新造型，经典好莱坞式的，拉娜·特纳式的，但腮红太粉，让他的肤色泛出橙色，"我没见过里斯身边有你这样的朋友。"

有一次，里斯帮她拎东西上楼，开玩笑说他有时觉得自己像她男友，她笑了起来，虽然不确定哪里好笑。因为他不是吗？还是因为他永远不会是？还是因为尽管如此，他有时却莫名其妙扮演了这个角色？她没说出口的是：她有时也觉得自己像他女友，这感觉让她害怕，让她不知所措。这感觉填满她的胸膛，让她窒息。

"我们是朋友，"她重申，"我不懂你怎么看不出来。"

"我不懂你怎么看不出你们不是。"他叹了口气，转身面向她，一侧的脸上了全妆，另一侧还干干净净。"而且，我不懂你在抗拒什么。还有什么比十八岁坠入爱河更美妙的呢？哦，你还一无所知。我要是能再年轻一把，一定彻底换种活法。"

"比如呢？"她说。

"哦，所有一切。"他转身照镜子，"世界这么大，这么老，我们只能活一次。要我说，这是最悲哀的事。"

那年夏天，她搬离宿舍，搬进了里斯的公寓。

她给自己列了几项合乎逻辑的理由：她要在学校打工，虽然这对她而言是个自然而然的选择，但母亲得知后的失望仍令她不忍；她还没找到明年的公寓，通过分摊房租和食杂费，她可以省一些钱。但如果说只是为了省钱，她恐怕就是自欺欺人了。不管怎样，当里斯提出邀请，她欣然答应，很快，两人就抬着她的箱子登上了里斯狭窄的楼梯间。里斯说他睡沙发。

"相信我，我睡过更糟的地方。"他说，她想到他从阿肯色一路搭车过来，多次睡在卡车停靠站，或蜷缩在废弃建筑物（如他镜头下的那些）里过夜。

起初，对里斯的公寓感觉很陌生，她好像一位不速之客。慢慢地，她找到了家的感觉。每天晨跑前，她会轻手轻脚穿过客厅出门，她看见里斯蜷在毯子下，头发垂在紧闭的眼睛上面。在共用的浴室柜前，她的手指滑过剃须刀把手。晚上回来，他在做热狗当晚餐，或熨两人的衬衫。有时，他们坐在沙发上听唱片，她的脚放在他的大腿上。他耐心地教她开车，指导她在空荡荡的购物中心停车场驾驶他那辆吱吱嘎嘎的小皮卡。

"只要会开车，你可以去任何地方，"他对她说，"厌倦了这座城市，开去下一座就好。"

他对着她微笑，一只胳膊悬在车窗外，她又慢慢开了一圈。他说得这么轻巧，说走就走。

"我永远不会厌倦这座城市。"她说。

那个星期，她开始在音乐图书馆打工。她在书架间推着沉重的小车，将一本本乐谱归置好，灰尘仆仆的乐谱封面让她的手指变得很干。回到家，西好莱坞与田园诗般的校园判若两个世界，她仍然害怕走进学校的那些砖墙建筑，她总是轻手轻脚，仿佛走进教堂，那些无尽的青翠草坪，穿梭而过的自行车。在宿舍里，她被勃勃的雄心包围，而在那座西好莱坞公寓楼，她遇到的所有邻居都是成名梦碎之人：在柯达店打工的摄影师、教移民英语的编剧、在脏兮兮的酒吧做滑稽表演的演员。这些梦想破灭之人散落在城市的肌理内。你走在刻着他们名字的星形图案上，却浑然不觉。

周末，她和里斯去圣塔芭芭拉海滩漫步，去国家历史博物馆怀古，两人甚至去过一次长滩赏鲸。他们只看见了海豚，但留在她记忆里的是她在甲板上站不稳、里斯在身后扶着她的画面。整个航程里，她一直那样站着，靠在里斯胸前。

有些周六的晚上，他们会穿过彩虹旗瀑布，钻进"海市蜃楼",去看巴里的演出。另一些时候,他们会去好莱坞圆顶剧院看电影,在黑暗的影院,她一直想里斯会不会牵她的手,但他从来没有。在巴里组织的国庆派对上,大家都挤在他的屋顶,看夜空中绽放的烟花。男孩们饮酒狂欢,卿卿我我,她甚至想里斯会不会吻她,一个亲切的吻,吻在脸颊上。结果,他走进屋里喝酒,留她一人在红色和蓝色的光影之下。他到底在她身上追求什么呢?无从分辨。有一次在"海市蜃楼",巴里表演完后,里斯邀请她跳一支舞。夜店即将打烊,DJ开始播放舒缓的歌曲,送恋人们出门。他伸出手,她跟着他踏入舞池。在此之前,她从未被其他人抱得这样紧过。

"我超爱这首歌。"她说。

"我知道,"他说,"听你唱过。"

她没醉,只有些轻飘飘的,史摩基·罗宾逊的声音和里斯的怀抱让她陶醉。然后,灯光粗暴地亮起,情侣们唉声叹气,里斯松开了她。那时她才发现,开灯时的"海市蜃楼"多么惨不忍睹:裸露的管道、剥落的油漆、沾满啤酒污迹的木地板。里斯的朋友们朝门口走去,他笑着,好像和她共舞是一桩小事,就像帮她穿上外套一样。不知何故,她觉得自己离他更近了,同时又比任何时候离他更远。

后来,七月的一个晚上,她提早下班回家,看见里斯光着膀子站在敞开门的浴室。他胸前绑着一条大绷带,绷带边露出红色瘀痕,他正小心翼翼感受他的胸膛。她的第一个念头也是她最蠢的念头:他被人打了。他抬起头,两人的眼神在镜子里相遇,他匆忙套上衬衫。

"别这么偷偷摸摸的。"他说。

"你怎么了?"她说,"那些伤……"

"不是那么回事,"他说,"我已经习惯了。"

她慢慢反应过来他话中的意思:没人打他,是那些绷带勒进他的胸腔,留下了瘀痕。

"你应该解开那个,"她说,"这么疼,在这里用不着。我不介意你的样子。"

她本以为他会松一口气,正相反,他脸上浮现一种陌生的阴郁表情。

"跟你没关系,"他说着狠狠关上浴室门。屋子为之一震,她战栗了一下,钥匙从手中滑落——他从未对她大吼大叫过。

她不假思索地跑了出去。她从没见他这么生气过。他骂过糟糕的司机、埋怨过讨厌的同事,也曾在酒吧推开过一个一直叫她"小黑"的白人。他的怒火生起又熄灭,随即回归他的本貌。但这次,他生气的对象是她。她不应该看他,透过敞开的门看见他时,她应该转身离开。但她被那些瘀痕吓到,所以才说了蠢话,现在她甚至没法道歉,因为他生气了。他把愤怒发泄在了门上,而非她脸上,也许只是出于方便。也许她离得近一些,他也会同样轻易地把她推到墙上。

到巴里家时,她已经哭了。他一把抱住她。

"他恨我,"她说,"我做了蠢事,现在他恨我……"

"他不恨你,"巴里说,"来,坐下。明天就没事了。"

没什么大不了,巴里说。只是吵个架。

她一生最讨厌别人吵架。吵架永远伴随血腥事件，刺穿的皮肤，瘀伤的眼窝，折断的骨头。不是关于去哪儿吃饭的那种分歧，不是言语上的争执，不是一个男人在愤怒中提高音量。尽管如此，吵架总让她想起爸爸。每当她听见有人吵闹着离开酒吧，或男生们对着足球比赛大喊大叫，她总有些发怵。猛关上的门、破碎的碗碟，她的爸爸会捶墙、会砸盘子，甚至有一次把自己的眼镜摔到客厅门上。人在气头上会变得盲目。如此奇怪，但对她而言，又如此正常，长大后，她才完全明白这一点。

她在巴里的沙发上盯着天花板度过了那个晚上。凌晨三点半，她听到敲门声。透过猫眼，她看见里斯站在门廊闪烁的灯光下，气喘吁吁，拳头握在牛仔夹克的口袋里。他又开始敲门，她打开门锁。

"你要把所有人都吵醒吗？"她低声说。

"对不起。"他说。嘴里飘来啤酒香。

"你喝多了。"她说。这让她无比惊讶，她从不知道他会借酒消愁，但此刻，他已经站不稳了。

"我不该冲你叫，"他说，"我不是那个意思，该死，你知道我不会伤害你。你知道吗，宝贝？"

事情发生前，你永远没法知道谁会伤害你。但他听上去懊悔不已，在台阶上苦苦恳求，她又把门打开了一点。

"有一个医生，"他说，"路易斯跟我说的。得预付一笔手术费，我一直在存钱。"

"什么手术？"她说。

"胸部手术。然后我就不用绑这该死的东西了。"

"可是安全吗?"

"足够安全。"他说。

她盯着他胸部浅浅的起伏。

"我也很抱歉,"她说,"我只是不想让你那么疼。我不是……嗯,我也不知道。我没有以为自己是什么很特别的人。"

"别这么说。"他说。

"什么?"

他沉默了片刻,然后靠过来亲了她一下。等她反应过来,他已经退了回去。

"别说你对我不是一个特别的人。"他说。

早晨,她徘徊在明亮的校园里,精神恍惚。里斯消失在漆黑的人行道后,她一秒也没睡。此刻想起他,她仍感觉胃里揪成一团。也许他喝得太醉,甚至会想不起亲了她;也许他在家里醒来,隐约记得做了一件尴尬的事;也许他会懊悔不已。男孩只愿意在暗中亲吻她这种女孩,事后却假装什么都没发生。

那晚,女孩们在哈雷家拥挤的客厅办了一场派对。她被挤在窗边,倒了杯朗姆加可乐。虽然没有参加派对的心情,但她仍觉得太尴尬,不想回家面对里斯。当然,他之后也来了,穿着黑T恤和牛仔裤,刚洗过澡,头发还湿着。进屋时,他向她挥了挥手,没过来打招呼。也许他只是可怜她。也许他亲她,只是因为冲她大叫后心怀愧疚。也许他知道她希望那一吻有更重要的意义，所以他故意躲着她，站在房间另一头，以至于哈雷问她出了什么事。

"什么事也没有。"她说，一边往杯中倒了更多朗姆酒。

"那您二位这是演的哪一出？"他说。

他留着法拉·福塞特式的金色羽毛状刘海，他不停把刘海从眼前拨开。她耸了耸肩，望向窗外。她没法假装一切如常，她透不过气来。突然间，房间里一下子黑了，音乐也戛然而止，安静如黑暗一般刺耳。紧接着，声音从四处响起，巴里问哪有手电筒，哈雷说浴室可能有蜡烛，路易斯趴在窗前，喊所有人过去。整片街区，每一幢建筑都坠入了黑暗。

她说她去找蜡烛，摸索着黑漆漆的走廊朝浴室走去，里斯突然抓住她的手。

"是我。"他说。

"我知道。"她说。

在黑暗中，你可以是任何人，但他开口前，她已经认出了他。他的古龙香水，他粗糙的手掌。她能在任何一个黑暗房间找出他来。

"我什么也看不见。"他说着轻轻笑了一声。

"是啊，我正找蜡烛呢。"

"等一下。我们能聊聊吗？"

"没这个必要，"她说，"我知道你不喜欢我。不是那种，没关系的，我们没必要非得去谈它。"

他松开她的手。至少她不必看他。也许她永远都找不到蜡烛，她就永远不必看他的脸。她继续在走廊挪步,终于摸到浴室的瓷砖墙壁,但当她打开药柜时,里斯却伸手将它关上。然后,他在洗手池旁亲了她。

走廊那头,他们的朋友们正呼喊对方的名字,调侃自己的睁眼瞎。而浴室这头,他们拼命接吻,仿佛两人都知道此刻转瞬即逝。灯光会亮起,有人会来找他们,他们会被脚步声、罪恶感、见光死生生掰开。但当巴里从厨房返回,胜利地挥舞起手电时,他们已经溜了出去。他们摸索着走下楼梯,出现在人行道上,他们手牵着手,消失在漆黑的城市里。头顶的交通信号灯徒劳地闪烁,车辆在街上缓慢爬行。城市的天际线消失了,近一年来,她第一次看见星星。

此时此刻,在广阔的城市里,一位祖母正在熄灭的电视屏幕前听孩子讲鬼故事;一个男人坐在门廊上,摸着一条狗的灰鼻子;一个黑头发的女人在厨房点燃蜡烛,凝望窗外的泳池;一个年轻男子和一个年轻女子步行回家,踩上沉默的台阶,然后将整座城市关在门外。她举着他的打火机,他在橱柜里找蜡烛。一无所获,两人都松了口气。她不怕黑。他在黑暗里更有安全感。

在床上,他拉下她的衬衫,从脖子亲到乳房。直到他亲到她大腿根时,她才发现他还什么都没脱。

城市每个角落的情侣们都在做他们此刻在做的事。年轻人在海滩的毯子上接吻,如墨的大海在不远处翻滚;新婚夫妇在旅馆房间里滚床单;男人在情人耳边私语;女人拿起火柴点着一根细长的蜡烛,脸庞辉映在厨房的窗户上。整座城市笼罩在黑暗与光明之中。

6

身体

"你有点不一样。"德西蕾·维涅在电话中对女儿说。

八月下旬,热浪已席卷洛杉矶,打开所有窗户,也没有一丝微风。人行道像水面一样闪闪发亮。棕色的大蟑螂到处搜寻水管,每天早上,裘德总能在淋浴间发现一两只。它们会混在米色地毯里,她因此变得大惊小怪,不再光脚走路。看着里斯往唇间塞入冰块,她想,虽然热浪让人抓狂,但生活总不算太糟。他穿着蓝色泳裤和黑色T恤,锁骨上汗淋淋的。她的手摆弄着电话线。

"夫人?"她说。

"别跟我夫人夫人的,什么乱七八糟的。你有点不一样了,我能从你声音里听出来。"

"妈妈,我声音没问题。"

"是没问题,但不一样了。你以为我听不出来吗?"

他们跟女孩们约好了去威尼斯海滩。电话铃响起时,她刚开始收拾野餐篮。她有一个月没打电话回家了,当她说有事,之后再打时,觉得满心愧疚,她后悔接起电话。妈妈是什么意思,哪里不一样?怎么听出来的?裘德讨厌被所有人轻易看透,包括自己的母亲。巴里不是也一下子就注意到了吗?那次停电的两天后,她在五月百货公司外的喷泉旁跟他见面,她还没走过去,他就满腹狐疑,眯着眼打量她。

"什么情况?"他盘问道,"你怎么这副表情?"

"哪副表情?"她笑道。

然后他突然就明白了。"不会吧,"他低声说,"我简直不敢相信!那天你还坐在我沙发上,说大吵了一架……"

"是啊!我是说,此后又没事了,我发誓……"

"你怎么不告诉我?"他说,"怎么你们俩都没打给我。"

停电后,她还没告诉任何人。她甚至不确定该如何解释她和里斯之间的事。前一晚还是朋友,第二天就成了恋人。她早晨醒来,他已经去上班。褶皱的床单上残存着他的温度。日光之下,前晚的事仿佛一场迷梦。但床单还留有余热,她的内裤还落在地板上,他的古龙香水味还留在枕头上。她翻过身,把脸埋进他的体香中。一整天,她都在想象他会怎么告诉她前晚是个错误,但那晚,他又爬上她的床,吻起她的脖颈。

"我们在做什么?"她说。

"我在亲你。"他说。

"你知道我的意思。"

她翻过身面向他。他笑盈盈的,摆弄着她的 T 恤边缘。

"你想让我出去吗?"他说。

"你想吗?"

"当然不想,宝贝。"

他又吻起她的脖子。当他拉扯她的睡衣,她去抓他的皮带时,他却退却了。

"别。"他轻声说,她僵住了,不知如何是好。朗尼从不会羞于做他想做的事——他会把她的手塞进内裤,把她的脸推向他的大腿根。但她慢慢懂得,和里斯做爱要遵守一些规矩——关灯,别脱他的衣服;可以摸肚子或胳膊,但不能摸胸;可以摸大腿,但不能摸大腿中间。她虽然也想像他抚摸自己一样自由地抚摸他,但她从未抱怨过。她怎么能抱怨?至少不是现在,她感到满满的幸福,以至于巴里看着她走过购物中心,就注意到了她身上散发的气息,以至于妈妈隔着电话线就能听出她的不一样。

在海滩,她坐在毛巾上,看着巴里、路易斯和哈雷在水中嬉戏。他们在路上堵了一小时,龟步向海岸爬去;终于抵达威尼斯后,女孩们脱下上衣,堆成一堆,然后就大叫着冲向了大海。里斯把头枕在她腿上,看着她们涉入水中,在阳光下闪闪发光。她轻抚着他的头发。

"你不想游泳吗?"她说。

他微笑着,眯着眼看她。"以后吧。"他说,"你不去吗?"

她说她不喜欢游泳。但她曾经很爱去华盛顿的市立泳池,在马拉德,她从不敢下河游泳,她不想暴露太多身体。如今她已经不在马拉德,但不知怎么,那座小镇并没有放过她。即便此刻,在威尼斯海滩,她仍会臆想当她脱掉衣服时日光浴者投来的嘲讽。里斯也难逃被指指点点,这家伙居然和那么个黑东西搞在一起!

那天晚上,从海滩回来后,里斯脱下她的上衣,她问能否把灯打开。他笑了一下,把头埋进她的脖子。

"为什么?"他喃喃地说。

"因为,"她说,"我想看看你。"

他沉默了一会儿,松开了她。

"但我不想让你看。"他说。

几周以来,他第一次睡了沙发。第二天晚上,他又回到床上,她仍会想起他不在身边时的落寞感,哪怕两人只隔着一堵墙。有时她觉得那堵墙从未彻底倒掉。她从未得到过她想要的感觉,肌肤相亲的感觉。

"我恋爱了。"下次通话时,她对妈妈说。

她妈妈笑了。"你当然恋爱了,"她说,"我不懂你怎么会以为瞒得过我。"

"他是……"裘德顿了一下,"他挺好的,妈妈,他对我很好。但他和其他男生不太一样。"

"什么意思?"

她思索了片刻,准备对妈妈和盘托出里斯的事。但最后只说了句:"他不愿对我敞开心扉。"

"哦,"妈妈说,"很抱歉告诉你,他恰恰和其他男孩一样。他们所有人都一样。"

门开了,里斯挪进来,把外套扔在椅背上。他笑着走过,碰了碰她的脚踝。

"裘德?"她妈妈说,"还在吗?"

"在的,妈妈,"她说,"我在。"

工作。她要找一份新工作。

一天晚上,她看见里斯穿着汗湿的T恤爬下床,答案似乎很简单:手术已刻不容缓。他钱包里放着整形医生吉姆·克劳德的旧名片,他的诊所开在威尔希尔。克劳德医生是"海市蜃楼"的主顾,曾为许多朋友的朋友操过刀,但他开价很高:三千美元,现金,预付。合情合理,毕竟此类手术风险很大。医疗委员会可以凭此吊销他的执照,关掉他的诊所,并要求逮捕他。这种黑作坊的感觉让裘德不安,但里斯坚称他是位合法医生。尽管如此,她还是算了笔账,她翻出他抽屉里褪色的灰袜子,把皱巴巴的钞票摊在床上,一共两百美元。靠他自己永远存不够钱。

"我需要一份新工作。"她告诉巴里。

秋天和圣塔安那风一同到来。夜里,阵阵狂风拍打窗户。他们在庆祝巴里的三十岁生日,所有人都挤在他的公寓里。

巴里耸了耸肩,一只手抚过他的光头。

"你别看我啊。"他说。他在喝第三杯马提尼,已经有点晕了。"我也需要一份新工作。那些白人总是克斤扣两。"

"你知道我的意思,"她说,"真正的工作,能挣大钱的那种。"

"我也想帮你,亲爱的,但我不知道哪里招人。哦,倒是有一个,我堂兄斯库特在开餐车,但你不想干那种活儿吧?"

第二天下午,斯库特开着一辆老旧的银色餐车来接她,上面用紫色的草体写着"卡拉餐宴承办"。餐车里面已经破破烂烂,副驾驶座露出一大块黄色泡沫,车顶布像顶篷一样悬出,后视镜上挂着褪色的空气清新剂。斯库特说,看上去不怎么样,好歹冰箱还能用,他指着那堵分隔冷藏食物的墙。他像巴里一样瘦瘦高高,但肤色更黄,戴一顶紫色的湖人队帽子。

"我跟你讲,"他说,"别听那些说经济如何不景气的话。一点都不重要。白人们永远要办派对。"

他笑了,餐车摇摇晃晃地开往费尔法克斯,她赶紧系好安全带。他开车时一只胳膊悬在车窗外,全程口若悬河、和蔼可亲,话题总是跳来跳去,仿佛在回应她从未问出的问题。

"是,我过去有自己的店,"他说,"很不错的小店,在克伦肖附近,但我没守住。你知道的,存不住钱,挣一分,花一分,说没就没了。我厨艺挺好,但不是做生意的料,这是实话。但现在这样也不错。我是卡拉的得力助手。"

沿太平洋海岸公路向马里布行驶时,他说卡拉·斯图尔特是个女强人,也是个公道人——餐饮界的女性非得做到这两样不可。丈夫去世后,她创建了这家餐宴承办公司。这样一座城市永远不缺想请客又不想亲力亲为的人,这是一门好生意。他递给她一件黑色 Polo 衫。

"你得穿上这个。"他说。她正犹豫间,他笑了起来。"不是现在,进去以后!我可不是变态。别担心,巴里说你就像他的小妹妹,他警告过我要注意分寸什么的。"

巴里居然说过这么贴心的话,当然,他从没想过这话会传进她耳朵里。

"巴里很有趣。"她说。

"是啊,"斯库特说,"他是个有趣的家伙,但我爱他,我一直都爱他。"

斯库特知道比安卡吗?巴里骄傲于他能让两种生活彼此隔绝。"就像《圣经》里说的,"巴里曾对她说,"左手做的事不要让右手知道。"他每个月有两个周六晚上成为比安卡,其他时间,他会让她消失在视野之外,他有时也会想起她,为她买东西,为她的归来做准备。巴里去参加教务会、家庭聚会或教堂弥撒时,比安卡永远徘徊在他的脑海边缘。她有她的角色要扮演,巴里有巴里的。你可以过分裂的生活,你只需要知道把当下交给谁即可。

"去哪儿了?"那天晚上裘德爬上床时,里斯问道。

他声音里透着担心。她从不会无故晚归。但她去为一个房地产经纪人的派对提供饮食,那个经纪人把房子卖给了伯特·雷诺兹和拉奎尔·韦尔奇。她在他的房子里游荡,欣赏白色的长沙发、大理石台面、硕大的玻璃窗,窗外是开阔的海滩。她无法想象这样的生活,挂在悬崖上，一切被都玻璃暴露在天光下。也许富人不觉得有什么需要隐藏吧，也许财富就是袒露自我的自由。

派对凌晨一点结束，接着她要收拾残局。等斯库特送她回家时，天光已经泛紫。

"马里布。"她说。

"怎么跑马里布去了？"

"我找了份新工作，"她说，"在一家餐宴承办公司。巴里帮忙找的。"

"为什么？"他说，"我记得你说过要专注学业。"

她不能告诉他实情；他甚至不喜欢她为晚餐买单，他总是在账单送来时立刻掏出钱包。他绝不会同意让她支付高昂的手术费用。而且他误会了怎么办？如果他误以为她想让他做手术，想让他改变自己怎么办？她绝不能告诉他，她要等存够了钱再说，到那时，他再拒绝就太傻了。她滑入他的臂弯，抚摸他的脸。

"我只是想多赚点钱，"她说，"仅此而已。"

那个学期，她开始思考人的身体。

每周一次，她会手持皮下注射针头，坐在浴缸边缘，等里斯卷起格子内裤。洗手台上放着一只小玻璃瓶，里面装着霞多丽白葡萄酒似的淡黄色透明液体。他仍然讨厌打针。每当她举起针尖，刺入其臀部时，他总会别过头去。打完后，她总会低声说一句"好了，不好意思打疼了"。

每个月，他都要掏空钱包买一只能放进手掌的小瓶。她对荷尔蒙的工作原理一知半解，她一时兴起报了一堂解剖课，有趣程度远超她的预期。其他同学感到枯燥的死记硬背让她兴奋不已。她在公寓各处留下了身体各部位的记忆卡片：指骨放在浴室洗手池旁，三角肌放在厨房桌子上，掌骨后静脉放在沙发垫中间。

她最喜欢的器官是心脏，她是班上第一个正确解剖羊心的人。教授说这项解剖最难，因为心脏不完全对称，但又接近于对称，因此很难分出左右。你必须正确定向心脏，才能找出血管位置。

"你必须用手来感受心脏，"他在课上说，"我知道它很滑，但不要畏缩。要用手指一点点感受解剖过程。"

晚上，她会把记忆卡放在里斯身上，做自我测验。他摊在沙发上读小说，尽量保持平衡，小心不弄掉裘德放在他胳膊上的记忆卡。她一只手指滑过他的二头肌，默念拉丁文术语，然后，他把她拉到他的大腿上。皮肤组织、肌肉、神经、骨骼、血液……身体可以标记，人不能，区别就在于胸腔内的那块肌肉。那个心爱的器官，无知无觉、无意无识，就那么一刻不停地跳动，让我们活下去。

在宝马山花园，她为预订代理商的舞会送去了一盘盘培根包裹的海枣。在斯蒂迪奥城，她在老年游戏节目主持人的生日派对上提供鸡尾酒。在银湖，吉他手徘徊在她身边，查看螃蟹沙拉到底用的是真螃蟹还是仿制螃蟹。第一个月结束时，她倒马提尼酒已经可以不用量杯；她在自助洗衣店发现衣服口袋里有一块碎掉的苏打饼干：她永远洗不掉手上的橄榄味。

"看看图书馆还招不招人吧?"里斯说。

"为什么?"

"因为你老是不在,我都见不到你了。"

"哪有这么夸张。"

"对我来说已经很夸张了。"

"现在赚得多点,宝贝,"她说着伸手搂住他,"我可以到处走走,比整天待在旧图书馆里有意思多了。"

她的工作地点从文图拉到亨廷顿海滩,从帕萨迪纳到贝莱尔,无所不包。在圣莫尼卡的一位唱片制作人家里,她曾端着牡蛎在门厅停下,欣赏涌向天际的泳池。马拉德似乎比以往任何时候都更遥远。也许有朝一日,她最终会忘了它,推远它,把它深埋心底,直到它变成一个听说过,而非生活过的地方。

"我就是不喜欢,"妈妈对她说,"你应该专注学业,而不是给白人端盘子。大老远送你去加州,不是让你做这个的。"

但这不一样,一点也不一样。她不是外婆,长年累月为同一个家庭打扫卫生。她没有去擦小孩子的鼻涕,没有在拖地时听主妇们抱怨出轨的丈夫;她没有帮忙洗衣服,让家中堆满外人的脏内裤。这里的一切都是事务性的。她端着食物穿过他们的派对,从此再无交集。

一天深夜,她躺在床上抱着里斯,天气炎热,两人靠得太近,难以入睡,但她又不肯放开他。

"你在想什么?"他问。

"哦,不知道,"她说,"就那所威尼斯的房子。你知道,他们有中央空调,其实根本不需要。离海那么近,打开窗户就凉快了。但有钱人就是这样吧。"

他笑了笑,下床取来一杯冰。他拿起一块冰滑入她唇间,冰块在她嘴里打转,这一切的稀松平常让她惊讶。短短几个月前,她甚至不愿承认自己喜欢里斯,而此刻,她就这么赤身裸体躺在他的床上,还嚼着冰块。她透过百叶窗看一架警用直升机在头顶呼啸,转过身发现他在盯着她。

"干吗?"她笑着说,"别闹了。"

他还穿着T恤和短裤,她突然有些不自在,拉起床单裹住乳房。

"怎么了?"他说。

"别那样看着我。"

"我喜欢看着你。"

"为什么?"

"因为,"他说,"你好看啊。"

她啧了一声,转头看向窗外。他不介意她这么黑,也许吧,但他不可能喜欢她的身体。没人会喜欢。

"很讨厌你这样。"他说。

"什么?"

"好像我撒谎似的,"他说,"我不是你家乡那些人。有时你让我感觉你好像还没出来。你已经出来了,宝贝。我们是这里的新人。"

他告诉她加利福尼亚是一个黑皮肤女王的名字,他在旧金山看过她的壁画。她一直不相信，直到他给她看了一张他拍的照片，那位黑女王被画在天花板上。周围是一个女战士部落，画面庄严霸气，但是当裘德发现她并非真实人物时，她的心都碎了。一本艺术史书上说，她是一本西班牙流行小说中的角色，小说讲述了一座由黑人亚马孙女王统治的虚构岛屿的故事。和所有殖民者一样，新大陆的征服者也会将小说写成现实，将神话改造为历史。"加利福尼亚"这个名字就此流传了下来，而这个地方至今仍像一座神话中的岛屿。她漂在大海上，远离了所有曾经认识的人。

那年秋天最奇怪的事莫过于她开始梦见她的爸爸。

有时，她在街上牵着他的手，两人穿过繁忙的十字路口。汽车呼啸而过时，她突然惊醒。有时，他在游乐场推她荡秋千，她的腿在身体前面展开。还有一次在梦里，他沿一条轨道向前走，她跑步追赶，但始终追不上。她醒来时还喘着粗气。

"你在发抖。"里斯低声说，然后搂住她。

"做了个梦，"她说。

"梦到什么？"

"我爸爸。"她顿了一下，"不知道怎么了。我们很久没联系了，过去我以为他会来找我。他甚至不算个好人，但某个部分的我仍然希望他来找我。是不是很傻？"

"不，"他盯着天花板，"一点也不傻。我七年没和父母联系，还是会想起他们。我妈妈以前喜欢我拍的照片，她拿给教堂里的所有人看。我给她拍了很多照片,但都没带走,我什么也没带走。"

"发生了什么事?"她说,"我是说,你为什么要离开?"

"说来话长。"

"说一点也行。求你了。"

他沉默了好一会儿,然后告诉她,父亲抓到他和妹妹的朋友鬼混。当时,他一个人在家,装病没和家人一起去帐篷复兴派对,他打开父亲的衣橱,试了一件笔挺的西装衬衫,练习了打温莎领结,又穿着锃亮的翼尖皮鞋走来走去。他刚喷完古龙香水,蒂娜·詹金斯出现在草坪上,拍打他家的窗户。她问他在做什么?在演戏吗?他的服装不错,再弄弄头发就更好了。她把他的马尾别在脖子后面。

"好了,"她说,"这样就更像男人了,看到没有?什么戏啊?你家有酒吗?"

他忽略了第一个问题,直奔第二个。后来,蒂娜在父母面前将责任归咎于金酒。他倒了两大杯金酒,用水替代了母亲的拖格兰。她没告诉父母是她先亲的他,也没说两人直到他家人提早回家才鸣金收兵。

"我父亲有一条带大银扣的皮带,"他说,"他对我说,既然我想做男人,他就像对待男人一样对待我。"

她紧紧闭上眼。

"我很抱歉。"她说。

"陈年旧事了。"

"我不管。"她说,"他不能那样。他没权力那样做……"

"我过去经常想,要不要开车回埃尔多拉多,"他说,"让他和现在的我再较量一下。这样想自己的父亲不对。想到这个,我有时会喘不过气来。有时我也会想就在街上走走,没人能认出我来,那感觉会像参加自己的葬礼——看着大家的生活一切照旧,只是缺了自己。也许我会敲门,说,嗨妈妈,但她已经认出我了。哪怕外表不一样,她也一定能认出我来。"

"可以的,"她说,"你可以回去呀。"

"你愿意和我一起回去吗?"

"我愿意和你去任何地方。"她说。

他亲她,脱下她的 T 恤,她也下意识去脱他的。他突然僵住,推开她,她有些畏缩。他下床钻进浴室,回来时已经光着膀子,只剩胸前的绷带,他俯身靠近她。

"我需要它。"他说。

"好呀,没问题。"

她把他拉到她上面,手指顺着其光滑的背部向上,抚摸他的皮肤、皮肤和棉布。

一开始,里斯·卡特就想过结局。

就像他刚抵达洛杉矶时,无家可归,像只弱小的羔羊,他已经在幻想有一天,他会离开这座注定将摧毁他的城市。或者像他在万圣节派对上初次见到裘德·温斯顿,他参加那场派对只是因为有个在健身房认识的男孩邀请他,他心想,去他的,干吗不去。她独自一人站着，裙子让她烦躁不安，他从没见过这么黑的人，但又这么漂亮。他感觉有一只沉重的手将他按在沙发上。消停点，里斯，别冲动。他已经知道结局，当她把手伸向他的大腿而被他推开的一刻，就是她离开的时候。

一开始，他从未想过留在洛杉矶，他只想尽可能远离埃尔多拉多。如果海上还有路，他还会走下去。最初的几个星期，他每晚都在黑暗的小巷里为男人服务，有时会用嘴，男人们事后会对他更友善，也更感激，但他讨厌这样。他们摸他的头，叫他漂亮男孩。他带着父亲的猎刀防身，有时，抬头看着那些靠在墙上的脑袋，他会想切开他们一起一伏的喉咙。他终究没下手，他收下那些皱巴巴的钞票，然后找地方睡觉，有时睡在公园长椅上，有时睡在高速公路立交桥下，他会莫名想起与父亲露营的经历。他坐在空心原木上，看父亲用一把不许他碰的刀子将兔子开膛破肚。这把刀来自父亲的父亲，如果父亲有儿子，他还会传给儿子，正因为这样，里斯离开时带走了这把刀。

他在夜店和酒吧里结识那些人，他们抓着他的手穿过人群，请他喝酒，邀他共舞。他从不会去同一家夜店两次，他总是害怕有人注意到他光滑的脖颈，瘦小的双手，或内裤里塞的袜子。有一次，韦斯特伍德的一个白人识破了他，一气之下把他打出了熊猫眼。他很快就学会了规矩。坦承过去反而会被视为欺骗，唯一安全的做法就是隐瞒。

遇见巴里那晚，他已经饿得头昏眼花。他喝了一杯威士忌苏打水，几乎走投无路地跟着他回家。他从没和男人走出过小巷。黑暗让他更有安全感，所以他没答应巴里。当天晚些时候，当巴里抓着他胳膊,问他要不要吃饭时,里斯惊慌地挣脱开来。

"我他妈说不去——"

"我知道你说不去,"巴里对他说,"我他妈问你要不要吃的。你看起来很饿,那边有个小饭馆。"

他指向一个街区外的深夜饭馆。霓虹灯辉映下,混凝土染上了紫色和蓝色。巴里点了山核桃派,里斯吃了两个芝士汉堡和一篮薯条,差点噎住。反正他总要用某种方式来付这顿饭钱,也许不必吧,他摸了摸口袋里的刀。巴里看着他,用叉子搅起奶油。

"你多大?"他问。

里斯用手背抹了把嘴,觉得不文明,又拿了张餐巾。

"十八。"他说,虽然过两个月就不是了。

"老天爷。"巴里笑了,"你还是个孩子,你知道吗?我的学生都有你这么大了。"

他说他是老师,也许因此才表现得这么友善。在另一重人生里,里斯也许会成为他的学生,而非他在夜店搭讪的男孩。但里斯连高中都没读完,他从不后悔,直到他爱上了一个高智商女孩。学历似乎会成为她最终弃他而去的又一个原因。

"你是哪里人?"巴里问,"这座城市的每一个人好像都来自其他地方。"

"阿肯色。"

"够远的啊,牛仔。大老远跑这儿来干吗?"

他耸了耸肩,拿薯条蘸番茄酱。"从头开始。"

"你在这儿有亲戚朋友吗？"

里斯摇头。巴里点起一根烟。他手指长长的，很可爱。

"你需要朋友，"他说，"这座城市太大了，靠自己可不行。你需要住的地方吗？喔，别那样看我。我从来不约对我不感兴趣的。我就是问你需不需要睡觉的地方。怎么，我的沙发配不上你吗？"

里斯不知道自己为什么答应。也许他受够了睡在废弃建筑里，总要跺脚驱赶老鼠。也许他在巴里身上看到了什么值得信任的东西，也许他摸了摸贴着大腿的刀子，知道如果迫不得已，他不会手软。不管怎样，他跟着巴里回了家。进屋时，他瞥见桌面上的假发，略有踌躇。巴里僵住了。

"只是我有时候要做的一件事。"他说，但他轻轻摸了摸一顶假发，看上去如此脆弱，里斯移开了视线。

"我不是你想的那样。"里斯说。

"你是跨性别者。"巴里说，"我很清楚你是什么人。"

里斯从没听过这个词——他甚至不知道有一个专门的词形容他。他一定难掩惊讶，因为巴里笑了。

"我认识大把你这样的男孩，"他走近一步，打量着他，"但他们的发型都比你好看。自己剪的？"

在浴室里，他往里斯脖子上围了一条毛巾，然后去拿剪刀。他轻轻扶了扶里斯的头，里斯闭上眼，想不起上次被人这么温柔地抚摸是什么时候的事了。

十二月,这座城市终于降温了。太阳仍高悬头顶,明亮得不自然,"冬天"一词委实有些言过其实。裘德坐在餐车上,胳膊伸出窗外,享受着微风吹拂。她在最后一刻接了贝弗利山一个退休派对的活,里斯一脸怨怼地看着她出门,但优渥的酬劳让她实在不忍拒绝。

"我想带你出去吃饭的。"他说。

"明天吧,宝贝,"她说,"我说话算数。"

她亲了亲他,心里已经在盘算今晚能收多少小费。公司派对总是很好赚。车子驶入贝弗利山时,斯库特对她说"大人物"。餐车在山路上蜿蜒而行,前路越来越僻静,最后,车开到一道黑铁门前。斯库特哼了一声。

"花那么多钱,过这种日子。"他说,大门吱吱嘎嘎地打开,"你能想象吗?"

他对她说,下世纪就是这副模样。富人离群索居,被锁在大门后面,像修筑城堡的中世纪领主一样。他们缓缓开过绿树成荫的安静车道,终于开到房子前面,那是一座两层楼的白色隐蔽之所,房前挺立着罗马柱。卡拉给他们开了门,她很少在工作中露面,但这场聚会很重要,而且人手不足。

她说:"哈迪森集团是忠实的老客户,今晚我们都打起精神来,好吗?"

卡拉的出现让裘德有些紧张。当她切芹菜、捣番茄酱、端着一盘盘熏火腿卷走过人群,或在吧台调制鸡尾酒时,她都能感到卡拉在一旁评估她的工作。退休的是哈迪森先生,他身材敦实,一头银发,穿一件似乎价值不菲的灰色西装，年轻的金发妻子挂在他臂弯里。人群中都是白人、中年人、有钱人，他们举杯祝贺哈迪森光荣退休，接着又举杯祝贺他的继任者——一个身穿海军服的英俊的金发男人。一个女孩徘徊在他身边，十八岁左右，长腿，金色鬈发，穿一条闪光的银色连衣裙，膝盖以上剪得破烂不堪。派对中途，她离开那个男人，走到吧台旁，斜过空的马提尼酒杯。

"我不能为二十一岁以下人群提供酒水。"裘德说。

女孩笑了，一只手按在她衣领上。

"好吧，那我二十一岁了。"她说。她的眼睛如此湛蓝，透着股紫罗兰色。她再次斜过酒杯。"这派对无聊透了，我必须得喝一杯。"

"你爸爸不管吗？"

女孩回头看向那个英俊的男人。

"当然不管了，"她说，"他现在一心只想忘了妈妈没来的事。这么大的喜事，连我都大老远从学校赶来，庆祝他升官发财，妈妈却不愿赏光来一趟。她难道不是个婊子吗？"

她又晃了晃酒杯。她显然不打算空着杯子走开，裘德只好给她斟了酒。女孩转身面向派对，将橄榄色的酒送入粉色的唇间。

"你喜欢当酒保吗？"她问，"你一定能遇到各式各样让人着迷的人。"

"我不是酒保，不是全职，我大部分时间还在读书。"然后，裘德有点过于骄傲地补充道，"在 UCLA（加州大学洛杉矶分校）。"

那个女孩扬起眉毛。"真有意思，"她说，"我在南加州。看来我们是对手了。"

至于她觉得哪里有意思,并不难猜测:一个陌生人碰巧就读于她的同城对头,或者这个提供酒水的黑人女孩居然能上 UCLA 这样的大学。此时,一个穿花呢夹克的白人男性过来要酒,裘德开了瓶梅洛葡萄酒,希望那个女孩就势走开。但她倒酒时,门厅传来一阵呼喊声。女孩闷闷不乐地转向她。

"这下没得玩了。"说完,她一口干掉了杯中的马提尼。

她把空杯子放在吧台上,朝门口走去,一个女人刚走进来。哈迪森先生正帮她脱掉毛皮大衣,当她转过身,一只手捋过她的黑头发,裘德手中的酒瓶砸在了地上。

第三部

心弦
1968

7

新邻居

失踪双胞胎中的一位回到马拉德的那天晚上,帕雷斯社区所有房子的前门都夹了一张告示,呼吁召开业主协会紧急会议。帕雷斯社区是布伦特伍德的最新分支,此前只召开过一次紧急会议。当时的财务主管被指挪用公款,邻居们齐聚一堂,窃窃私语,期待着挖出丑闻线索。而这一次,万万没想到的是:现任会长珀西·怀特面红耳赤地站在台前,宣布了一个令人遗憾的消息。锡卡莫尔路上的劳森家在卖房子,一位黑人刚刚出了价。房间里一下子炸了锅,珀西举起双手,发现眼前的人群俨然成了一支行刑队。

"我就是来传个消息。"他反复申明,但没人还能听到他说什么。戴尔·约翰森问,如果连这种事都阻止不了,还要业主协会干吗?汤姆·皮尔森也不甘示弱,威胁如果协会听之任之,他就拒交会费。女人们也很不开心，不如说女人们尤其不开心。她们没像男人们那样大喊大叫，但她们每个人都做出了牺牲，嫁给了一个能在洛杉矶县最昂贵的新区买房的男人，她们正指望这项投资开花结果呢。凯丝·约翰森问他们现在要怎么确保社区安全；结婚前在布林莫尔学院读经济学的贝茜·罗伯茨抱怨，他们的房产价值可能会一落千丈。

但多年以后，邻居们只记得一个人在会上的发言，从某种层面讲，那个声音盖过了所有其他噪声。她没有大喊大叫，也许正因为此，他们才愿意洗耳恭听。也许因为她平时总是柔声细语，所以大家明白，既然她在喧闹的会议里站了起来，她一定迫切有话要说。也许因为她和家人就住在劳森家对面锡卡莫尔路的死胡同里，所以新邻居将对她产生最直接的影响。不论出于何种原因，史黛拉·桑德斯站起来时，房间安静了下来。

"你必须阻止他们，珀西，"她说，"放任不管只会让他们得寸进尺，是可忍孰不可忍！"

她浑身颤抖，浅褐色的眼睛闪烁着，邻居们被其油然而生的热情感染，纷纷鼓起掌来。她从未在他们的会议上发过言，站起来前，她自己也想不到有这么一天。刚站起来时，她沉默了一会儿，她讨厌被众人瞩目，甚至在自己的婚礼上，她都渴望别被人发现。但她害羞的、颤巍巍的声音反而让一屋子人竖起了耳朵。会议结束后，一路都是等着跟她握手的邻居。几周后，黄色的传单飘扬在树干和灯柱上，上面用粗体大字写着：保卫社区。是可忍孰不可忍。她在汽车的挡风玻璃上发现这张传单时吃了一惊，看到自己的话又飘回自己眼前，这感觉很怪，仿佛它出自一个陌生人之口。

不论如何，布莱克·桑德斯也和所有人一样，对妻子在会上的发言吃了一惊。她不是天生的示威者。他从没见她因任何议题怒发冲冠过，充其量签一下请愿书，即便如此，也只是因为她太有礼貌，不愿像他一样回绝路上的大学生，一把将硬纸板推回到对方脸上。当然，他也想保持地球清洁，他也认为战争是穷途末路，但这不意味着朝勤奋工作的体面人大喊大叫就是合适的。但史黛拉会纵容那些理想主义者，倾听他们的发言，签署他们的请愿书，只因为她不好意思叫他们滚蛋。可不知怎么，这样的她却在业主委员会上爆发了，和所有年轻的示威者一样慷慨激昂。

他几乎要笑出声了。他的那位害羞的史黛拉居然引发了轰动！但他也许不该感到惊讶。女性想保卫自己的家园，这是比政治更原始的冲动。更何况，在他认识她的这么多年里，她从没说过黑人一句好话。坦白说，这事让他有点尴尬。他尊重事物的自然秩序，但即便如此，也没必要这么狠心吧。小时候，他有一个黑人保姆，叫威尔玛，基本算是他的家人。如今，他每年仍会给她寄圣诞卡。但史黛拉甚至不愿雇用黑人，她声称墨西哥人更勤劳。他从来搞不懂为何每当有黑人老妇从身边走过，她总会挪开视线，为何她总对电梯操作员唐突无礼。她就像个被狗咬过的孩子，对黑人避之不及。

那天晚上，两人从会所出来后，他笑嘻嘻地搂住她。那是四月的夜晚，还有些凉意。他们缓缓从绽放的蓝花楹树下走过。

"我都不知道我娶了个这么有煽动力的女人。"他说。

他是银行家的儿子，上大学后离开了波士顿，两人初次见面时，他就告诉了她这些事，但他没说父亲担任高管的银行是大通国民银行，他就读的大学是耶鲁大学。后来她才意识到，这些标志说明他来自真正的有钱家庭：他鲜少穿昂贵的衣服，尽管他完全负担得起，他也鲜少提起父亲或他继承的财产。他学的是金融和市场营销，但他没去麦迪逊大道，而是追随未婚妻，来到了她的家乡新奥尔良。那段感情以失败告终，但他爱上了那座城市。他开始在布兰切大厦的营销部门工作，然后，他请了史黛拉·维涅做他的新秘书。

即使已结婚八年，每当有人问起他们如何相识，史黛拉仍觉得难以启齿。老板和秘书，老掉牙的桥段。总让人想起一个穿着吊带裤、梳着油头的大肚子男人围着办公桌追逐一个年轻女孩的画面。

"我不是什么老色鬼。"布莱克曾在一次晚宴上笑道，但事实就是这样。那时他二十八岁，下巴轮廓硬朗，一头蓬松的金发，一双和保罗·纽曼一样的蓝灰色眼睛。或许正因为此，他投来的关注才与别人不同。当时，白人的关注总令她畏缩，布莱克的目光却让她容光焕发。

"我是不是出丑了？"她稍后在梳妆台前梳头时问。布莱克在她身后解开白衬衫的扣子。

"当然没有，"他说，"但那种事永远不会发生，史黛拉。我不懂为什么每个人都义愤填膺。"

"但你也看见珀西在台上的样子了，一脸惊恐。"

布莱克笑了。"我超爱你那样说话。"

"哪样？"

"忧心天下的样子。"

"别开玩笑了。现在不是时候。"

"我没有！我觉得你很可爱。"

他俯身亲吻她的脸，镜子里，她看着他白皙的脸缓缓倾到她黝黑的脸上。她的紧张感有显露出来吗？有人识破她吗？社区里住进一个黑人家庭。布莱克说得对，这种事永远不会发生。协会一定会出面制止。他们手头有律师做这样的事，不是吗？如果不能阻止不受欢迎的人侵门踏户，如果不能确保社区保持街坊们期望的模样，业主协会还有什么存在的意义？她努力让痉挛的腹部镇定下来，却无能为力。她被识破过，只有一次，是她第二次假装白人的时候。那是她在马拉德的最后一个夏天，她冒险走进那家精品店的几周后，她在一个并非黑人日的寻常的周六上午去了南路易斯安那美术馆，而且直接走了正门，没有走黑人排队的巷子里的侧门。没人拦她，她又一次觉得自己太蠢，没有早点这么做。假装白人没什么难的，放大胆子就好。只要你表现得若无其事，就没人会怀疑你不属于那里。

在美术馆，她慢慢走过展厅，欣赏印象派的朦胧画作。一位老年讲解员向一群无精打采的孩子背诵解说词，她注意到一名黑人保安盯着她看。突然间，他朝她眨了眨眼，她吓坏了，抬腿就走。她径直越过他，几乎屏住呼吸朝门外走去，一直到早晨的天光洒在她身上，她才松了一口气。她乘公交车回到马拉德，一路脸皮发烫。假装白人当然不会这么容易。黑人保安当然认出了她。母亲说过，我们永远能认出自己人。

此时此刻，一个黑人家庭要搬到马路对面。他们会识破她的本来面目吗？或者更准确地说，识破她的虚假面目？布莱克亲吻她的后颈，手滑进她的裙子。

"别担心了，亲爱的，"他说，"业主协会绝不会容许的。"

半夜，女儿的尖叫声传来，史黛拉冲进孩子的房间，发现她又做噩梦了。她爬进小床，轻轻摇醒女儿。"我知道，我知道。"她也轻声说，一边擦掉她的眼泪。她自己的心脏还在猛烈跳动。此时，她应该已经习惯了被女儿的叫声吓醒。她每每循声而来，担心着最可怕的情况，最后只看到肯尼迪歪歪斜斜地躺在被子下，紧紧抓着床单。儿科医生说她身体没什么毛病。睡眠专家说想象力过强的孩子容易做逼真的梦，并笑称她可能是个艺术苗子。儿童心理学家看了她的图画，问她梦到了什么。但刚满七岁的肯尼迪什么也记不起来，布莱克觉得这一切都是在浪费钱，从此不再寻医问药。

"一定是你那边遗传的，"他对史黛拉说，"桑德斯家的好女孩会像灯泡熄灭一样睡得沉沉的。"

她告诉他，她小时候也常做噩梦，醒来也什么都不记得。但后半句是假话。她的噩梦永远是同一件事，白人抓着她的脚踝，把惊叫的她拖下床。她从没告诉过德西蕾。每次醒来，德西蕾都在一旁鼾声正隆，她感觉自己的恐惧是一件蠢事。德西蕾不是也在壁橱里目睹了一切吗？她不是也看到了那些白人的所作所为吗？为什么她不会半夜醒来，心脏怦怦直跳呢？

两人从未好好聊过父亲的事。每当史黛拉想说点什么，德西蕾总会眼神游移。

"你想让我说什么呢？"她说，"我知道的你都知道。"

"我只想知道为什么。"史黛拉说。

"没人知道为什么，"德西蕾说，"坏事总会发生，没有为什么。"

此时此刻，史黛拉轻轻将女儿额上丝滑的金发拨到后面。

"没事，亲爱的，"她轻语道，"睡吧。"

她抱紧女儿，为两人盖好被子。起初，她并不想当妈妈。怀孕的念头让她惶恐。她想象自己生出一个越来越黑的孩子，布莱克会被吓跑。她几乎宁愿他认为她和某个黑人有染。这个谎言似乎比真相更容易让人接受，相比持续的欺骗，一时的不忠反而不算什么。生下孩子后，她如释重负。她怀里的新生儿完美无瑕：乳白的皮肤，金色的鬈发，湛蓝的眼睛里透着紫罗兰色泽。尽管如此，肯尼迪有时仍像是别人的女儿，像史黛拉借来的孩子，陪她度过本不属于她的这一生。

"你来自哪里，妈妈？"肯尼迪有一次洗澡时问她。那时她快四岁了，问题一个接一个。史黛拉跪在浴缸旁，用毛巾轻轻擦过女儿的肩膀，她看着那双楚楚动人的紫罗兰色眼睛，和她认识的所有人的眼睛都不一样。

"南部的一座小镇，"史黛拉说，"你没听说过的。"她总是这样对肯尼迪说话，仿佛她是另一个大人。所有宝宝书都建议这样做，说有助于锻炼语言能力。实际上，她只是不想像布莱克一样傻乎乎地学孩子说话。

"是哪里呀?"肯尼迪问。

史黛拉往她身上泼热水,泡沫纷纷破裂。"就是个叫马拉德的小地方,亲爱的。"她说,"和洛杉矶有天壤之别。"

这是她第一次也是最后一次对女儿完全诚实以对,只因为她知道女儿还小,不可能记得住。后来史黛拉就开始撒谎。她告诉肯尼迪她来自奥珀卢瑟斯,和她对所有人说的一样,除此之外,她几乎不会提起自己的童年。但肯尼迪依然会问。她的问题总是猝不及防,就像往她的伤口上撒盐。你是怎么长大的?你有兄弟姐妹吗?你的家是什么样的?有一次上床睡觉时,她问史黛拉她妈妈是什么样的人,史黛拉差点丢掉手里的故事书。

"她不在了。"她终于说道。

"去哪儿了?"

"死了,"她说,"我的家人都死了。"

多年前,她在新奥尔良对布莱克说了同样的谎话:她是独生女,父母在事故中丧生后,她搬到新奥尔良。他抚摸她的手,她突然透过他的眼睛看到自己。一个平凡的孤儿,独自一人在城市里漂泊。他怜悯她,所以无法看清她。他透过苦难看待她的所有谎言,将她对过往的沉默都归结为伤痛。如今,谎言似乎更接近于事实。她已经十三年没和姐姐说过话。德西蕾现在在哪儿?她们的母亲还好吗?她没读完那本书,就塞回了书架。刷牙时,她听见布莱克在跟肯尼迪说话。

"妈妈不喜欢说她家里人的事,"他喃喃道,"那些事让她难过。"

"为什么呢?"

"因为,他们都不在了。所以别再问她那些事了,好吗?"

在布莱克心中,她遇到他之前的生活是一场悲剧,全家人都被悲剧吞噬。她宁愿他这么想。一片空白。她的过去和现在之间隔着一道帷幕,她永远不能朝后看。天知道会有什么从里面钻出来!

社区里搬来一个黑人家庭。这种事绝不会发生。

但会议后的第二天早晨,史黛拉在泳池漂了几个小时,始终放不下这件事。头顶飘着乌云,快下雨的样子。她穿着与塑料筏相称的红色泳衣,喝着金酒加苏打水,女儿去上学后,她偷偷给自己倒了酒,希望在厨房忙碌的尤兰达以为她倒的是水。显然,这个时间喝金酒太早了,但她需要摆脱昨晚以来累积的不安感。布莱克说那个对劳森房屋的出价不可能通过,可既然不可能,珀西为何要召集大家商议呢?他为何惶恐不安地站在大家面前,仿佛已回天乏力呢?这个国家每天都在变化,她在报上读到了各种示威游行的消息。洗手间、大学和公共泳池都在废除隔离制度,正因为此,他们搬到布伦特伍德时,布莱克才坚持要在后院建一座泳池。对她而言,私人泳池太奢侈了,但布莱克说:"总不能让肯尼迪去市立泳池吧?现在什么人都进去游泳。"

他在波士顿长大,从小就在仅限白人的泳池里游泳。她在河里游泳,偶尔去格尔夫海滩,白人救生员会指引她们留在有红旗标志的黑人区。当然,两侧的水是流动的,在黑人区一侧撒尿,尿液也会流入白人一侧(德西蕾经常戏称要这么做)。但史黛拉认同布莱克的看法,他们不可能送女儿去市立泳池,唯一的办法就是自己建一座。

几年下来，她喜欢上了这座泳池，也喜欢上了布莱克坚持为他们洛杉矶的家添置的所有东西：她的红色雷鸟、她的女佣尤兰达，以及他提供的所有安抚人心的小生物。她喜欢上了那句话，喜欢上了将舒适想象成一条毛茸茸的博美犬蜷在脚边的感觉。遇到布莱克前，她从未感受过舒适。后来她才意识到这一点，她惊叹于他给自己点了一整块牛排，回想起自己有多少个夜晚饥肠辘辘地入眠。她看着布莱克在两条领带中犹豫不决，最后两条都买下，回想起当年走路上学，脚趾经常挤得生疼。她走进厨房看见尤兰达在擦银器，回想起多年前，杜邦家的银器上映出的是自己的身影。

当时，她要打扫的屋子里塞满了她永远买不起的物品。她要收拾那些调皮男孩的残局，还要躲避杜邦先生，后者会跟着她进入食品储藏室，然后关上门，把手伸进她裙底。他有三次这样摸着她自慰，他气喘吁吁，呼出浓重的白兰地气息，她极力挣脱，但食品储藏室太狭窄，他又太强壮，把她死死压在架子上。然后就结束了，像开始一样猝不及防。很快，她对他的恐惧变得比骚扰本身更难以忍受。她整天提心吊胆，怕他偷偷出现在她身后，这担心也毁了他没出现的日子。初次被骚扰后的晚上，躺在床上，她问德西蕾对他有何看法。

"干吗对他有看法？"德西蕾说，"就是个瘦不拉几的白人老头嘛。怎么了？你对他有什么看法？"

即使在她们昏暗的卧室，即使面对德西蕾，史黛拉依然说不出口。她一直想让自己相信她身上有什么特别之处，但她知道，杜邦先生之所以选她，是察觉到了她的软弱。她是双胞胎中不会声张的那个。

她确实没有声张，她一生都不会告诉任何人。但当德西蕾提出在创始人节后离开的计划时，史黛拉想到了被杜邦先生压住的感觉，她知道她也非走不可。在新奥尔良，当德西蕾开始动摇时，史黛拉又想到他的手指在她内裤里蠕动的感觉，于是她找到了让两人都留下的力量。

但那已经是上辈子的事了。她的脚趾滑过塑料筏的边缘，浸入水中。这就是舒适啊：漂在泳池的慵懒早晨，两层楼的房子，永远装满食物的橱柜，女儿有一柜子的玩具，书架上有一整套百科全书。这就是舒适啊，一无所缺，别无所求。

在金酒的抚慰下，在清晨的阴霾中，她有些困了，她强迫自己离开泳池。她轻手轻脚走进屋里，水还是滴在了厨房瓷砖上，尤兰达正为餐厅家具除尘，朝这边望了过来。她的脚还湿答答的，她突然意识到尤兰达已经拖过地了。

"抱歉，"她说，"瞧我，弄脏了你的地板。"

她有时仍像这样跟尤兰达讲话，仿佛自己才是客人。尤兰达只是笑笑。

"没关系，太太。你的茶。"

史黛拉喝着甜茶，准备洗澡，毛巾慵懒地披在肩上。她起初对自己说，游泳至少是好的运动。但多数早晨，她从不游泳，只是漂在塑料筏上。最好的日子，她会喝一杯鸡尾酒，在水面看太阳升起。一早起来就享受美酒，让人觉得既罪过又美好，与此同时，这会被当作一件刺激的事本身又值得同情。过去的岁月水乳交融，彼此折射，她仿佛被困在一个镜子组成的房间,就像有一次德西蕾带她去集市里看的那种。两人一进去,德西蕾就跑开了,史黛拉无助地呼唤她。有一瞬间,她看见德西蕾出现在她身后,转过身却空无一人。她只能看见自己的脸奇怪地反射回她的眼中。

现在的生活就是这样,日复一日,但她又能抱怨什么呢?布莱克一直在新奥尔良和波士顿努力工作,直到赢得了洛杉矶(主要的国际性市场)一家公司的关注。他无休无止地工作,没完没了地出差,躺在床上研究五颜六色的图表,不知不觉就睡着了。对他而言,她的日子或许像梦一样,如果他知道她只需要做这么少的事,他一定羡慕不已。他回家后她从冰箱取出的蛋糕常常是外面包好送来的,他晚上爬进去的床单被套常常是尤兰达洗干净的,甚至女儿的生活有时也像一件她安排给别人的家务事。

那天下午,她坐在布伦特伍德学院的多功能厅里,慢慢拿芹菜段蘸沙拉酱。贝茜·罗伯茨正在讲台上潦草地统计春季舞会的志愿者名单。史黛拉知道她应该举手,她上次做志愿者(不算提供酒钵这样的事)已经很久了,但她没有举,反而将视线挪向了窗外修剪整齐的草坪。这些会议让她提不起精神,大家讨论着该挂哪种颜色的彩带、该烤哪种口味的巧克力蛋糕、该送斯坦利校长什么样的年终礼物。上帝啊,她非得知道她不认识的孩子们的事吗:蒂娜·J 偷走了才艺表演的舞台,鲍比·R 赢得了乐乐棒球比赛,还有别的数不胜数的空洞成就。她女儿从未达成过任何特殊成就,但就算她达成了什么,史黛拉也不会不顾体面,宣扬得尽人皆知。

她知道其他妈妈怎么看她,她们会说,史黛拉·桑德斯就是那个自大狂,你知道的。没关系,随她们那么想吧。她需要保持距离。虽然过了这么多年,她和白人女性在一起时仍会紧张,经常一张嘴就词穷。会议散场时,凯丝·约翰森挪过来,感谢史黛拉昨晚的发声。

"是时候有人为正确的事挺身而出了。"凯丝说。

约翰森家是洛杉矶本地人。戴尔的家族在帕萨迪纳有一些橙子林,有一次,他邀请她和布莱克去他的农场游览。他称之为农场,其实只是一座不起眼的小农庄,不是什么价值连城的庄园。史黛拉受够了他的自命不凡,找机会溜了出来,独自在树林里徘徊。开车回家的路上,布莱克建议她和凯丝做好朋友。他总是这样,诱使她一步步远离她自己。但对她而言,还是远离人群让她更有安全感。

那场会议结束一周后,史黛拉开始注意到噩梦成真的迹象。首先是最直接的:劳森家草坪上挂出了红色的已出售标志。她跟劳森家不熟,除了参加邻里聚餐时的寒暄外,两家人很少往来,但她仍强迫自己在一个早晨走向劳森家的车道,向黛博拉·劳森挥手致意。当时,黛博拉正将两个留着平刘海头的男孩引入轿车后座,看见史黛拉走来,她面露不耐烦之色。

"新来的一家,"史黛拉问,"他们人好吗?"

"哦,不知道。我没见过。都是中介处理的。"黛博拉说。

她始终未直视史黛拉,并直接走过她上了车,所以史黛拉知道她在撒谎。后来,她听人细数了赫克托·劳森的嗜赌问题,让这个家庭背负了沉重债务。一半的邻居表示同情，另一半指责他的不负责任造就了他们眼前的困境。人们会同情一个损失惨重的人，但如果他的坏运气伤害到整片社区，就另当别论了。尽管如此，史黛拉仍寄望于她的怀疑是子虚乌有。直到有一天，布莱克打完壁球回家，用T恤擦了一把汗后，告诉她业主协会翻车了。

"那个黑人威胁说，如果不让他搬进来，就要打官司，"布莱克说，"还请了位大律师。老珀西怕了。"他看见她的脸拉了下来，伸手捏了捏她的屁股。"噢，别这样，史黛拉。没事的，我打赌他们待不过一个月，他们会明白他们不受欢迎。"

"但之后还会有更多黑人搬进来——"

"他们负担不起的。弗雷德说那人买房付的现金，不是个寻常人物。"

他语气里仿佛透着崇拜。但什么样的人才会扬言动用法律武器，也要搬进一个不欢迎他的社区呢？怎么会有人做这样的事？意义何在？何苦来哉？难道要像示威者一样沦为晚间新闻的素材，难道要被殴打，乃至殉道，只为了说服白人改变想法吗？两周前，她坐在布莱克的椅子里，目睹了各地烽火连天的局面。一发子弹，新闻主播说，枪支的力量扯掉了马丁·路德·金的领带。布莱克瞪大眼睛，看着群情鼎沸的黑人们跑过燃烧的建筑。

"我永远搞不懂他们为什么要这么做，"他说，"破坏他们自己的街区。"

在本地新闻里，警察敦促市民保持克制，这座城市尚未完全从三年前的"瓦茨骚乱"中恢复过来。她走进洗手间，用手捂住自己的嘴，以防哭出声来。德西蕾曾在这样的夜晚感受过绝望吗？或者说，她有没有感受过希望？凯丝·约翰森说这个国家已面目全非，但对史黛拉而言，这个国家和过去一模一样。汤姆·皮尔森、戴尔·约翰森和珀西·怀特不会闯入一个黑人家庭的门廊，将主人拖出厨房，他们不会用脚猛踩他的手，不会对着他连开五六枪。他们都是会捐钱给慈善机构的善男信女。他们看到南方警长向黑人大学生挥舞棍棒的新闻，会于心不忍。他们认为马丁·路德·金是高超的演说家，甚至同意他的一些构想。他们不会把子弹射入他的头颅，他们看着他的葬礼，想着那个贫穷的年轻家庭，甚至可能潸然泪下，但他们依然不会允许那个黑人搬进他们的社区。

"我们可以威胁搬出去。"戴尔在晚餐中说，他像哨兵一样凝望窗外，指间转动着一支烟，"如果我们都搬出去，看协会怎么反应。"

"凭什么我们搬出去？"凯丝说，"我们努力工作，从不欠账。"

"只是种策略，"戴尔说，"谈判策略。我们得撬动我们的集体力量……"

"你听起来像个布尔什维克。"布莱克笑嘻嘻地说。史黛拉双手抱在胸前，几乎没碰她的酒杯。那个黑人家庭要搬来的事是她此刻唯一不愿去想的事，但显然，所有话题只能围绕这件事展开。

"我很高兴你们还笑得出来，"戴尔说，"用不了多久，整片社区就变成瓦茨那样了。"

"我跟你们说，不可能的。"布莱克说，他俯身点燃史黛拉的香烟,"我不懂大家怎么这么激动。"

"最好不会。咱们就拭目以待吧。"戴尔说。

她说不出是什么让她更烦躁,是想象一个黑人家庭搬进来,还是想象能做些什么阻止他们搬进来。

几天后,一辆黄色的搬家货车缓缓驶过帕雷斯社区的蜿蜒街道,在每个十字路口停下,寻找锡卡莫尔路。货车停在劳森家门前,史黛拉透过卧室窗户的百叶窗目睹了一切。三名瘦瘦高高的黑人男子穿着统一的紫色衬衫从车厢里爬下来,他们逐一卸下车上的家当:皮沙发、大理石花瓶、长地毯、细长的落地灯,以及巨大的石象,象牙外扩。连绵不绝的家具巡礼,但始终不见主人。史黛拉目不转睛地望着,直到女儿悄悄来到她身后,喃喃道:"怎么了?"仿佛两人在玩一场间谍游戏。史黛拉从窗边跳开,突然有些尴尬。

"没怎么,"她说,"想帮妈妈摆盘子吗?"

经过数周的忐忑不安,她与新邻居的初次相遇既出人意料又平淡无奇。第二天一早,她送女儿上学时,遇到了那家人中的妻子。当时,史黛拉一手托着立体画,一手锁门,差点没注意到马路对面站着一位漂亮的黑人女性。那人身材苗条,打扮利落,胡桃色的皮肤,清爽的短发,俨然是至上合唱团的一员。她穿一条领口敞开的金菊色连衣裙,她牵着的一个小女孩,穿一条粉色连衣裙。史黛拉愣了一下,用肚子顶住鞋盒立体画。然后,那个女人笑着挥了挥手,史黛拉踌躇了一下,也抬起了手。

"早上好。"那女人喊道。她略带口音,也许来自中西部。

"早上好。"史黛拉说。

她应该进行自我介绍。别的邻居还没来打招呼,但她的房子就在马路对面,史黛拉几乎能看见她的客厅。但史黛拉没有多说话,而是把肯尼迪推向了汽车。开车去学校的路上,她一直紧抓方向盘,脑中重复着两人的对话和那个女人轻松的笑容。为什么她能如此轻松地主动跟史黛拉说话?虽然隔着马路,她是不是看出了什么?她是不是觉得她是可以信任的?

"我见到邻居了,"那天晚上她告诉布莱克,"女主人。"

"嗯,"他说着爬到她身边,"至少有礼貌吧?"

"嗯,还好吧。"

"没事的,史黛拉,"他说,"他们识相的话,不会乱来的。"

房间熄了灯,布莱克靠过来吻她,床垫吱吱作响。他抚摸她时,她有时会浮现那个把父亲拖到门廊的男人。那人有一头金红头发,身材高大,穿一件灰衬衫,松着几颗纽扣,脸上有一块痂,像刮胡子刮到的样子。布莱克撑开她的大腿,那个红头发男人趴在她身上,她几乎能闻到他的汗味,看到他背上的雀斑。转眼又变成布莱克清爽的象牙肥皂味道,他的声音在轻唤她的名字。实在莫名其妙,这两人毫无相似之处,布莱克从没伤害过她。但他可以伤害她,每念及此,她都会抓得更紧,仿佛要让他陷在自己体内。

8

朋友

新来的邻居是雷格纳德·沃克和洛蕾塔·沃克。当汤米·泰勒警长本人要搬来锡卡莫尔路的消息传出后,连最义愤填膺的人也鸣金收兵。当然,泰勒警长就是那个最热门的警察剧集《弗里斯克》中的讨喜角色。他扮演那位爱惹是生非的英雄的刻板搭档,总是提醒后者各种文书和流程,"快提交表格!"是他的口头禅。几个月里,每当布莱克在死胡同对面窥探雷格[1]·沃克时,他总会大大方方地打招呼。雷格修剪草坪,或从车道上拾起报纸时,总会先在脸上闪现标志性的微笑,然后耸一耸肩,仿佛这是最不会冒犯到马路对面的白人的事。

布莱克喜欢这一切,仿佛这是两人之间的一个玩笑。他看不出雷格·沃克花了多大力气容忍他。史黛拉觉得难堪,总会急忙拉他进

---

[1] "雷格"为"雷格纳德"的简称。——编者注

门。她除了新闻外,几乎不看电视,当然也对警察剧无感,所以当她得知沃克一家的来历后,一点也不关心雷格出演了某个布莱克喜欢的剧集。也许丈夫们会因此倒戈,既然非得和一个黑人做邻居,不妨来一位有名的吧,甚至一位值得信赖的——他在屏幕上永远穿着制服。请想象他们初次见到雷格·沃克时的惊讶之情,他身材魁梧,留着黑人的短促鬈发。穿一件绿色格子裤,搭配凸显其宽大胸膛的丝绸衬衫。他钻进闪亮的黑色凯迪拉克时,手腕上的金表在太阳下熠熠生辉。

"闪闪。"玛格·霍索恩这么称呼他,她一向这么戏剧化,此前的用词大概是"危险"。

周五晚上,史黛拉看到沃克一家进入车里,雷格穿一身黑西装,洛蕾塔穿着宝蓝色连衣裙,大概是去参加聚会。好莱坞山挤满电影明星的豪宅,日落大道塞满棒球员的夜店。有那么一瞬间,史黛拉觉得自己的不信任何等愚蠢。鲍勃·霍桑是牙医,汤姆·皮尔森有一家林肯车经销店。也许对沃克一家而言,其他邻居根本不值一提。她低头瞥了一眼换上睡衣的自己,完全无力反驳。

"怎么样?"在下一次的家长教师联谊会上,凯丝扑通一声坐到她身边,上气不接下气地问道,"他们怎么样?"

史黛拉耸了耸肩,说:"不知道,我只见过一两次。"

"听说那个丈夫还好,妻子就有点……"

"什么意思?"

"哎呀,高高在上的神气。芭布跟我说那个女人明年想让女儿进我们学校。要我说,简直疯了!洛杉矶明明有那么多黑人读的好学校,而且校车之类的配置和设施一应俱全。"

洛蕾塔·沃克看上去不像惹是生非的人,但史黛拉知道什么呢?她保持了距离,只会透过百叶窗窥视。雷格·沃克一早就开着凯迪拉克去片场,洛蕾塔裹着柔滑的绿色长袍送他出门。洛蕾塔只在周一出去采购,从后备厢卸下食品杂货。有一次,一辆棕色别克驶入车道,三个黑人女士从车里钻出,拿着酒和蛋糕。洛雷塔出来迎接,笑得前仰后合。这灿烂的笑容也感染了史黛拉。上次见到有人这样笑已经是什么时候了?

她透过百叶窗窥探沃克一家的生活,仿佛在看另一档电视节目。但她从未发现什么值得警惕的事,直到有一天早晨,她看见女儿和沃克家的女孩在死胡同里玩洋娃娃。来不及多想,她已经冲过马路,抓起女儿的胳膊就往回走,两个女孩目瞪口呆。史黛拉颤抖着,摸索着锁上门,女儿哀怨地指着扔在路上的娃娃。她已经认识到自己反应过度了,在肯尼迪的年纪,她不是也和白人女孩一起玩吗?只要你足够小,没人会管这些事。双胞胎曾跟着妈妈去工作,和那里的白人女孩一起玩,直到有一天下午,那个女孩的妈妈突然把她拉了出去。史黛拉也向女儿复述了那位妈妈的原话。

"因为我们不跟黑鬼玩。"她说。大概因为她严厉的语气,或因为她从没对女儿说过那个词,女儿没有还嘴。

她以为事情就这么结束了,直到晚餐后,门铃响起,洛蕾塔·沃克出现在她的门垫上,拿着肯尼迪的洋娃娃。洛蕾塔站在门廊柔和的灯光下,几乎也像个小女孩,将金发娃娃抱在肚子前面。片刻后,她将洋娃娃塞进史黛拉手中,走回了马路对面。

有三个星期,史黛拉一直在回避洛蕾塔·沃克。

她丢失了偷窥的好奇心,现在,她只会在出门取邮件时透过百叶窗张望一下,确保自己不会遭遇洛蕾塔。她每周二去食杂店,从不周一去,她害怕在牛奶货架前与洛蕾塔狭路相逢。到目前为止,两人只在周日早晨碰到过一次。当时,两对夫妇同时出门前往各自的教堂,丈夫们轻松寒暄,妻子们一言不发,各自带着女儿上车。

"她不怎么热情啊。"布莱克咕哝道,一边倒出车道,史黛拉拽着手套,一言不发。

她其实没什么好尴尬的。她的举止和凯丝·约翰森或玛格·霍索恩别无二致。尽管如此,她并未告诉布莱克。他会不会觉得她反应过度?会不会像她母亲常说的那样,认为她像路易斯安那的白种垃圾?他向往一个温和的国家。每当在新闻里看到警察向示威者挥舞棍棒,他总说他最想要一个所有人都能和平相处的国家。所以,他一定会觉得不好意思,仿佛她不够正派。即使她知道自己没做错任何事,但每次回想起洛蕾塔抱着娃娃站在她门廊上的样子时,她仍会感到不忍。洛蕾塔还不如骂她一顿,骂她是反动的、懦弱的和偏执的。但她不会。她维持体面是因为她不得不如此,每念及此,史黛拉就更加羞愧。

"你知道沃克家的女人给学校寄了一封信吗?"一个周日,凯丝挤在她身边的教堂长椅上问。

"一封信?"史黛拉说。凯丝机关枪般的旁敲侧击让她筋疲力尽。哪怕在这里,在教堂里,她还是躲不开洛蕾塔·沃克。

"一封法律信函，"凯丝说，"来自某位大律师，说如果不让她孩子在秋天入学，她会提起诉讼。你能想象吗？为了个小女孩大动干戈？我看有人就是喜欢哗众取宠……"

"她看上去倒不像那种人。"史黛拉说。

"你也不了解她吧？"凯丝说，双臂交叉在胸前。史黛拉举手投降。

"你说得对，"她说，"我不了解。"

六月，她把自己的愧疚烤成了一只挂香草糖霜的柠檬蛋糕。这个想法突如其来，她甚至没来得及想第二遍，已经从橱柜拉出一袋面粉，又去冰箱里翻找鸡蛋。再这样在自己家偷偷摸摸下去，每次出门前都要瞥一眼窗外，她早晚要疯。一想到沃克家的女孩被丢在人行道上，瞪大眼睛望着她，娃娃扔了一地，她就感到胃里一阵痉挛，她受够了这种感觉。她必须道歉，否则她没法好起来。她要烤一只蛋糕，祝贺他们乔迁之喜。此后，她至少可以和那个女人以礼相待。体面待客与热情友好不一样，有人问起来，她就说从小养成了彬彬有礼的习惯。仅此而已，如此而已。一只柠檬蛋糕，换取内心的宁静，似乎很划算。

下午，她用玻璃盘端着蛋糕，深吸一口气，向马路对面走去。棕色的别克车停在沃克家的车道，洛蕾塔在待客。再好不过，送上蛋糕，道歉走人即可。

洛蕾塔出来开门，闪亮的绿色连衣裙，一条金色围巾。史黛拉穿着寻常的蓝色连衣裙，托着笨重的蛋糕，觉得有些难堪。

"嗨，桑德斯太太。"洛蕾塔说。她探出头来，手里端着一杯白葡萄酒。

"嗨，"史黛拉说，"我只是想……"

"进来吧？"

史黛拉始料未及，僵在原地。客厅传来一阵欢笑声，她感到强烈的刺痛。她上一次和女性朋友围坐一堂、说说笑笑已经是什么时候的事了？

"哦，不，我不进了，"她说，"你有客人在……"

"别傻了，"洛蕾塔说，"站在门口像什么话。"

史黛拉进门后愣住了，富丽堂皇的装饰让她倒吸一口凉气：客厅地板上铺着白色的皮草地毯，落地灯搭配着镀金灯罩，壁炉架上摆着拼贴花瓶。她自己的家很简洁，简洁是好品位的象征。只有下层人才过得金碧辉煌，到处是小摆设。三个黑人女性坐在皮质长沙发上喝酒，听着艾瑞莎·富兰克林的歌。

"女士们，这是桑德斯太太，"洛雷塔说，"她住马路对面。"

"桑德斯太太，"其中一位女士说，"我们听说了很多你的事。"

史黛拉的脸红了，透过这些笑容，她很清楚她们听说了什么。她干吗要答应进来？不，她干吗要送什么蛋糕？她怎么就不能像其他邻居一样不理不睬？但现在说什么都晚了。洛蕾塔把她引向厨房，史黛拉把蛋糕放在台面上。

"要不要来一杯，桑德斯太太？"洛蕾塔问。

"叫我史黛拉就行，"她说，"我不喝，我只是过来，那个，欢迎你们全家搬过来。还有，上次的事……"

她希望洛蕾塔打断她，让她避免复述一遍的耻辱。结果那个女人扬起一条眉毛，伸手拿了一只空酒杯。

"确定不来一杯？"她说。

"我只想来道个歉，"史黛拉说，"我不知道怎么了，我平常不是那样的。"

"哪样？"

洛蕾塔很清楚她在说什么，但她逗她逗得太开心了。史黛拉的脸又红了。

"我是说，平常我不会……"她停下来，"我没经历过这样的事，你明白。"洛蕾塔盯了她一秒钟，喝了口酒。

"你以为我想搬来这里？"她说，"但雷格认定了，那时候……"

她慢慢失声，但史黛拉知道她要说的话。她第一次蒙混过关时，一切都显得那么轻而易举，以至于她不敢相信自己居然从没做过。她几乎对父母的制止愤愤不平。如果父母能假装白人，也把她当白人养大，一切都会不一样。不会有白人把父亲从门廊上拖下，客厅里也不会堆满脏衣篮。她能以优异的成绩读完高中，或许还能前往耶鲁这样的名校深造，并在那里与布莱克门当户对地相识。也许她会成为他母亲希望他娶的那类女孩。她本来就能拥有此刻生活中的一切，而她的父亲、母亲以及德西蕾也能过上和她一样的生活。

起初，蒙混过关似乎轻而易举，她不懂为何父母从没试过。但她那时还年轻，还没意识到变成另一个人要花多长时间，或者生活在一个不是为你而建的世界有多寂寞。

"也许孩子们有空可以一起玩,"史黛拉说,"隔一条街有个不错的小公园。"

"好啊,也许。"洛蕾塔的笑容在脸上徘徊了许久,仿佛有更多话要说。有那么一秒钟,史黛拉在想她是不是识破了自己的秘密。她几乎希望如此。这让她害怕,原来她那么想对一个人敞开心扉。

"有意思。"洛蕾塔最后说道。

"怎么了?"

"搬过来时,我没法预料会发生什么,"洛蕾塔说,"但我怎么也想不到会有一个白人女性带着一个我这辈子见过的最蹩脚的蛋糕出现在我厨房里。"

洛蕾塔·沃克不知不觉就流落到了洛杉矶。这是她的原话,她说完叹了口气,吸了口烟。她坐在公园长椅上,看着女孩们荡秋千。此时还是初夏,但上午已经挺热了,史黛拉用手帕擦着额上的汗。她刚刚在推肯尼迪荡秋千,那个黑人小女孩突然跑进公园,后面跟着洛蕾塔。小女孩警惕地望向史黛拉,牵起妈妈的手,那个瞬间,史黛拉考虑了要不要走。终于,她深吸一口气,留在了原地。

此刻,洛蕾塔怅怅地望着万里无云的天空。

"这些阳光,"她说,"真不自然,像一直在看一场图片秀。"

她出生在圣路易斯,和雷格相识于霍华德大学。他读戏剧,痴迷于奥古斯特·威尔逊和田纳西·威廉斯。她读历史,希望有朝一日当上教授。两人都没想到雷格会因扮演一个无聊的警察而成名。他练习大段独白时的口才曾给洛蕾塔留下深刻印象,而多年后,他最著名的台词却是"快提交表格!"。

"你喜欢那里吗?"史黛拉问,"霍华德,是所黑人学校吧?"仿佛贝尔顿老师没给她那些大学宣传册似的。霍华德的那本宣传册她看了太多次,中间已经散开。黑人学生们躺在草坪上翻书,在当时的她眼中宛如梦境。

"是,"洛蕾塔说,"挺喜欢的。"

"我过去也一直想读大学。"史黛拉说。

"现在还可以读呀。"

史黛拉笑了,指了指周围。"还有这个必要吗?"

"不知道。因为你想?"

洛蕾塔说得如此轻巧,但布莱克一定会笑她,他会说这是浪费时间和金钱,何况她连高中都没读完。

"现在做这些太晚了。"她终于说道。

"那你想读什么专业呢?"

"我过去喜欢数学。"

现在洛蕾塔笑了。"好吧,你一定聪明过人,"她说,"没人会单纯觉得数学有趣吧。"

但她喜欢数学的简洁性,数字的增减取决于具体的函数关系。没有意外,只有一个个合乎逻辑的步骤。洛蕾塔向前探头,看着孩子们玩耍。她一点也不像流言蜚语中那个趾高气扬的妻子,那个非要送孩子进布伦特伍德学院不可的妻子,她甚至根本不想住在洛杉矶。大学毕业后,她原计划返回密苏里州,或许在哪儿读完硕士。但她爱上了雷格纳德,她的人生就这么卷进了他的梦想里。

"你为什么搬来这里?"史黛拉问,"这片社区,我的意思是。"

洛蕾塔扬起一条眉毛,"你呢?"

"哦,因为学校。环境不错,不是吗?干净,安全。"

她给出了一个合乎情理的回答,虽然她并不确定。她搬来洛杉矶是为迁就布莱克的工作,有时她觉得她在这件事上并没有发言权。还有时,想到洛杉矶与她过往生活的天差地别,她也会对那里的生活充满憧憬。她没法假装这座城市不是她亲自选的。她不是一艘随波逐流的小船,她创造了她自己——从她作为白人女孩从布兰切大厦走出来的那个早上起,她已经决定了一切。

"你不觉得我也是为了同样的东西吗?"洛蕾塔说。

"是,但你不能——我的意思是,那样更轻松点,不是吗,如果你们……"

"和同类人一起?"洛蕾塔又点起一根烟,她的脸像青铜一样闪闪发光。

"没错,是啊,"史黛拉说,"我只是不懂为什么要这样做。我是说,明明有那么多很好的黑人社区,而且人与人之间会有这么大的恨意。"

"不管怎样他们都会恨我的,"洛蕾塔说。"也可能因为我住着大房子、用着各种好东西而恨我。"

她笑了，又深吸一口烟，那个狡黠的笑让史黛拉想起德西蕾。她感觉又变回了小女孩，趁母亲睡觉时偷偷在门廊吸烟。她伸手拿了根洛蕾塔的烟，向火焰探去。

这里有约翰森一家，当然，他们住在马格诺利亚路上。戴尔在市中心从事金融工作，凯丝担任布伦特伍德学院家长教师会的秘书，但她很少做什么会议记录。不知有多少次，史黛拉的眼神瞟过她的笔记本，上面总是空空如也。还有朱尼珀路上的怀特一家，珀西在一家制片厂做会计，她不记得是哪家了，布莱克倒是记得。他也是协会会长，但他之所以参选，只因为他的妻子总希望他更有野心一点。林恩来自俄克拉何马州一个石油家庭，天知道她怎么会跟珀西·怀特好上。你如果能见到他就知道什么意思了，这么说吧，当她梦想嫁给一个在好莱坞工作的男人时，心里浮现的绝不是他。然后是住在梅普尔路的霍索恩一家，鲍勃有一嘴她这辈子见过的最白的牙。

"我可能见过他，"洛蕾塔说，"他的牙齿很大颗吧？有点像埃德先生？"

史黛拉笑了，蓝色毛线球差点脱手。坐在皮沙发另一边的洛蕾塔"咯咯"笑着，每当她感到自己说了什么俏皮话，就会发出这种笑声。此时，她们已经喝到第二杯，这种笑声更是层出不穷。

"你很快就会见到他们，"史黛拉说，"都是很好的人。"

"对你很好吧，"洛蕾塔说，"你知道你是唯一光临我家的人。"

史黛拉知道，但她尽量不这么想。洛蕾塔在空中穿针走线，线团在她身前打转。当她稍早前打电话给洛蕾塔，问要不要再让孩子们一起玩时，她心里想的是去公园见面。没想到洛蕾塔直接请她去家里，球直接抛给了她。现在，女孩们在沃克家的后院嬉戏，玩闹声从纱门后面传来，葡萄酒让史黛拉有些微醺，洛蕾塔在讲雷格的演艺事业终于腾飞的故事。虽然雷格觉得弗里斯克似乎很呆板，他还是很高兴能演一次警察，而不是又一个在影片开场时抢走女士钱包的街头混混。洛蕾塔有时和雷格一起去片场，但她觉得整件事无聊透顶，最后，她总会找个角落自顾自地打毛衣。史黛拉惊讶不已，洛蕾塔对所有梦幻般的生活如此不以为意。每当洛蕾塔问她什么问题，史黛拉总是自惭形秽，她能分享的实在少之又少。

"跟你说了，"她说，"我的生活挺无聊的。"

"呵，你少来，"洛蕾塔说，"我敢打赌，你脑子里一定充满各种奇妙的事。"

"你放心，没有的，"她说，"它就和新的一样平淡无奇。"

她一生只做了一件有趣的事，她要用整个余生把它藏起来。每当洛蕾塔问起她的童年，她总是顾左右而言他。在不召唤德西蕾的情况下，她没法分享任何青春记忆；她所有的记忆都切掉了一半，姐姐被硬生生移除。现在，那些记忆看上去多么寂寞，史黛拉独自一人在河里游泳，独自一人在甘蔗地里徘徊，独自一人在路上被一只鹅追得喘不过气。寂寞的过往，寂寞的现在，直到此刻。不知为何，洛蕾塔·沃克成了她唯一可以说话的人。

整个夏天，她都在等洛蕾塔的电话。有时，她正在后院看女儿画水彩画，厨房里电话铃响起，然后她就会收好水彩套装，小心翼翼地瞥一眼马路，领着肯尼迪过去。有时，她正要去公共图书馆参加讲故事活动，洛蕾塔打来电话，突然间，逾期未还的书的重要性就会让位给穿越死胡同的冒险。回家后，她会让女儿对这场玩伴之约守口如瓶。

"为什么？"肯尼迪问。史黛拉蹲下，解开她的鞋子。

"因为，"她说，"爸爸想让我们待在家里。但如果你什么都不说，我们可以一直去马路对面玩。你喜欢的，对吧？"

女儿把手放在她肩上，也像在说一件正经事，其实只是为了在脱网球鞋时保持身体平衡。

"好。"她说，干脆得让人难受。

对女儿撒谎和做其他事一样，时间越久，越轻车熟路。肯尼迪也被她培养成了一个撒谎的人，尽管女孩永远被蒙在鼓里。她是白人，她永远不会认为自己不是。如果有一天她知道了真相，她会因为妈妈的欺骗而恨她。每当洛蕾塔打电话来，她脑海里都会闪过这个想法。但每次她都会狠下心来，牵着女儿的手，穿过马路。

星期三下午，棕色别克在午餐时间后驶入沃克家的车道，凯丝·约翰森打电话给史黛拉说闲话。"我就知道不会只有一家。"她说。她确信那些黑人女性都是来打探消息的，她们也都会搬过来。史黛拉用脸夹着电话，透过厨房的百叶窗，看见洛蕾塔的女朋友们一个个从车里钻出来。高个儿的是贝琳达·库珀，她丈夫为华纳兄弟公司的电影创作配乐。戴猫眼眼镜的是玛丽·巴特勒，嫁了一位儿科医生。她和尤妮斯·伍兹是姐妹会的姐妹，后者的丈夫刚把一个剧本卖给了米高梅。洛蕾塔给史黛拉讲过她们的大概，但史黛拉从不认为她有机会结识她们中的任何一个，直到有一个星期三，洛蕾塔打电话给她说玛丽病了，三缺一，能不能来救个急？

"我不太会打惠斯特纸牌。"史黛拉说。她很不擅长打牌，所有仰赖概率的游戏她都不在行。

"亲爱的，没事的，"洛蕾塔说，"有时我们都顾不上打牌。"

她知道，打惠斯特纸牌基本只是喝酒和聊八卦的幌子，那些才是她们的正事。贝琳达·库珀喝第二杯雷司令时，一直在说一位电影演员和一位华纳秘书出轨的事。一个小妖精，胆大包天，你猜怎么着，她去他的活动房转告他妻子留下的消息，然后就趁机鬼混。

"现在的女孩越来越大胆了。"洛蕾塔说。她又深吸一口烟，甚至没碰她的牌，"你们知道吗，有一天我和雷格去了卡尔家，碰到了玛丽·安妮……"

"她怎么了？"

"怀孕了。又怀孕了。"

"老天爷！"

"你们也知道她会怎么说？尤妮，该你了，宝贝。"

"玛丽·安妮从来都不喜欢我。"尤妮丝说，"你们记得塞尔玛婚礼的时候吗？"

她们的对话永远这样绕来绕去，史黛拉永远摸不着头脑。这些关于剧组和演员的闲言碎语也不是讲给她听的。她只要出现就好。但她很开心可以静静坐着，一边摆弄手中的牌，一边听她们说话。她不知

175

道贝琳达和尤妮丝喜不喜欢她在那里，反正她们未置一词。但她们总是绕过她说话，好像在告诉洛蕾塔，这是你请来的，你自己搞定。尽管如此，这个下午过得还算愉快，直到女孩们跑下来吃点心。洛蕾塔和辛迪相处的状态很自然，每每令史黛拉惊讶。那个女孩依偎在她身边，像猫一样在她身上磨蹭，洛蕾塔一边继续聊天，一边伸手搂住女孩。似乎辛迪开口前，洛蕾塔已经知道她想要什么。等女孩们跑上楼，尤妮丝深吸了一口烟，说："我还是不懂你们怎么会下这个决心。"

"什么？"洛蕾塔说。

"你听我说，我知道这是你们的新生活——"

"拜托——"

"但你的孩子会很惨，大家都很清楚。只是为了证明什么，真不值得。"

"不是要证明什么，"洛蕾塔说，"学校就在下面的街上，而且辛迪和所有其他孩子一样聪明……"

"我们知道，亲爱的，"贝琳达说，"这不是对不对的事。就算所有道理都在你这边，但你就这么一个孩子，她就这么一辈子。"

"你以为我不知道吗？"洛蕾塔说。她眼中含泪，突然回过神来，笑了一下，熄灭了烟。"谢天谢地，不是每个人都像你们俩这么想。"

"那不妨问问你的新朋友，"尤妮斯说，"你怎么看这一切，桑德斯太太？"

史黛拉低头盯着牌桌，脖子都发烫了。

"哦，我不知道。"她说。

"你肯定有你的想法。"

尤妮丝冲史黛拉笑了一下,史黛拉想起叼着兔子的猎狗。你越挣扎,那些利齿咬得越紧。

"我不会这么做,"她最后说,"别的父母会让她的日子过得很惨,他们会想杀鸡儆猴。你不知道你不在时,他们是怎么说的——"

"我打赌你肯定帮她说话了。"尤妮丝说。

"够了。"洛蕾塔低声说,但她不必这么克制,气氛已经很难堪。牌局还没结束,贝琳达和尤妮丝就离开了。女孩们收拾楼上的玩具时,史黛拉洗了酒杯。快四点了,布莱克快回来了。洛蕾塔在史黛拉旁边用格子清洁布默默擦酒杯。

"对不起。"史黛拉说。可究竟为什么对不起,她不知道。对不起过来打扰,对不起毁了牌局,对不起尤妮丝·伍兹对她一针见血的指控。她没有维护洛蕾塔,甚至在傻乎乎的凯丝·约翰森面前也没有帮她说话。她甚至将女儿也召进了谎言里,因为担心丈夫发现她与这个女人来往。

洛蕾塔脸上浮现扭曲的笑容。

"你以为我需要你的负罪感吗?"她说,"亲爱的,负罪感对我一点用也没有。你想让自己难过,让自己心安理得,你可以回你的马路对面难过去。"

史黛拉把湿酒杯放在台面上,在毛巾上擦干手。这就是洛蕾塔对她的真实想法,一个白种女人在这里绕来绕去,只为了减轻负罪感。难道不是这样吗?她的确感到内疚,但即便如此,和洛蕾塔在一起只会让她感觉更糟。对照起来,她的真实生活似乎更虚假。但她不愿离开,哪怕是现在,哪怕洛蕾塔在气头上。洛蕾塔伸手拿湿酒杯,不小心碰掉了一只,杯子在两人脚下碎裂。她抬头看向天花板,突然精疲力竭。她的疲惫感超出了她的年龄,但她只能如此,一刻不停地战斗。史黛拉从未战斗过,她永远在投降。从这方面讲,她是个懦夫。

洛蕾塔弯腰捡玻璃,史黛拉无暇多想,急忙抽开她的手,说:"宝贝,别捡,会割到的。"接着,她蹲在地板上,清理了自己制造的烂摊子。

先是马丁·路德·金在孟菲斯,然后是鲍比·肯尼迪在洛杉矶市中心。很快,仿佛每次打开报纸,都会看到一个重要人物血淋淋的尸体。史黛拉开始习惯于在女儿走进厨房吃早餐时关掉新闻。洛蕾塔说,几个月前,辛迪问她暗杀是什么意思。她当然如实以告,暗杀就是有人为了证明什么而要了你的命。

史黛拉想,虽然没错,但前提是你得是个重要人物。重要的人成为殉道者,不重要的人成为受害者。重要的人在公共哀悼日举行葬礼,在电视上转播葬礼。他们的死激励人们创造艺术,破坏城市。不重要的人被杀死,只能证明他们微不足道、轻如鸿毛,少了他们,世界运转如常。

有时她仍会梦到有人闯入她的房子。她不止一次推醒布莱克,让他起床查看。"跟你说了,这里很安全,"他埋怨着钻回被窝。但多年前,在那间藏在树林里的白色小房子里,她不是也觉得很安全吗?

现在,她会在床头板后面放一根球棒。"你要用那个干吗,打全垒打吗?"布莱克捏着她可怜的二头肌说。但他出差时,她只有摸一下那根旧旧的球棒,提醒自己它还在那儿,她才睡得着。

"你从来不聊你的家人。"洛蕾塔说。

在后院,她坐在一张草坪椅上伸着懒腰,半张脸藏在太阳镜后面。她穿着紫色泳衣,腿上还沾着泳池里的水。史黛拉抬起头,看女孩们泼水玩。还有两周就开学了,肯尼迪会回布伦特伍德学院,辛迪去上圣莫尼卡的圣弗朗西斯学校。一所好学校,只是有半小时车程,洛蕾塔说。史黛拉如释重负,她想对洛蕾塔说,这是最好的选择;她想说,低下头,努力活下去,不丢人。但这样说只会加深洛蕾塔的屈辱感。现在,洛蕾塔抱怨起雷格的家人要从芝加哥飞来,他们计划住整整十天,雷格当然一口答应,他永远不会对他们说"不",但不用说,他去片场时,她要承担起陪他们玩乐的重任。

"你们呢?"洛蕾塔问,"你丈夫和你父母相处得好吗?"

这个问题令史黛拉猝不及防——她刚刚有些走神,已经在想十天见不到洛蕾塔要怎么办。

"我父母早就不在了,"她说,"他们……"

她语塞了,没法说完这句话。洛蕾塔的脸沉了下来。

"哦,亲爱的,对不起,"她说,"看我,勾起你不好的回忆了……"

"没事,"史黛拉说,"很久以前的事了。"

"你那时还小,对吗?"

"挺小的,"她说,"一场意外。不是谁的错。"坏事总会发生,没办法的。

"那你有兄弟姐妹吗?"洛蕾塔说。

"没有兄弟。"史黛拉顿了一下,说,"有个双胞胎姐姐,也不在了。她跟你有点像。"

这句话脱口而出后,她就后悔了。但洛蕾塔反而笑了。

"哪里像?"她说。

"哦,说不好,总之感觉有点像。她很搞笑,胆子大,一点也不像我。"她感觉自己眼眶湿了,急忙抹了把眼睛,"抱歉,我不知道是怎么了……"

"不用抱歉,"洛蕾塔说,"你失去了所有家人!没什么比这个更应该难受的了。还有个姐姐,老天开开恩吧。"

"我还会想起她,"史黛拉说,"我都忘了还会这样想起她……"

"当然会了,"洛蕾塔说,"失去一个双胞胎姐妹,一定像失去一半的自己。"

有时她会想拿起电话,打给德西蕾,只为了听听她的声音。但她不知道她在哪儿,何况,她又能说什么呢?岁月如梭。回头又能怎么样?她早厌倦了为自己的选择找借口。她不想被拉回不再属于她的生活。

"双胞胎。"洛蕾塔说,仿佛这个词本身就蕴含魔法,"你知道我妈妈说什么吗?她说她总能从女人的手相里看出她能不能生双胞胎。"

现在换史黛拉笑了。"什么？"

"真的，你没看过手相？来，我教你。"洛蕾塔突然抓起史黛拉的手。"看见这条线了吗？这是你的生育线。如果这条线分叉了，说明你会生双胞胎。但你只有一条。这边这条是爱情线，你看它又深又直，说明你的婚姻会长长久久。这条是生命线，你看它是分叉的。"

"说明什么？"

"说明你的人生中断过。"

洛蕾塔笑了，史黛拉再一次怀疑她已经知道。也许一直以来，洛蕾塔都在逗她玩。这个念头既让她屈辱，又让她有种奇怪的解脱感。也许史黛拉现在可以向她和盘托出，也许洛蕾塔会理解。她没有想背叛任何人，她只是需要成为新的自己。这是她的人生，为什么她不能决定换一种活法？但洛蕾塔笑了，说她只是开玩笑。你没法从掌心读出一个人的人生，何况是史黛拉这么复杂的人生。尽管如此，她还是喜欢这么坐着，任由洛蕾塔的指甲划过她的掌心。

"好吧，"史黛拉说，"还能看出什么？"

9

没有过去的人

在新奥尔良，史黛拉分裂成了两个人。

起初她并未意识到这一点，因为她生下来就是两个人：她是她自己，她是德西蕾。双胞胎，美丽而罕见，人们从来不叫她们"女孩们"，而叫她们"双胞胎"，仿佛这是她们的正式头衔。她一直将自己看成一对双胞胎的一部分，但在新奥尔良，被迪克茜洗衣房炒掉后，她分裂出了一个新的女人。她在洗衣房经常做白日梦，反复回想假装白人参观美术馆的那个早晨。刺激的不是假装成白人，而是假装成别人。在人们眼皮底下化作另一个人，而周围没人看得出来。她从没觉得这么自由过。这些回忆让她难以专心工作，她险些压碎自己的手。事故风险足以让梅解雇她。工伤当然不是小事，但如果工伤还涉及某个非法雇用的女孩，这风险就太大了。

"你该庆幸你只是被解雇了。"梅对她说。庆幸只是丢了工作,而不是丢一只手,还是庆幸只有她被解雇,德西蕾只受到严厉警告?无论如何,她需要一份新工作。有几周时间,她每天都去临时工机构报到,整个下午待在拥挤的等候室里,但得到的只有明早再来试试的空头承诺。每晚回到家,看着两人的存钱罐越来越空,她越来越不敢面对德西蕾。房租到期的礼拜日前,她在报纸上看到了一份工作空缺。布兰切大厦招募有出色手写能力和熟练打字技能的年轻女士,填补市场营销部门的一个空缺,无须任何经验。她的打字成绩一向优异,但百货公司绝不会雇用黑人女孩做摆鞋子或喷香水以外的事。即便如此,德西蕾还是力劝她申请看看。

"那里的工资可比迪克茜洗衣房高多了,"德西蕾说,"你怎么也得试一下。"

史黛拉几乎一口回绝。她对德西蕾说别闹了,会打字又如何?何必自取其辱,听某个了不起的白人秘书说黑人女孩概不录用呢。尽管如此,第二天醒来,她还是穿上漂亮衣服,搭乘有轨电车前往了运河街。她们的钱快花光了,这本就是她的错。至少要试试吧。电梯将史黛拉送至六楼,她走进一间塞满白人女孩的等候室。她在门口的位置踌躇了一下,想要打道回府。但金发秘书冲她招了招手。

"亲爱的,我需要你的打字样本。"她说。

史黛拉差点就走了,但最终,她仔细填写了申请表,并键入了示例段落。她打字时双手发抖,她害怕被识破,更害怕不被识破。后面要怎么办?这可不是溜进美术馆那样的事。一旦被录用,未来的每一天都要假装成白人。此刻坐在等候室里,她的手都抖个不停,将来可怎么办?当秘书宣布招到人时,她松了一口气。至少她申请了,能跟德西蕾交代了。她立刻拿起外套和皮夹,朝电梯走去。突然间,秘书的声音传来:维涅小姐,明天能开始上班吗?

在布兰切大厦,史黛拉为桑德斯先生填写信封地址。他是市场部最年轻的同事,英俊如电影明星,大楼里的所有女孩都对她羡慕不已。来自拉斐特的丰满的金发女郎卡罗尔·沃伦对史黛拉说,你不知道你有多幸运。卡罗尔为里德先生工作,里德先生也很好,但他下达指令时,她总是无法将视线从其斑白的两鬓挪开。为桑德斯先生工作一定别有一番滋味吧!卡罗尔嚼着沙拉,急切地催促史黛拉分享他的美味细节,但她不知道该说些什么。她跟那个人几乎没有交流,只有每天早晨,他会把大衣和帽子放在她桌上;他用餐回来,她会转达他收到的留言。"谢谢,亲爱的。"他总这么说,然后一边翻看纸条,一边走回他的办公室。她想他可能连她的名字都不知道。

"帅呆了,对吧?"有一次,卡罗尔看见史黛拉直直地盯着他时说道。

她的脸唰地红了,马上摇了摇头。成为办公室的八卦话题是她最不需要的。她与人保持距离,按时上班,从不早退。她在办公桌上吃午餐,尽量寡言少语,以免说错话,惹人生疑。当然,桑德斯先生在场时,她也尽量不说话,只在他打招呼时轻轻说一声"哈喽"。一天早晨,他在她办公桌前停下,公文包在他身边摆动。

"你不太说话。"他说。

这不是一个问题，但她仍感到有回答的必要。

"抱歉，先生。"她说，"我性子一直比较安静。"

"看得出来。"他走向自己的办公室，突然又转过身来，"今天我带你出去吃午餐吧。我想多了解一下为我工作的女孩。"然后仿佛她已经答应，他拍了拍桌子，表示就这么定了。

整个早晨她都魂不守舍，写错了好几个地址。午餐时间到了，她希望桑德斯先生已经忘了他的邀约。但他从办公室出来后，招呼她跟上他，两人就这么走了。在安托万餐厅，布莱克点了牡蛎，她还在默默看菜单时，他又为两人点了鳄鱼汤。

"你不是本地人吧？"他问。

她摇了摇头。"不是，先生，"她说，"我出生在……那个，北边的一座小镇。"

"小镇有什么打紧，我喜欢小镇。"

他微微一笑，将勺子送入嘴中，她也试着回以微笑。晚上回到家，当德西蕾追问详情时，史黛拉记不起翠绿的墙纸，记不起墙上装裱的新奥尔良名人的照片，也记不起汤的味道，只记得桑德斯先生给她的微笑。从没有一个白人给过她如此亲切的微笑。

"我们这样吧，"他说，"关于这座城市，你想知道的所有事，任何一件事，你都可以来问我。别不好意思。我知道一座新城市会给人多么陌生的感觉。"

她踌躇了一下。"这个要怎么吃？"她指着牡蛎问。

他笑了。"你没吃过牡蛎？我以为所有路易斯安那人都爱牡蛎。"

"我们没什么钱。我一直不知道怎么吃。"

"我点这个可不是为了取笑你。"他说,"你看我怎么吃,特别简单。"他拿起叉子,抬头看了一眼她。"你属于这里,史黛拉,永远不要觉得你不属于这里。"

工作中,史黛拉变成了维涅小姐,德西蕾叫她"白人史黛拉",每次都伴着她的咯咯笑声,仿佛这是件荒谬可笑的事,这总让史黛拉不爽。她多想让德西蕾看看自己演得多么无懈可击,但她只能置身于一场没有观众的表演中。只有知道她真实身份的人才能领会她的表演,工作中的人永远不会知道。与此同时,德西蕾又无缘见到维涅小姐,只有德西蕾不在场时,史黛拉才能成为维涅小姐。每天早上去往布兰切大厦的电车上,她会闭起眼睛,慢慢让自己变成她。她想象另一种人生,另一种过往。没有在门廊台阶轰鸣而起的脚步声,没有抓住她父亲的红脖子白人,也没有在食品储藏室压在她身上的杜邦先生。没有妈妈,没有德西蕾。她让自己放空,让自己的整个人生慢慢消失,最后,她像婴儿一样崭新而清白。

很快,当她搭乘电梯离开地面并走进办公室时,她不再感到紧张。你属于这里,布莱克如是说。很快,他在她心里成了布莱克,而不再是桑德斯先生。她开始注意到,他说"早上好"时,会在她办公桌前停留片刻,他也开始更常邀她共进午餐;下班后,他开始陪她走去有轨电车站。

有一次等红绿灯时,他说:"这里不安全,你这么漂亮的女孩一个人走。"

和布莱克在一起时，没人会来烦她。那些在车站想跟她调情的白人男性突然消停了，坐在后面的黑人男性甚至不会朝她的方向张望。在布兰切大厦，她有一次偶然听到另一个同事称她为"布莱克的女孩"，她觉得这个荣誉似乎不只限于办公楼内。仿佛只要作为布莱克的女孩闯入这个世界，她身上就会发生某种变化。

很快，她开始期待和布莱克一起穿过玻璃门，款款走在人行道上。很快，她留意到他眨眼时，睫毛又黑又浓，像个小宝宝。他会在有重要会议的日子，戴上牛头犬袖扣，他近乎羞怯地承认那是前未婚妻送的。两人的感情以失败收场，但他仍觉得他们很幸运。

"你很善于观察，史黛拉，"他说，"应该还没人问过我这个。"

她注意到了他的一切，但她没告诉任何人，尤其没告诉德西蕾。这种生活是不真实的。如果布莱克知道她的真实身份，他会二话不说将她赶走，她恐怕都来不及收拾。可她到底改变了什么呢？什么也没有。她没有易容，甚至没有改名。她进来时是个黑人，离开时成了白人。而她变成白人，只因为所有人都认为她就是白人。

每天晚上，她都要经历相反的过程。维涅小姐进入有轨电车，再次成为史黛拉。在家时，即使德西蕾主动问起，史黛拉也不喜欢谈论工作。她不想在自己不是维涅小姐的时候想起她，但有时，那个女孩也会突然出现，像一个老朋友闯入脑海。晚上躺在公寓时，她会想，维涅小姐在做什么呢。然后她就出现了，悠闲地坐在花哨的家里，趾间露出皮草地毯，她绝不会住在这间她和一身糨糊味的姐姐同住的狭窄小屋。或者有一天晚上，当她们在餐馆外的黑人窗口等饭时，她会想，维涅小姐绝不会像野狗一样从巷子里的窗口接食物。她弄不清究竟是自己感到了冒犯，还是维涅小姐在为她打抱不平。

有时她会怀疑维涅小姐是一个完全独立的人。也许她并不是史黛拉的一张面具。也许维涅小姐已成为她的一部分，她早已一分为二，裂成两半。只要她决定好让哪一半对着光，她就能随意成为其中一位。

史黛拉·桑德斯穿过马路拜访那个黑人女子——社区里没人知道该拿这事怎么办。玛格·霍索恩发誓几个月前看到史黛拉去了马路对面，当时她低着头，手里托着个蛋糕。"欢迎那个女人搬过来，你们相信吗？"玛格问，没人相信她，至少当时不信。玛格总是天马行空，她曾两次发誓在洗车场见到沃伦·比蒂。但后来，凯丝·约翰森也看到史黛拉和洛蕾塔一同出现在公园里，两人并肩坐在长椅上。她们拿拉着肩，显得轻松随意。洛蕾塔说了什么，史黛拉大笑起来，她居然伸手去拿洛蕾塔的烟，自己吸了一口。把那个黑人的烟放进自己嘴里！这个既具体又离奇的细节让故事更生动了，何况讲述的人是凯丝。她向来倾心于史黛拉，总像一颗仰慕其光芒的卫星一样围着她转。

但当凯丝向其他女士讲起史黛拉和洛蕾塔的事时，她说她其实一直不太了解史黛拉，而且那个女人总有点怪怪的。此时，贝茜·罗伯茨也插了进来，说那个礼拜一，她刚看到史黛拉带着女儿穿过那条马路。

"这就过分了，"她说，"把小女孩也牵扯进来。"

但所有这些到底意味着什么，大家都拿不准。没人对布莱克·桑德斯说过什么,他也留意到史黛拉有些奇怪,但他早接受了妻子就是这种人,有时会陷入某些他永远弄不懂的情绪。母亲警告他,这个女人不是省油的灯。当时,他刚和史黛拉交往,但她做他的秘书已经两年——他这辈子对她说过的话比对其他所有人都多。透过其肩膀形状,他就能看出她是不是情绪不佳。从她倾斜的笔画,他就能看出她下笔时是不是很急。但与史黛拉交往仍像在揭开一个全新的谜团。他从没见过她生命中的任何人——没有家人,没有朋友,没有前任。当时看来,她的这种与世隔绝显得有些梦幻,甚至有些浪漫。但他母亲说,史黛拉一定在隐瞒什么。

"我不知道是什么,"她说,"但有一点可以肯定,她家人还活着。"

"那她干吗说他们不在了?"

"因为,"母亲说,"她可能来自路易斯安那州的什么偏僻的垃圾地区,不想你知道。不过,你很快就会发现的。"

他母亲想让他娶的是另一种女孩,家世清晰的那种。上大学时,他带着那种女孩参加过数十场正式的社交聚会,他觉得那些社会女孩无聊透顶。或许正因为此,他才会被这位不知来路、无亲无故的美女秘书吸引。他不在乎她藏着秘密。时候到了,他自然能揭晓一切。但岁月如梭,她一如既往地难以捉摸。一天下午,他提早下班回家,唤她的名字,但家中空空如也。一小时后,他的妻子和女儿终于回家,史黛拉见到他时吃了一惊,俯身给了他一个吻。

"抱歉,亲爱的,"她说,"我们去了凯丝家,忘了时间。"

还有一次他比她早到家，因为她去贝茜·罗伯茨家玩得太晚了。

"你们两个都聊什么？"他后来问。

她坐在梳妆镜前梳头。她在 *Glamour* 杂志里读到，每晚睡前要梳一百次。红色梳子划过头发，令他着迷。

"哦，你知道的，"她说，"孩子们的事，各种琐事。"

"我从没见你这样过。"

"哪样？"

"那个，这么爱交朋友。"

她笑了。"只是跟邻居走动一下，你不是总让我多出去走走吗？"

"但你现在老不在家。"

"那我该怎么办呢？"她说，"告诉肯尼迪她不能交朋友吗？"

他小时候很害羞，朋友一直不多，无论是黑人还是白人。但他喜欢和"金宝"一起玩，那是一只丑丑的黑色布娃娃，有塑料脑袋和怪诞的红唇。父亲讨厌儿子总带着个娃娃，还是个黑鬼娃娃，但布莱克去哪儿都带着它，还会把所有秘密低声倾诉给那对塑料耳朵。这是他的朋友，一个在僵硬的红色微笑背后守护他情绪的人。后来有一天，他走进院子，发现草地上散落着一团团棉花。金宝倒在土路上，肚子被掏空，胳膊和腿被肢解，散落一地。父亲说一定是狗干的，但布莱克一直觉得是父亲把娃娃塞进了狗的利齿之间。他蹲下身，捡起金宝的一只胳膊。他一直想知道娃娃的体内是什么样的。不知为何，他觉得它的棉花应该是棕色的。

圣诞节前，史黛拉已经在洛蕾塔家度过了太多个下午，她习惯了每天离开时说一句"明天见"。有一个周一，她也这么道别。"明天是平安夜，亲爱的。"洛蕾塔笑道，史黛拉也笑了，为自己忘了日子而发窘。她一向害怕过节，过节总让她想起家人，虽然他们的庆祝方式已不可同日而语。高大的圣诞树，树冠的星尖顶在天花板上，过于丰盛的晚餐，以至她会为残羹冷炙头疼，还有堆积如山的礼物等着肯尼迪拆开。每年十二月，她都会和其他妈妈一起蜂拥至百货商店，抓着孩子写给圣诞老人的信，想象着如果自己也有这样的童年会怎么样。双胞胎每人只会得到一份礼物，都是些实用之物，比如新的教堂礼服。有一年，史黛拉从德拉福斯农场收到一只小猪，她给它起名罗萨莉。她喂了几个月，有时会被它追着满院子跑。然后复活节的星期天到了，母亲杀掉那只猪，做了晚饭。

"我吃得一口也不剩。"有一次她给女儿讲了这件事。她以为肯尼迪会因此更懂感恩。没想到女儿大哭起来，盯着她，仿佛她是什么怪物。也许她是吧。她不记得她曾为那只猪落过泪。

"你们过节会做些什么开心事吗？"洛蕾塔问。

"就请几个人过来聚聚，"史黛拉说，"简简单单的，每年都这样。"

事实上，那场聚会并不简单。他们会雇用宴会承办人和一支四重奏乐队，并邀请所有邻居光临。但她当然不能告诉洛蕾塔。舔着邀请函信封时，她知道她永远不可能邀请沃克一家。

平安夜，约翰森一家最先抵达，带着一个硬实的水果蛋糕，然后是皮尔森一家，带着制作蛋奶酒的波本威士忌。虔诚的天主教徒罗伯特夫妇为圣诞树带来了一只小小的金发天使。然后是霍索恩一家，带着自制的牛奶软糖从前门台阶飘上来。怀特一家带来了怪异的沙滩雪景球。不一会儿，客厅就挤满了人。史黛拉浑身发热，可能是人太多了，可能是圣诞甜酒使然，也可能是担心对面的洛蕾塔听见这边的音乐。她一定看到了一家又一家邻居走上这边的台阶。也可能没有。当晚洛蕾塔自己的父母也过来了。史黛拉看到那对老夫妇从凯迪拉克里出来，雷格从后备厢里取出行李，洛蕾塔搂着他们，两位老人环顾四周，惊叹不已，仿佛不知不觉来到了异国他乡。史黛拉的母亲会不会也以同样的方式看待她的新生活？至少洛蕾塔的父母会为她骄傲。她凭借诚实的方式获得了所有这些美好，而不是偷来了一份本不属于她的人生。但话说回来，她和洛蕾塔都是因为嫁得好，才能在这片社区安家。或许归根究底，两人并无太大分别。

布莱克用另一杯圣诞甜酒换掉了她手里的空杯子，低头亲了一下她的脸。他热爱举办派对，而史黛拉只想找个角落躲起来。贝茜拉着她谈论亚麻布，凯丝问她在哪儿买的边桌，戴尔晃动她头顶的槲寄生装饰。她徘徊在一圈人的外围，想着女儿是否还在栏杆边窥视，生怕错过什么开心事。此时，邻居圈子里爆出开心的笑声，他们笑嘻嘻地看着她，等她回应。

"不好意思，"她说，"我又走神了。"

在这些派对上，她总是很容易陷入尴尬。她有时会出现在一场政治讨论的边缘，有人会问起她的想法，也许是越南局势，也许是即将举行的大选。即使她像其他人一样读报,有自己的见解,每到这种时候,她脑中还是会一片空白,她总怕说错话。此刻,戴尔·约翰森正笑嘻嘻地望着她。

"我说你的新朋友何时登场。"他说。

"哦,不知道,"她说,"我想人应该到齐了。"

其他人会心地交换眼神,她脸红了。她讨厌成为开玩笑的对象。

"你说什么呢,戴尔?"她说。

戴尔笑了。"我只是问你马路对面的朋友要不要来。她一定听到这边的音乐了。"

史黛拉僵住了,心怦怦跳。

"她不是我朋友。"她说。

"好吧,有人说你经常去找她。"凯丝说,"怎么回事啊?"

"真的吗?你经常去她家?"

"这他妈的不关你们的事吧。"史黛拉说。

贝茜·罗伯茨倒吸了一口气。汤姆·皮尔森不自在地笑了笑,仿佛希望这是一句玩笑话。突然间,史黛拉感到自己在他们眼中变成了全新物种,一种野性的、不可驾驭的物种。凯丝退后一步,脸颊红润。

"好吧,大家都在聊这事,"她说,"只是觉得你应该知道。"

那个女人好大的胆子。

史黛拉站在浴室镜子前,气冲冲地往脸上泼水。凯丝·约翰森想干吗？带着那块干巴巴的水果蛋糕冲进来，然后在她面前，在她自己家，当着所有人的面，说整个社区都在背后议论她。戴尔在她旁边傻笑，布莱克一脸茫然，仿佛午睡醒来，发现自家客厅来了一群陌生人。她冲上楼，趴在卧室窗台上抽烟。她能听到楼下派对的低声抱怨，毫无疑问，布莱克正在为她辩解。嗨，没事的，史黛拉每年这个时候都有些烦躁。没错，她的节日忧郁症，谁知道呢？那个人总让人摸不着头脑。然后，约翰森、霍索恩和皮尔森三家人小心翼翼走下马路，经过修剪整齐的草坪，各回各家，走进各自一模一样的前门，开始说她的是非。他们如果知道就好了。这个诱人的想法浮现出来，她经常会这样，在高架上开车时，她会想转动方向盘，冲出护栏。没什么比玉石俱焚更诱人的了。

"我是说，你敢相信吗？"她对布莱克说，"在我自己家！对我说那样的话。她抽什么疯？"

她气冲冲地往脸上涂晚霜。布莱克徘徊在她身后，解开自己的衬衫。

"你干吗不告诉我？"他说。他看上去并不生气，只是担心。

"没什么好说的，"她说，"孩子们喜欢一起玩……"

"那有什么不能说的？干吗撒谎，说去凯丝家？"

"我不知道！"她说，"我只是——觉得很烦，你懂吗？我知道你会冒出一个又一个问题……"

"这能怪我吗？"他说，"你从来都不是这样。你都不想让他们搬进来……"

"我知道，孩子们喜欢一起玩！我能怎么办？"

"别对我撒谎，"他说，"别整天偷偷往那边跑，告诉我是去干别的事……"

"哪有整天。"

"凯丝说这礼拜都两次了！"

史黛拉笑了。"你在逗我吧。你不会宁愿听凯丝·约翰森的，也不愿听我的吧。"

"不是听谁的问题！"他说，"我也注意到了，你知道的，你有点不一样。你一直愁云满面，忐忑不安。结果现在，你跟那个叫洛蕾塔的女人打成了一片。这不正常。这……"他在她身后缓了缓情绪，扶住她的肩。"我知道，史黛拉，我知道。你很寂寞，不是吗？你从没想过要搬来洛杉矶，现在你寂寞难耐。肯尼迪又一天天长大，所以你可能……你看，你应该上一堂课。做一件一直想做的事。比如学意大利语，或者制作陶器。史黛拉，我们会找到有意思的事的，别担心。"

很早以前，在新奥尔良的一个晚上，布莱克邀请她参加工作宴会。"我讨厌一个人去，"他对她说，"你知道这些宴会都是怎么回事。"她点了点头，但她当然不知道。她告诉德西蕾她要加班，问另一位秘书借了礼服。两人在宴会厅的门厅见面，布莱克像电影明星一样风度翩翩。"你今天真赏心悦目。"他对着她的头发低语道。两人整晚形影不离，他的手一直扶在她身后。宴会结束后，他带她去了咖啡馆。樱桃派吃到一半时，他说他要搬回波士顿。父亲病了，他想离家近些。

"哦。"她说着放下叉子。她刚意识到自己多么渴望和他共度更多这样的夜晚,而这竟是最后一个。但他突然触碰她的手,让她吃了一惊。

"我知道这太离谱了,"他说,"但我在波士顿得到了一份工作,而且……"他动摇了一秒钟,突然笑了起来。"这太离谱了,但史黛拉,你愿意和我一起去吗?我在那儿也需要一个秘书,我只是想……"

他们还没接过吻,但他的问题庄重得像是求婚。"说'好'就行。"他说,这个字听起来就像樱桃,酸甜可口、轻松自在。说"好"就行了,她就会成为永远的维涅小姐。她没有给自己三思的机会。她没有计划好如何离开姐姐,如何靠自己在一座新城市落脚。她人生中第一次无暇顾及种种实际问题,就开口对布莱克·桑德斯说了声"好"。要成为另一个人,最难的就是下定决心的一刻,其他都是细枝末节。

现在,她透过镜子看着他,布莱克的眼神温柔而忧虑。她和一个永远不可能懂她的男人一起,创造了一份新的人生,现在她要如何抛弃这一切呢?她已经别无人生可选。

圣诞节的早晨,她靠在布莱克胸前,看着女儿尖叫着埋头在礼物堆中。一只拉拉绳子就会说话的芭比娃娃,苏齐过家家烤箱,红色斯派德自行车。她看看这个,看看那个,觉得自己今年一定是个好孩子!不像那些穷酸的坏孩子只能盯着一棵空空的圣诞树,他们一定活该。他们是坏孩子,因为他们穷;他们穷,因为他们是坏孩子。史黛拉从来不想参与塑造圣诞老人的迷思,但布莱克说这很重要,这能让肯尼迪保持纯真。

"只是个小故事，"他说，"就算她知道了真相，也不至于怪罪我们。"

他甚至说不出"小谎"二字。这本身就是个谎言。

包装纸散落在地毯上，肯尼迪沉浸在幸福的迷雾中。史黛拉逐一打开布莱克的盒子，发现一件件她从未开口要过的礼物：一件及地长的貂皮大衣、一条钻石网球手链、一条翡翠项链。稍后，两人站在卧室镜子前，他亲手为史黛拉戴上项链。

"太贵重了。"她摩挲着宝石低声说。

"亲爱的，只要是给你的，都别说贵重。"他说。

她是幸运的。有一个爱她的丈夫，一个幸福的女儿，一个美丽的家。还有什么好抱怨的？她已经收获了这么多，她何德何能，还敢索要更多？她必须停止和洛蕾塔·沃克玩这个愚蠢的游戏。必须停止假装两人志同道合，友谊长存。她必须告诉洛蕾塔，她不能再去找她了。

她在厨房捣土豆泥捣到手臂酸疼，她把夹着菠萝的火腿片放入烤箱。布莱克在看湖人队大胜太阳队的比赛，告诉她肯尼迪去和附近的孩子玩了。但她出门后，没看到皮尔森家的男孩在骑单车，没看到约翰森家的女孩拖着她们的马车，也没看到任何人在扔橄榄球。死胡同里只有肯尼迪和辛迪站在沃克家的草坪上，两个孩子都在哭。洛蕾塔穿着围裙，蹲在两人中间，显得疲惫不堪。史黛拉跑过马路，抓起女儿，翻找她身上有无伤痕。什么也没发现，她给了肯尼迪一个拥抱。

"怎么了?"她问洛蕾塔,"出什么事了?"

可能是在争一个新玩具。会说话的芭比娃娃掉在两人中间的泥地上。但洛蕾塔站了起来,牵起女儿的手。

"你心知肚明。"她说。

她的声音异常冷漠,也许是听到了昨晚的派对音乐,也许仍因未受邀而耿耿于怀。史黛拉摸了摸女儿的头发。

"亲爱的,你要懂得分享,"她说,"妈妈怎么跟你说的?抱歉,洛蕾塔,她是独生女,你知道的……"

"哦,她分享得可多了,"洛蕾塔说,"让她离我女儿远点。"

"什么?"现在史黛拉站了起来,伸手护着肯尼迪的肩膀,"你说什么?"

"你知道她对辛迪说什么吗?好吧,两个孩子在玩什么游戏,肯尼迪输了,然后她说,'我不想和黑鬼玩'。"

她心里一沉。"洛蕾塔,我……"

"别说了,我明白,"洛蕾塔说,"我不怪她,都是大人影响的。你看,我还像个傻瓜一样,让你进了我家的门。社区里最他妈寂寞的女人。我早该知道。你离我远点。"

洛蕾塔颤抖着,愤怒而无力,这无力更让她怒不可遏。史黛拉僵住了。她牵着女儿回到马路对面,关上门,她立刻抓起肯尼迪,扇了她一个耳光。女孩大叫。

"我怎么了?"她哭喊道。

她身后的电视中,人群正在咆哮,布莱克欢呼雀跃。史黛拉盯着女儿的脸,眼中浮现她仇恨过的每一个人。女儿含泪地望着她,一手捂着被打红的脸颊。史黛拉蹲下,拉近女儿,亲吻她潮湿的脸。

"我不知道,"她说,"我不知道。妈妈对不起你。"

几年后,史黛拉只记得跟雷格·沃克讲过三次话:一次是她早晨出门拿报纸,正赶上他去片场,他在车道上说:"天气不错?"她表示同意,然后看着他进入那辆闪亮的黑色轿车。第二次,他回到家,看见她和妻子坐在沙发上,他在门口停住,仿佛走错了家门。"你好。"他突然害羞地说,洛蕾塔笑了,伸手拿了杯酒。"宝贝,过来坐会儿。"洛蕾塔说。他没加入她们,但离开前,他俯身为她点了烟,两人目光交汇时,显得十分亲密,史黛拉挪开了视线。第三次,雷格帮史黛拉拿她采购的东西。他走近时,她本可以回避,但她还是让他拿了进去,从车道到厨房柜台的那段路显得十分漫长。当时洛蕾塔还没进过她家。他和她走过一尘不染的孤寂走廊,最后把袋子放在厨房台面上。

"好了。"他说,他甚至没看她。但圣诞节的一周后,参加集体缝纫活动时,她告诉凯丝·约翰森和贝茜·罗伯茨,他让她觉得不舒服。

"我不知道。"她说着抽出自己缝错的针,"我只是从来不喜欢他看我的方式。"

三天后,有人朝沃克家的客厅窗户扔了砖头,砸碎了洛蕾塔购自摩洛哥的拼贴花瓶。汤姆·皮尔森和戴尔·约翰森都说是自己干的,其实两人都不是作案者。史黛拉后来得知,作案者是红脸的珀西·怀特,他把这户新邻居的搬入当成了私人恩怨,仿佛他们在故意跟他的会长任期过不去。有人为他鼓掌,也有人感到不安。

"这里是布伦特伍德,不是密西西比。"布莱克说。朝窗户扔砖头更像那些齿缝大的垃圾白人所为。但一周后,另一个迫不及待要证明自己是垃圾白人的人在沃克家门口留下了一袋新鲜狗屎。几天后,又一块砖头从客厅窗户投入。报纸上写道,当时沃克家的女儿正在看电视。医生摘除了扎在她腿上的玻璃碎片。

三月,沃克一家像搬来时一样毫无征兆地搬走了。贝茜·罗伯茨告诉史黛拉,沃克家的妻子苦不堪言,他们在鲍德温山买了新房。

"我不懂他们一开始怎么不去那里,"贝茜说,"在那里一定开心得多。"

圣诞节后,史黛拉再没和洛蕾塔说过话。但她透过百叶窗看到了黄色的搬家货车驶入,几个年轻黑人男性慢慢从屋里搬出纸箱。她想象自己走过马路,说几句辩解之辞。洛蕾塔可能正在其巨大的客厅里,扶着一只箱子,封另一只箱子。她看到史黛拉时不会生气,而会无动于衷,这会让史黛拉更受伤。史黛拉会告诉洛蕾塔,她之所以中伤雷格,只因为她迫不及待要藏起来。

"我和他们不一样,"她说,"我和你一样。"

"你是黑人。"洛蕾塔会这么说。不是问句,是陈述句。史黛拉会向她坦白,因为那个女人就要离开。几小时后,她就会远离这片地区，并永远从史黛拉的生活中消失。她之所以告诉她，是因为尽管发生了这么多事，洛蕾塔仍是她在这个世界上唯一的朋友。也因为她知道，哪怕她要跟洛蕾塔对峙，人们永远会相信她，而不是洛蕾塔。想到这一点，她第一次感到自己成了真正的白人。

她想象着洛蕾塔推开箱子，走向她，冷若冰霜，面有惧色，仿佛看到什么美丽而熟悉的东西。

"你不必向我解释。"她说，"这是你的人生。"

"这不是，"史黛拉会说，"这些都不属于我。"

"但这些是你自己选的，"洛蕾塔告诉她，"它们也就成了你的。"

第四部

剧场后门
1982

10

重遇

　　如果你在一九八二年秋天前往诺曼底和第八大道路口的朴记公园韩国烤肉店，你大概率会看见裘德·温斯顿，她可能在擦一张高桌子，或望着窗外雾蒙蒙的马路。有时，轮班开始前，她会坐在餐厅深处看书。噪音从不会分散她的注意力，其他服务员对此啧啧称奇。第一天她就告诉朴先生，她虽然没做过服务员，但她算是在餐厅（其实是一家小餐馆）长大的。她没说的是，她在餐馆的大部分时间都在看书，而没有观察妈妈的工作。但也许身为人父的朴先生很同情在餐馆长大的孩子，也许他敬佩她找工作的劲头，她大学毕业才一星期，换作自己儿子，一定还在海滩闲逛。也许他记得她去年春天总坐在一张高凳上，钻研她从队友那儿借来的翻旧了的医学院入学考试书籍。当他端来一盘猪腩肉，跟她打招呼时，她总是一脸茫然，仿佛他刚刚说的是韩语。他看得出她是个聪明女孩。有很多笨男孩也想学医,但笨女孩可不敢。他本人在首尔读完了两年的医学院课程,他懂她的焦虑,并祝她好运。他总是祝她好运,即便她说要等几个月才能收到回音,他也是一句,好吧,那祝你好运。

"你不需要好运,"里斯说,"你肯定能考上。"

他用筷子从她盘中夹走了一只虾。里斯有时在她晚餐休息时间来看她,朴先生从不介意。他是个爽快的老板,能为这样的人工作是她的运气。尽管如此,她满脑子想的都是春天会寄来的信。多数都会是不予录取信函,但也许会夹着一封录取通知书。你只需要一个正面回复,就可以得到幸福,从这个角度看,医学院像极了爱情。有的日子,她似乎感到自己大有希望;有的日子,她会懊恼自己居然坚持这个荒谬的梦想。她不是化学白痴吗?生物学不是也让她抓耳挠腮吗?要进入医学院,只有平均成绩不错是不行的,你必须跟那些含着金汤匙出生的、就读私立学校的、聘请私人家教的学生一较高下,他们可能从幼儿园就做上医生梦了。在家庭照片里,他们穿着白色小外套,拿着塑料听诊器,为泰迪熊听诊。没人在不知名的小镇长大,而且整座小镇只有一名医生,人们只有在上吐下泻时才去看医生。没人因为在解剖课上解剖了一颗羊心,才萌生学医的想法。

七所学校在审核她的申请,它们将在几个月内决定她的未来。每念及此,她就满心忐忑。

"我想到怎么搞定天花板了,"里斯说,"我知道你受不了了。"

当时是十一月,天气已经潮得离谱。这一周的每个早晨,他们都要开车驶过诺曼底的积水，随时担心着车会熄火。家里漏水的天花板下始终摆着一只银色水桶，里斯会把水倒在花园公寓后面倒霉的草地上。公寓的浪漫名字总让他们忍俊不禁。为何不称它"砖墙公寓""无热水公寓"或"烂屋顶公寓"呢？裘德不觉得好笑。她回头看了一眼时钟，休息时间只剩五分钟。

"怎么不打给宋先生？"她说。

"你知道他年龄大了，没法爬梯子。"

"他可以雇人呀。"

"太抠门了。"他说着捏了捏她的屁股。

他在柯达店找了份新工作，工作内容是卖相机和冲洗胶卷。他想念健身房的同甘共苦的情谊，但在柯达店工作，买胶卷可以打折——虽然他已经六个月没拍过照了。他的业余时间都用来帮宋先生清理地下室积水，设置捕鼠笼，以及接各种力所能及的小活，以换取房租折扣。他还为朴先生疏通了马桶，为肖修理了摇晃的食品架，为崔太太找回了掉入厨房水槽的婚戒。遇到不会做的事，他会打给巴里求助。

"告诉过你了，那地方就是个垃圾场。"巴里说。但他们能怎么办呢？房东涨了房租，他们只好搬去韩国城。从某种意义上讲，这是一场冒险。没吃过的食物，看不懂的招牌，公交车上或街上飘来的听不懂的语言，这些都会让你沉浸在自己的思绪里。花园公寓的邻居们多是些老人，比如崔氏夫妇、朴氏夫妇和宋氏夫妇，他们心疼这两个住在漏水屋子里的年轻人，圣诞节给他们送来了糯米糕。但他们还是必须得忍受漏水的天花板、狭窄的卧室、逼仄的厨房。里斯说只要他在花园公寓附近提供足够多的帮助,他们也许就能省下足够的租金,换一间新房子。但裘德希望在那之前,她已经离开这里了。

"你没问题的,"她妈妈在电话里说,"你是个聪明孩子。"

"聪明人多了,妈妈。"

"你跟他们不一样。"妈妈说。

每当两人挂断电话,裘德总会感到一丝愧疚,因为她知道,她最害怕过的生活正是她母亲一直在过的:住在一个狭小拥挤的家,没完没了地给人端盘倒水。至少她有里斯,至少她不在马拉德。她本应心怀感激,但她没法停止畅想未来。每当她提起春天,里斯总会挪开一点,脸上浮现一种疏远的表情,仿佛不愿提这件事。

那天晚上,她关上朴先生餐厅的门后,两人走路回家,里斯搂着她的肩。在花园公寓外的拐角处,一位浅色皮肤黑色头发的女子从他们身边走过,裘德屏住了呼吸。但那只是一个从路灯下走过的白人女性而已。

那不可能是史黛拉。那场比佛利山庄派对已过去多年,裘德仍记忆犹新。

有些时候,那个穿貂皮大衣的女人似乎长得和她妈妈一模一样,连笑容都别无二致。另一些时候,她似乎只是比较苗条,发色较深,和妈妈只有些微相仿。毕竟她只看了一眼,紧接着,葡萄酒就洒在了她腿上。她在整个派对停顿之际,急忙收拾脚下的碎瓶子。这件事当然也让她刻骨铭心。她在桌上摸索餐巾纸,卡拉急忙穿过人群跑来,拼命吸地毯里的酒渍。当她把沾满酒的餐巾纸扔进垃圾桶时,卡拉厉声让她离开,别再回来。她默默收拾东西,被羞耻感笼罩,在众目睽睽中低下了头。关上门时,她终于抬头看了一眼,但没看见那个女人,只有那个紫罗兰色眼睛的女孩看着她离开,粉红色的唇间浮现得意的笑。

那个黑发女人可以是任何人。也许她只是太想妈妈,才脑补了各种相似之处。也许她因为自己不回家和决定再也不回家而心怀愧疚,将那个女人当成了潜意识的投射。也许吧,怎么可能。她怎么可能曾和史黛拉共处一室,甚至在她丢掉酒瓶搞砸一切之前,两人的目光还有过交汇。

"宝贝怎么啦?"当天晚些时候,里斯问道,"你在发抖。"

他们正走路去"海市蜃楼"见巴里。提早回到家后,她一直沉默不语,里斯有些担心,两人在红绿灯前停下,她知道她得告诉他实情。

"我丢了工作。"她说。

"怎么了?出什么事了?"

"我太蠢了。我看见了史黛拉。我是说,我以为看见了她。我发誓那人和她一模一样……"

说出来后,这件事显得更离谱了。她被炒掉是因为她在派对上穿过人群瞥见了一个可能像她妈妈的人。

"不敢相信我居然这么蠢。"她说。

他抱了抱她。

"啊,没事,"他说,"工作再找就好了。"

"但我想帮你,我想着如果我们都把钱存起来……"

他一声叹息。"你拼命工作就因为这个？"

"我只是想着我们俩……"

"可我没要求过你呀。"他说。

"我知道，"她说，"我只想。宝贝，别生气，我只想帮点忙。"她搂住他，不一会儿，他也抱住她。

"我没生气，"他说，"我只是不喜欢被施舍的感觉。"

"你知道我不是那样想的。"

"别什么事都瞒着我，"他说，"有时候总觉得你藏着很多东西。"

也许这正是他们在一起的原因。也许他们只懂这种爱法，走近，然后疏远。他摸了摸她的脸，她试着挤出笑容。

"好，"她说，"以后都不瞒着你。"

多年里，史黛拉经常钻进她的梦里。史黛拉披着貂皮大衣，史黛拉靠在窗台上，史黛拉耸肩、微笑、进门出门。从来都只有史黛拉，从来没有她妈妈，仿佛即使睡着，她也能分出两人。她总是颤抖着醒来，她总是很疲惫。她在学校食堂找了份刷盘子的新工作，时薪两美元，她独自一人工作，用蒸汽清洁一堆堆的脏盘子。每晚回到家，她总是双手皴皱，塌肩驼背。有段时间，她的历史论文落后了三周，平均成绩摇摇欲坠，田径教练也找她谈话。

"你不该这么笨呀。"他说，她点头，接受批评，然后立刻逃离了那间令人产生幽闭恐惧的办公室。好，好，她会再努力些，再用心些。她当然想认真读书，她当然想参加春天的比赛，她当然不能失去奖学金。她只是一时有点分心，没什么大事。她会打起精神的。但她没有，每次想埋头学习，史黛拉的脸总会浮现在眼前。

"你还会想起她吗？"一天下午，她问妈妈。

"谁？"

裘德顿了一下，手指上缠着电话线。"你妹妹。"她终于说。

她说不出史黛拉的名字，仿佛说出名字就会再召唤出她似的——史黛拉走在人行道上，史黛拉出现在雾蒙蒙的窗外。

"怎么突然说起这个？"她妈妈说。

"不知道，就是突然想起来。我不能想想吗？"

"胡思乱想一点用也没有，"她妈妈说，"我早就不想了。她应该已经不在了。"

"不在世？"裘德说，"但如果她还活着呢？我是说，如果她就在什么地方好好活着呢？"

"那我会感觉到的。"妈妈平静地说，裘德开始想象史黛拉成为母亲皮下的一股电流。在她自己身上，那股电流一直在休眠，直到她和史黛拉在房间两端四目交汇的那刻。一步跨越，一道火花，她手下一抖。现在她正努力忘掉那次充电。有那么一两次，她很想跟妈妈说说那个派对上的女人，但说了又有何益？是史黛拉，不是史黛拉；她死了，她活着；她在奥马哈，在劳伦斯，在火奴鲁鲁。每当裘德走到外面，她总会想象自己撞见她。史黛拉停在人行道上，端详橱窗里的一只包包。史黛拉在公交车上，手扶塑料挂钩，不，史黛拉会坐在亮丽的黑色豪车内，藏在有色玻璃后面。史黛拉永远无所不在，又永远无影无踪。

一九八二年十一月,一部名为《午夜掠夺者》的音乐剧在洛杉矶市中心一间几乎报废的剧场里上演。剧作家当时三十岁,仍住在恩西诺的父母家,他决心在城市里出人头地。他曾对朋友说,这座城市没人在乎剧场。他把《午夜掠夺者》当成一个玩笑来写,当然,这个玩笑将永远跟随着他,因为这会是他唯一的成功。这部剧在星尘剧场上演了四个周末,获得了一个地方奖项的提名,并在《先驱考察者报》上得到了不温不火的好评。如果不是巴里有份参演,裘德永远不会听说这部剧。试镜前的几周,巴里焦躁不安,跳着脚练习"彩虹之上"。他从未以本色身份在人前唱过歌。

"感觉就像赤身裸体,"试镜后他对她说,"复活节那个礼拜天,我满头大汗,像一头猪。"

他通过了试镜,她很为他高兴。他给了她首演门票,但她对里斯说她要工作。

"请一晚上假吧,"他说,"咱们得去支持他。咱俩也很久没出去了,该去开心一下了。"

上个月,他车子的发动机坏了,他掏空了所有积蓄修车。藏在袜子里的钞票卷已经耗尽。为了多挣点钱,他开始在周末去"海市蜃楼"把门。从技术上讲,他担任的是保安,实际上,他只是一个在门口迎宾的帅哥。目前为止,他只帮忙拉开过一场酒后斗殴,他的英俊脸蛋也因此挂了彩。裘德在洗手间用酒精为他处理伤口,刺痛之下,他追忆起两人在码头追逐阳光、寻找完美取景点的周末。百叶窗发出"咔嗒"声，里斯闭上嘴巴。现在每个周五周六的晚上，他都会穿着黑色T恤和黑色牛仔裤出门，天快亮才回家。因为要帮摇摆舞者上台，他手上总会沾满亮片。然后他会去柯达店，或去给宋先生帮忙。有时，她几乎整天见不到他，只能感觉到他曾在身边躺下。

错过一个晚上的工作，去一间潮湿的剧场看几个小时的业余表演，只为在人群中搜寻巴里转瞬即逝的身影，她觉得不太值得。尽管如此，她抚摸着里斯的头发，还是答应了。他们需要一个晚上，一个她可以不必为春天的消息思前想后，他也不必为钱操心，两人都能把一切抛诸脑后的晚上。

首演夜，她穿上紫色连衣裙，两腿套进内裤，里斯系上领带，笑盈盈地看着镜子里的她。他们都穿得太过隆重，两人没去过什么高级场所，今晚至少可以假装如此。他们想假装什么都可以：初次约会的年轻情侣、终于不用带孩子的新婚夫妇，或者经常看戏的资深票友，从不用为钱操心，从不剪优惠券，从不数找回的零钱。

"高级，高级。"在大厅见到另外十几个经常在后台穿着束身胸衣的男孩时，路易斯调侃道。很快，大家就在欢声笑语中走进了发霉的剧场，灯光暗下来时，人人都觉得头昏眼花。

"最好是台好剧。"里斯对她耳语道，但她知道，他这么好的脾气，不管怎样都不会介意。管弦乐队开始演奏欢快序曲时，他扭头亲了她一下。幕布拉开，她坐直身子，费劲地寻找巴里。他穿一件流苏的皮革背心，戴一顶牛仔帽，和其他舞者一起跳踢腿舞。看着他甩动红发，她笑得很开心。然后，舞者退去，主角现身舞台中央，一个金发碧眼的女孩，穿着有内箍的蓬蓬裙。歌声很美，虽然有些简朴，但依然魅力十足，声线中透着种似曾相识的揶揄感。裘德在黑暗中拿出剧目单，没错，正是那个有紫罗兰色眼睛的金发女孩。

帷幕落下，欣喜若狂的巴里鞠躬致意，观众缓缓走过褪色的红地毯，进入大厅，剖析着明显的漏洞和瑕疵。裘德和朋友们徘徊在剧场后门，大家有说有笑，讨论着去哪儿喝酒。他们在等巴里出现，等着报以让他害羞的雷鸣掌声。但裘德双手抱在胸前，不安地换着脚，紧盯小巷，等着随时遭遇妈妈的分身。

她曾在中场休息时溜出剧场，在黑暗中回想了一番，她认定剧目上的女孩就是贝弗利山派对上的那个女孩。此刻她就在自己眼前，在聚光灯下。她出生于布伦特伍德，就读于南加州大学，但中途辍学，走上了演艺道路。近来，她扮演过考狄利娅（《李尔王》）、珍妮（《推销员之死》）和劳拉（《玻璃动物园》）。这是她首次在星尘剧场登台，她希望不是最后一次。在演员合影里，她微笑着，天使般的波浪金发垂在肩上。她看上去天真无邪，与那个在派对上向她索要马提尼酒的野蛮姑娘判若两人。但她不会认错那双眼，她永远也忘不掉它们。

既然那个女孩是这部剧的演员，穿貂皮大衣的女人会不会也在？她是史黛拉吗？是的话该怎么办？不是的话又该怎么办？她徘徊在大厅里，一直到灯光闪烁起来，但她始终未见到长得像妈妈的人。她整个心都揪起来了。

"没事吧，宝贝？"里斯问。

她点点头，挤出笑容。

"只是有点冷。"她说。他抱住她,给她温暖。然后,剧场后门打开了,出来的不是巴里,而是肯尼迪·桑德斯,她拿着一包万宝路走进小巷。她看到人群,露出微笑和期待的表情,却发现没人在等自己。然后她闪烁的目光扫到裘德。她乐了。

"哦,"她说,"是你。"

三年了,她还记得自己。当然记得,谁能忘了把酒洒在昂贵地毯上的那个黑姑娘?

"我有朋友参演。"裘德说。

肯尼迪耸了耸肩,在掌心拍出一支烟。她穿一件破破烂烂的性手枪乐队的T恤,露着肚脐,下身是牛仔短裤,搭配破洞的渔网长筒袜,最下面是黑色皮靴,丝毫不像比弗利山派对上的那个公主。她走进小巷,裘德跟了进去。

"巴里,"她说,"他是歌舞团的一员?"

"那是你男朋友?"肯尼迪问道。

"巴里?"

"不,傻瓜。他。"她用下巴指向人群,"那个鬈发的,可够帅的。你上哪里找的?"

"学校,"她说,"嗯,其实是一个派对……"

"有火吗?"肯尼迪把烟叼进嘴里。裘德摇了摇头,肯尼迪说:"算了,对嗓子不好,你知道的。"

"我觉得你今晚演得很棒。"裘德说。其实不至于到很棒,但为了套她的话,她不能不美言几句,"你爸妈一定以你为傲。"

肯尼迪冷笑了一声。"拜托。他们不喜欢我做这行。"

"为什么？"

"他们想让我在大学学点实际的，你懂的。而不是半路辍学，毁了大好前程。至少我妈是这么说的。嘿，你有火吗？"她问一个在角落抽烟的头发蓬乱的白人，"啊，终于！"

她马上走向拐角处的那个男人，他笑着倾身为她点烟。黑暗中一道火光亮起，熄灭，然后她就走了。

巴里说肯尼迪·桑德斯是个讨人厌的富家女。

"你知道那种人，"他告诉裘德。"在高中歌舞团演过几段独唱，就以为自己是芭芭拉·史翠珊。"此时，他正在"海市蜃楼"的后台涂脂抹粉，为周日早午餐时段的表演做准备，现在他只剩这场表演了，因为《午夜掠夺者》占据了他晚上的时间。他讨厌早起，讨厌稀稀落落的客人，但他实在太爱比安卡，不愿和她分别三周。他伸手指向身后的位置，裘德从健身包里拿出梳子。

"她爸妈是做什么的？"她问。

"谁知道？"

"他们没去过剧场吗？"

"怎么可能，"巴里说，"你觉得他们会去那种垃圾场吗？不可能的，小姐，他们是真正的有钱人，趾高气扬的那种，在山上住着大房子。你怎么关心起她来了？"

"没什么。"她说。

但那天下午，她乘坐开往市中心的公交车去了星尘剧场。周日的演出还有半小时开场。她没票,门口年轻的迎宾员不让她进,她徘徊在绿色屋檐下的人行道上,开始后悔,觉得自己很蠢。她能对肯尼迪说什么呢?她试着思考厄尔利会怎么做。他曾对她说,追踪一个人的秘诀就是假装成另一个人。但她除了自己,从未假装过任何人,因此当迎宾员拦住她,她掉头就走上了人行道。此时,她撞上了匆匆赶来的肯尼迪。她穿一双破旧的牛仔靴,一条短得不能再短的牛仔短裤,口袋衬布都露出来了。

"不好意思。"两人同时说,然后肯尼迪笑了。

"啊,该死,"她说,"你不是在跟踪我吧?"

"没有,没有。"裘德马上说道,"我来找朋友,他们不让我进,我没票。"

肯尼迪翻了个白眼。"简直像个军事堡垒。"她说,然后告诉迎宾员,"和我一起的。"于是,裘德跟着她进了大厅,两人经过后台,走进化妆间。化妆间比壁橱大不了多少,墙上的黄色油漆已经斑驳。

肯尼迪一屁股坐进破旧的皮椅,面对着昏暗的镜子灯。

"唐娜想扒了你的皮。"她说。

"什么?"裘德说。

"你毁了她的地毯。上帝啊,你真该看看她,就像你宰了她第一个孩子。我的地毯!我的地毯!乱成一团。好吧,你大概不想听。"她坐在椅子上转来转去,看着镜子里的自己,"你叫什么呀?"

"裘德。"

"那首歌里的裘德吗？"[1]

"《圣经》里的裘德。"[2]

"我喜欢。"肯尼迪说，"嘿，裘德，不是要赶你什么的，但我得换衣服了。"

"哦，不好意思。"裘德说。

她开始往门口退，但肯尼迪说："别走，你可以帮我个忙，我自己怎么也穿不好这个。"她从衣柜里拉出她在开场曲中穿的蓬蓬裙。裘德拉平橙色的布料，肯尼迪脱下T恤。她很苗条，皮肤晒得很健美，身上穿着粉色的内衣裤套装。裘德尽量挪开视线，看向凌乱的化妆台，上面堆着各种化妆品、烫发钳、金耳环，还有皱巴巴的糖纸。

"你是哪里人，嘿，裘德？"肯尼迪说，"拿过来吧？妈的，最讨厌这个，总让我打喷嚏。"她举起手臂，裘德看到她光滑的腋窝，她把衣服举过她头顶。肯尼迪所言不虚，胳膊还没伸进袖子呢，喷嚏就来了。

"路易斯安那。"裘德说。

"不会吧。我妈妈也是。我在这里出生，所以不能说也是那里人，对吧，这些事我都搞不懂。帮我拉上拉链？"

她说得太快，裘德还有点蒙。

"路易斯安那哪里？"她问。

"嘿，能快点吗？还有二十分钟就要拉幕了，我还没化好妆。"

---

[1] 此处指披头士乐队于1968年创作的歌曲《嘿，裘德》(Hey Jude)。
[2] 此处指《圣经》里写《犹大书》(Jude)的犹大，并非出卖耶稣的犹大(Judas)。

她把金发从肩上拨开。裘德绕到她身后,拉起拉链。

"你妈妈姓什么?"她问,"说不定我认识她们家族的人。"

肯尼迪笑了起来。"不太可能。"

她在干什么?她只是遇见了一个长得像她妈妈的人,现在,她居然开始纠缠一个白人女孩,还帮她穿一件古怪的戏服?她到底在意什么?她甚至没见过史黛拉。肯尼迪俯身照镜子,往脸上扑粉。裘德第一次目睹她安静专注的样子,和演出前的巴里一样。"我要进入自己的空间了。"他总会在登台前把裘德支开。有时她徘徊在门口,仿佛看到一层面纱落在他脸上。前一刻他还是巴里,后一刻就成了比安卡。现在,她也能看到肯尼迪正经历类似的瞬间。目睹这一瞬间,比目睹身穿内衣的她,更让裘德觉得和她亲近了一些。她转身离开。

"你不认识姓维涅的人吧?"肯尼迪在身后叫她,"是我妈妈的姓,旧姓。"她回头看了一眼,"埃史特尔·维涅,不过人人都叫她史黛拉。"

11

史黛拉

　　从统计学上讲,在贝弗利山的退休派对上遇到你从未谋面的表姐妹的概率微乎其微,但并非完全不可能。对此,史黛拉·桑德斯应该能理解,至少在理智上能理解。她会跟学生解释,概率上不可能的事其实一直都在发生,因为概率上的不可能只是一个先入为主的错觉。通常,它与统计学意义上的真理毫不相干。毕竟,任何人的存在于世都是一件在概率上极不可能的事。一颗精子与一颗卵子结合,变成一个存活的胎儿。双胞胎更有可能胎死腹中,同卵双胞胎比异卵双胞胎风险更大。尽管如此,她还是被生了下来,此时此刻还在圣莫尼卡学院教授统计学概论。概率上的可能不代表确定,概率上的不可能也不代表完全没机会。

　　她在洛约拉玛丽蒙特大学读书的第二年出乎意料地喜欢上了统

计学。她不会自称大二新生,她比同班同学都大十岁左右,新生的称呼会很可笑。她甚至不知道她想读什么,只知道自己喜欢数字。统计学令她着迷,因为有太多人对这门学科有误解。在拉斯维加斯,她和布莱克坐在乌烟瘴气的赌场里,他在掷骰子的赌桌上输了四百美元,他本应趁早收手,但他总觉得他就要时来运转。但骰子是不欠你的。

"已经掷出的结果没有任何指示意义,"她最后恼火地说,"如果骰子是公平的,每个数字出现的概率都会一样。但骰子并不公平。"

"她可是上过课的。"布莱克对旁边的男人说。

那人笑了笑,抽了口雪茄。"我会一直跟,"他说,"我宁愿输,也不想因为求稳才赢不了。"

"说得好。"布莱克和那人碰了碰杯。和其他真相一样,统计学上的真相也不容易被接受。

大多数人都会用心,而不是用脑子做决定。史黛拉也不例外。她决定和布莱克一起离开新奥尔良,这不是一个感性决定吗?她决定在多年里不离不弃,不也是感性决定吗?还有她同意参加伯特·哈迪森的退休派对,甚至哄骗女儿到场,只因为布莱克说他们需要一个统一的门面,不也是一个感性决定吗?一个幸福的大家庭——其他合伙人很看重这一点。布莱克从事市场营销工作,他了解自己的品牌价值,史黛拉和肯尼迪只是这个品牌的延伸,所以她同意参加那场派对。尽管经历了种种不快,她仍徘徊在客厅,扮演一名贤惠的妻子,一身酒气的伯特·哈迪森整晚都挤在她身边,把手放在她腰上(就像她没注意到！）。布莱克当然没看见，他和罗伯·加雷特、扬西·史密斯缩在角落里，史黛拉试着跟唐娜·哈迪森闲聊，同时注意着女儿的动向，她女儿一直徘徊在吧台边，旁边的白色地毯上有一块红色污渍，一个瘦瘦高高的黑人男子正用苏打水清理地毯。

刚刚出现了一阵骚动，一个黑人女孩把酒洒在地毯上，一时间吸引了所有人的目光。当时，史黛拉刚到场，她只目睹了后续的事。一个黑不溜秋的女孩疯狂地抹地，她砸了一瓶昂贵的酒，洒在更昂贵的地毯上，唐娜高声斥责，称她成事不足败事有余。女孩被解雇后，派对上仍在谈论她。

"简直不敢相信，"唐娜告诉史黛拉，"连一瓶该死的酒都拿不稳，还做什么服务员？"

说实话，史黛拉觉得很无聊。这不过是在一场无聊透顶的派对上，人们实在没什么有趣之事可谈的时候，短暂聚焦的那类小冲突。不像在数学系，话题总是跳来跳去，总是令人难以理解、望而生畏，但从不枯燥。能待在那些聪明人和思想家身边，她觉得很幸运。布莱克的同事将智力视为一种达到目的的手段，而目的永远只有一个，就是赚更多钱。但在圣莫尼卡学院数学系，没人指望自己大富大贵。能了解真理就够了。她很幸运能过一些这样的日子，了解真理。

那天晚上，离开派对开车回家时，她想起了洛蕾塔·沃克。史黛拉穿着布莱克在那个圣诞节作为惊喜送给她的貂皮大衣，也许是豪华的毛皮刷在小腿上的感觉让她想起了洛蕾塔。也许是那天早上，当她告诉布莱克她会晚一点过去的时候，他们再次因为工作吵了起来，而如果没有洛蕾塔,她不可能做那份工作。沃克一家离开的几个月后,她陷入了深度抑郁,哪怕以她的标准看,也算得上很严重。她痛苦不堪,又找不到理由。她仿佛再一次失去了德西蕾。布莱克建议她去上一堂课,后来他会后悔提出这个建议,因为每当他抱怨她的工作时,她总会说是他劝她去的。

"是你自己说的,"她在上午的争吵中说,"我待在那个房子里要疯了。"

"是,但是——"他一时语塞,"我没想到,我以为你会上一堂插花课什么的。"

但高中辍学的经历一直让她抬不起头来。每当别人说出一个她不懂的术语,她都会觉得自己很笨。即使迷路时,她也不愿开口问路。她害怕有一天女儿懂得比她多,害怕有一天,当她盯着肯尼迪的作业,会无从下手。因此她告诉布莱克,她想考美国高中同等学力(GED)证书。

"我觉得很棒,史黛拉。"他说。他当然只是在安抚她,但她还是去报了相关课程。连续两个晚上,她坐在公共图书馆外的停车场,始终不敢走进去。她觉得自己一定会傻乎乎地盯着黑板,大脑一片空白。除了核对支票本外,她上一次做更复杂的数学运算已经是什么时候的事了?但当她终于走进教室,听老师讲解一个代数问题,慢慢地,她感觉自己又回到了十六岁,又能轻松解答贝尔顿老师的试卷了。这就是她深爱数学的原因:不论现在还是以前,不论她知不知道,数学题永远有一个正确答案。这让她感到安心。

当她终于收到寄来的文凭时，布莱克似乎很为她高兴。但当她宣布想去圣莫尼卡学院上课，攻读副学士学位，或当她转到洛约拉玛丽蒙特大学攻读学士学位，或者去年，当圣莫尼卡学院将她聘为教统计学概论的助教时，他似乎就不那么惊喜了。这项工作的收入寥寥无几，但有机会站上讲台，给十几名大学生授课，她感觉自己充满了活力。她的指导老师佩格·戴维斯鼓励她继续攻读硕士，甚至考虑自己的博士学位。有朝一日，她说不定也能成为全职教授，获得终身教职。史黛拉·桑德斯博士，听起来不错，不是吗？

"净是些妇女自由的论调。"每当史黛拉在学校工作到很晚，他总会这么抱怨，"肯定是她把那些东西灌输给你的。"

"不好意思，让你意外了，我也有自己的想法。"她说。

"哦，我不是那个意思……"

"你就是那个意思！"

"你和她不一样，"他说，"你有家庭，有责任。她只是有她的政治。"

但史黛拉从何时开始基于家庭责任做决定了？那是心的地盘。但也许一直都是大脑在引领她。她之所以变成白人，因为这是个务实的选择，在当时看来，这个决定似乎理所当然。既然有机会做白人，何乐而不为呢？继续做过去的自己，还是重新开始，都在一念之间。她只是做出了理智的抉择。

"我跟你说过，你不需要做这个。"布莱克总这么说，指着她胳膊下的一沓沓试卷，"我会一直供养这个家的。"

但她接受那份工作不是为了钱,她只是选择让大脑压过了她的心,也许这正是洛蕾塔在她掌心那条长长的线里看出的东西。

"你错过了我的敬酒环节。"从哈迪森家回去后,布莱克说。他正在壁橱前扯下领带。

"我跟你说了,我要录入成绩。"她说。

"我也跟你说了,今晚很重要。"

"你想让我说什么呢?我已经尽快赶过去了。"

他叹了口气,望向漆黑的窗外。

"只想跟你说,我敬酒敬得不错。"他说,"挺好的派对。"

"是,"她说,"挺不错的派对。"

"我知道你为什么来这儿。"肯尼迪说。

《午夜掠夺者》开演一周后,在拥挤的餐厅里,她对着桌子对面的史黛拉笑着,手指摆弄着白色桌布。她笑起来总是两排牙齿毕露,这总让史黛拉感到不安。她无法想象暴露那么多的自己。隔一张桌子,一名亚裔女子一边用汤匙喝着豌豆汤,一边为学期论文评分。两个年轻白人在低声讨论约翰·斯图尔特·米尔。史黛拉说她选南加州大学附近的餐厅是图方便,这当然不是事实。她希望这里的学术氛围能让女儿重新思考自己的选择,至少让她为自己的选择尴尬。

史黛拉解开餐巾,铺在大腿上。

"当然,"史黛拉说,"我不是来和你吃饭嘛。"

肯尼迪笑了。"当然,妈妈,这一定是你大老远开车过来的唯一原因……"

"我不懂你干吗非得把所有事想成什么大阴谋。我不能和女儿共进午餐吗?"

她已经几年没开车去学校附近了,总共也只去过几次:第一次是校园游览,她跟在女儿身后,满腹狐疑地盯着那些爬在红砖上的棚架,想着凭她的成绩怎么进得了这种学校;第二次是入校日,虽然成绩平平,但没什么是家庭捐赠搞不定的;第三次是充满羞耻的几周后,宿舍助理发现肯尼迪在房间里抽大麻,史黛拉去学校恳求新生校长网开一面。相比毒品,更让史黛拉头疼的是肯尼迪的肆无忌惮。只有懒女孩才会被抓,她的女儿聪明,但懒惰,她活在幸福的无知里,从不知道妈妈为了维持谎言付出了多大努力。

现在肯尼迪露出假笑,慢慢搅她的汤。

"好吧,"她说,"等甜点来了再开始说教吧。"

史黛拉没有准备说教,她答应了布莱克。她只会旁敲侧击,引导肯尼迪做正确的事。这孩子知道她得回去上学。现在她只错过了一学期,还能去教务长办公室求情,称自己精神状况不好。她会比同龄人落后一学期,也许多上一个暑期班就好。史黛拉设想了种种情景,但除了让自己生闷气外,别无所获。辍学,去演戏!简直愚不可及!她几乎等不及打开菜单,就想脱口而出。

最让她吃不消的是,她以为肯尼迪已经告别了她的地狱岁月:高中老师打来电话,因为她又逃课了;不忍直视的成绩单;史黛拉半夜听到门铃响,拿起球棒,结果只发现偷溜回家的喝醉的女儿。那些顽劣的男孩总是把车开到房子前面，大按喇叭。

"她是我的野孩子。"布莱克有一次笑道，仿佛这是什么值得骄傲的事。

但她的野性只让史黛拉害怕，这野性扰乱了她悉心构建的生活。每天早上，她看着餐桌对面，她已经不认识这个孩子。她的乖乖女不见了，取而代之的是一个黄褐色皮肤的长腿女人，每天都想成为不同的人。第一天，雷蒙斯乐队的褪色T恤挂在她消瘦的肩上；第二天，一条格子超短裙套在她大腿上；第三天，一条长及脚踝的长裙。另外，她曾两次把头发染成粉色。

"你就不能做你自己吗？"史黛拉有一次开口问。

"可能我不知道我自己是谁。"她女儿顶撞道。史黛拉懂了，她确实不知道。这就是肆意的青春吧，认为自己可以成为任何人。这不就是多年前她在那家精品店里萌生的想法吗？然后，成年降临，选择固化，你渐渐意识到，你拥有的一切早在多年前已经埋下种子，剩下的只是开花结果而已。所以她明白女儿为什么要寻找自我，她甚至觉得自己该为此负责。也许在女儿身上，始终有些什么悬而未决，一小部分的她意识到自己的生活存在问题。仿佛她慢慢长大，开始触摸树木，却发现它们都是硬纸板做的道具。

"没有说教。"史黛拉说，"我只想确定一下我们都在考虑下个学期……"

"来了。"

"你还没错过太多，亲爱的。我知道你对那出戏很兴奋……"

"是音乐剧。"

"不管你叫它什么……"

"好吧,你要是看了首演,你就知道了。"

"不如这样吧?"史黛拉说,"只要你去找教务长,我就去看戏……"

"情感勒索,"她说,"又换了个新招。"

"勒索!"史黛拉俯在桌子上说,"为你好就叫勒索?想让你受教育,想让你变好……"

"你的好未必是我的好。"她女儿说。

肯尼迪要的好是什么呢?得知女儿上学期受到了留校察看处分,史黛拉既震惊,又有点尴尬。"她还小,她会明白的,"布莱克说,但史黛拉难以释怀。她是个来自路易斯安那州不知名小镇的贫穷的黑人女孩,连她也不至于只拿两个C负、两个D,只有戏剧拿了个B负。戏剧甚至算不上一堂课,只是一项兴趣爱好!而她女儿在经历了一个令人沮丧的学期后,居然决定全心追求这项业余爱好。既然如此,为她提供一切的意义何在呢?给她买书,送她读最好的学校,请家庭教师,求爷爷告奶奶把她送进大学,难道就培养出了这样一个女孩吗?身处这样一家汇集了全国最优秀学子的餐馆,她只感到百无聊赖,就这么无精打采地搅着她的汤?

"大学不适合所有人,你知道的。"肯尼迪说。

"但它适合你。"

"你怎么知道?"

"因为,你是个聪明孩子。我知道,你只是不愿意尝试。我们甚至不知道如果你全力以赴能做到什么程度……"

"也许就这样了!我没你那么高的智商。"

"可我不认为你只能做到这样。"

"你怎么知道呢?"

"因为我为你放弃了太多,我不能让你就这么半途而废!"

肯尼迪大笑起来,举手投降。"又来了。妈妈,你小时候家里穷又不是我的错。你不能把我出生前的狗屁事怪在我头上。"

一位年轻的黑人服务员俯身为她加水,史黛拉闭上嘴。多年前,她已经选好了自己的生活。肯尼迪只是进一步固化了她的选择。认识到这一点和怪她不是一回事。她为女儿做出了牺牲,而女儿永远无法了解她到底失去了什么。两人之间坦诚以对的时机早已过去。史黛拉用白色餐巾擦了一下嘴,又折好放回腿上。

"小声点,"她说,"别说脏话。"

"这不是什么世界末日。"佩格·戴维斯说,"很多学生都会休学一段时间。"

史黛拉叹了口气。她坐在佩格杂乱的办公室里,这里总是乱七八糟,史黛拉经常要挪开椅子上的书,或花十分钟在一堆期中考试试卷里翻找佩格的老花镜。佩格应该请人帮她整理办公室。史黛拉甚至自告奋勇帮过她的忙。这间办公室让她回想起和德西蕾一起生活的日子,德西蕾总会花太多时间找东找西,她完全可以少花一点时间保持自己房间一侧的整洁。但每当史黛拉提起此事,德西蕾总会翻起白眼,让她别再唠叨。佩格同样对此不屑一顾。

"哦,肯定在这附近。"她说。每次找不到钥匙时,两人的会面都会变成又一场寻宝游戏。

你如果是天才,你可能就会过得乱七八糟的。佩格教的是数论,这门数学学科非常复杂,或许可以和魔法相提并论。理论数学与统计数学几乎毫无共性,尽管如此,佩格还是自告奋勇为史黛拉提供咨询。她是数学系唯一获得了终身教职的女性教授,因此她会对所有女学生倾囊相授。在两人的初次咨询会议上,佩格靠在椅背上打量她。这位教授有一头长长的花白金发,眼镜遮住了半张脸。

"讲讲吧,"她说,"你的故事?"

迄今为止,史黛拉从未遭遇过这样一位睿智女性投来的如此直截了当的目光。她摆弄着她的婚戒,有些坐立难安。

"我不知道,"她说,"什么意思?我没有故事。我是说,没什么好玩的故事。"

她当然在说谎,但佩格的笑声吓了她一跳。

"骗鬼呢,"她说,"一个家庭主妇突然决意要学数学,这可不是每天都有的事。你不介意我这么称呼你吧?"

"什么?"

"家庭主妇。"

"不介意,"史黛拉说,"我的确就是家庭主妇,不是吗?"

"是吗?"与佩格的对话总是这样:绕来绕去,问题听上去像答案，答案听上去像问题。史黛拉总觉得佩格在考验她，她也因此更急于证明自己。这位教授给了她一些书：西蒙娜·德·波伏娃、格洛里亚·斯泰纳姆、伊芙琳·里德，她都一一拜读了。布莱克瞥到这些书的封面，总会翻个白眼，他看不出它们和数学有什么关系。佩格邀请她参加示威，史黛拉却总是太紧张，不敢置身于狂热的人群当中，但事后她总会在报纸上关注相关新闻。

"佩格的姑娘们又在搞什么？"布莱克越过她的肩膀看到报纸本地版时，总会这么问。她们经常登上报纸版面，抗议美国小姐选美大赛，抗议《洛杉矶杂志》上的性别歧视广告，抗议一部宣扬对女性使用暴力的血腥电影。佩格的姑娘都是白人，史黛拉有一次问起她团体内有无黑人女性时，佩格似乎如芒在背。

"她们有自己的麻烦要顾，你知道，"她说，"但也欢迎她们加入我们的抗争。"

史黛拉有什么资格评判别人呢？至少佩格在捍卫某些事，在为某些事而战。她和大学无所不争：带薪产假、教职员工雇用中的性别歧视、对临时工的剥削等——尽管她没有孩子，尽管她已获终生教职，尽管她的维权活动完全不会让自己受益。史黛拉对此百思不得其解，怎么会有人单纯出于责任感，甚至娱乐的理由去抗争呢。

此刻，她坐在佩格的办公室里，拿起一本讲解质数的书，说："只要她最后能回去上学，这就只是休学。"

"是啊，也许她会回去的，"佩格说，"要看她自己。你不就回去了嘛。"

"我们不一样。"

"怎么不一样?"

"我别无选择,"她说,"只能辍学。在她这么大的时候,我唯一渴望的事就是上大学。她却轻易放弃了一切。"

"可她不是你呀,"佩格说,"你想让她和你一样也不公平。"

也不是这样,至少不只是这样。女儿像个陌生人,如果她还在马拉德,也许她会笑对两人的差异。女儿的很多方面都让她想起德西蕾,也许她会和姐姐一起调侃。确定不是你生的吗?但在这边的世界,女儿像个陌生人,这让她惶恐。如果连女儿都不像自己的,她人生中还有什么是真实的。

"也许你是在对自己不满。"佩格说。

"对自己?为什么?"

"这么多年,你经常说要读研,但一直没有下文。"

"没错,但是……"史黛拉停住口。那完全是另一码事。每次她和布莱克说要申请读研,他的反应都很幼稚,而且一如她所料。还读书?天呐,史黛拉,你还要读多少书?他指控她放弃了家庭,她指控他放弃了她,两人都怒气冲冲地入睡。

"我的意思是,当然了,你那位丈夫以为他还能继续牵着你的鼻子走。"佩格说,"你让他害怕了。一个有头脑的女人,他们最怕的就是这个。"

"我不知道是不是。"史黛拉说。布莱克仍然是她的丈夫。她不想听任何人说他的坏话。

"我只是说这一切都跟权力有关,"佩格说,"他想要权力,但不想你拥有权力。如果不是因为这个,你觉得男人为什么爱搞秘书?"

她再次后悔告诉了佩格她和布莱克是怎么认识的。他们的故事在当时看是浪漫的,但多年以后,已经显得越来越粗俗。她当时年纪轻轻,和如今的女儿差不多大。她从未遇到过像布莱克这样的男人,当然,她也未能抵挡住他的吸引力。两人初次上床时,她才十九岁。她和布莱克一起去费城出差。那时,她感觉当秘书很像当妻子。她会记住他的时间表,为他挂帽子和大衣,给他倒苏格兰威士忌。她会为他带午餐,调节他的情绪,听他抱怨父亲的种种,并记得在他母亲生日时送上鲜花。她觉得他邀请她去费城就是出于这些原因,直到出差的最后一晚,他在酒店的吧台靠过来,亲了她。

"你不知道我从什么时候起就想亲你了,"他说,"从在安托万餐厅的时候。你看上去那么可爱,那么茫然。我知道我麻烦大了。我让他们帮我找个写字最好看的姑娘,长相不重要,我甚至希望你没那么好看。我不想让自己分心,你知道我不是那种男人。但我早该知道,最漂亮的笔迹属于最漂亮的姑娘。从那以后,你就一直折磨着我。"

他微微一笑,但他的目光如此真挚,她感觉她的脖子已经红了。

"我不是故意的,"她说,"我是说折磨你。"

"你会讨厌我说这些吗?"他说。

他的紧张让她镇定了下来。她和白人约过几次会,但最多只进展到在车上接吻的程度。她总是担心他们有办法从她的裸体中读出谎言。也许在白色床单的衬托下,她的皮肤看上去会更黑,也许当他进入她体内,就会感觉到她的不同。如果裸体都不能暴露你,还有什么能暴露呢?

在酒店房间,布莱克慢慢脱下她的衣服。他拉开她的裙子拉链,解开她的内衣,弯腰脱掉她的长筒袜。他的白色内裤涨了起来,她为他难堪,也为所有男人难堪,他们居然只能如此公开地袒露欲望。她想不出还有什么比不能隐藏欲望更可怕的事。

她不可能对他说"不",她后来意识到了这一点,但她并不想这样。也许这就是差异所在,也许,差异就在于心里认为存在着差异。

"别那样看着我。"佩格说。

"哪样?"

"好像你的猫死了。"佩格俯在桌子上,"我只是不想看你在他面前这么卑微。只是因为他永远看不到你眼中的你自己。"

史黛拉移开了视线。

"你不明白,"她说,"每当想起认识他之前的我自己,就像回忆另外一个人。"

"那你过去是谁?"佩格问。

有时,作为双胞胎的感觉就像和另一个自己一起生活。那个自己可能存在于所有人眼中,也可能只是你头脑中的另一个自我。但她的那个自己是真实的。史黛拉每天早上都会在床上转过身,盯着她的眼睛。另一些时候,她仿佛觉得她在和外国人一起生活。为什么你没有更像我一点？她看着德西蕾时会这么想。我是怎么变成我，你又是怎么变成你的？也许她这么安静，只是因为德西蕾太吵。也许她们一生都在相互调节，取长补短。就像在父亲的葬礼上，史黛拉几乎一言不发，每当有人问她什么问题，德西蕾都代为作答。刚开始，史黛拉会有些不爽，别人对着她说话，回答的却是德西蕾，仿佛丢掉了自己的声音。但很快，她就喜欢上了这种消失不见的感觉。她可以一言不发，在空无之中感受自由。

她望向窗外，看着学生们骑单车滑过，然后转向教授。

"我都不记得了。"她说。

12

相见

裘德担任星尘剧场迎宾员的前两周,她了解到关于肯尼迪·桑德斯的两件事:她想成为百老汇明星;她像每个愤愤不平的女演员一样,有一点骄傲,有一点受挫。你不可能看不到她的骄傲。她很愿意让人等她,很愿意拖着步子走过别人拉开的门。她喜欢和导演争论台词的表现方式,常常只是为了好玩。她将她的红色跑车停在车库远端,因为她声称一个嫉妒她的候补演员试图撬她的车门。她喜欢编造人生故事,仿佛现实无聊透顶,难以启齿。有时,她会在交谈中现场修改情节,例如她告诉裘德她的车是高中毕业礼物的时候。

"不,更像那种'不敢相信你居然毕业了'的礼物。"她说,"我高中过得一团糟。但大家不都这样吗?我是说,也许不是。你看上去一点也不糟。"

"是。"裘德说。

"我知道你不糟。你看,我总能看得出来。谁吃了西蓝花,谁听爸爸的话,谁他妈的不是盏省油的灯。嘿,乖乖女,扔了它,好吗?"

在化妆间,她把皱巴巴的糖纸塞进裘德等候的手中。过去的两个周末,裘德都会乘坐市区公交车前往这间破烂剧场,打扫地板上的爆米花,清理洗手池,收拾化妆间。主管承诺,只要她干得好,以后可以做更好的工作,比如检票和引座。他不知道现在的工作才是她想干的。她当然没多嘴,只给了他一个简单的故事:她是刚毕业的大学生,想周末赚点外快,她可以在周五、周六晚上和周日下午工作——正是《午夜掠夺者》上演的时间。他让她周日午后过来,并让她穿一身黑。

"我不喜欢。"里斯说。他靠在橱柜上,一脸忧心,腰间还别着宋先生的旧工具包,她后悔告诉了他。

"只是一份小小的副业,"她轻声说,"我们用得上这笔钱。"

"你知道不是这么回事。"

"好吧,我能怎么办呢?假装她不是史黛拉的女儿吗?我做不到。我必须了解她,我必须见到史黛拉。"

"你打算怎么见?"

但除了在星尘剧场打工以外,她还没有别的计划。每场演出前,她会去化妆间帮肯尼迪套上那件大裙子,也会帮她一些别的小忙:拿热柠檬水,去附近的餐馆取三明治,去大厅的自动售货机买可乐。她总觉得自己很蠢,站在化妆间外,端着热气腾腾的茶,直到肯尼迪气喘吁吁地赶来，毫无愧意。

"你救了我一命。"她说，或者"我欠你一次"，从不会简单地说声"谢谢"。

在第一幕开始到为中场休息准备小吃摊的空当，裘德会溜进侧翼看剧，但看的次数越多，它就显得越傻。这是一出西部风格音乐剧，讲一个活泼开朗的姑娘来到一座鬼城，发现那里被真实的孤魂野鬼占据的故事。

"我觉得很聪明，"肯尼迪说，"你想一想，其实有点像《哈姆雷特》。"这部剧一点也不像《哈姆雷特》，但她的语气如此笃定，你几乎要相信她了。一天晚上演出结束后，她告诉裘德，这是她辍学两个月以来首次担纲主演。当时她们坐在街对面的小餐馆里，肯尼迪用薯条蘸沙拉酱吃。

"我妈还没看过我任何一场演出，"她说，"辍学的事把她气坏了，她觉得我在赌掉自己的未来。也许我是在赌，能混出名堂的凤毛麟角，对吧？"

她头一次放下虚张声势，流露出对前途毫无把握的感觉，裘德几乎想握紧她的手。突如其来的同情令她惊讶。这就是身为这个女孩的感觉吗？一个不明智的选择会为你赚取同情，而非轻蔑，一瞬间的怀疑会迫使一个无甚交集的陌生人确信你其实很特别？

"能进医学院的也凤毛麟角。"裘德说。

"哦，那可不一样。我要是去学医，我妈妈肯定开心死了，相信我。我想多数妈妈都会很开心，她们都想我们过得比她们好，不是吗？"

"她过的什么生活？"

"很艰苦。你知道的，名副其实的白人垃圾，愤怒的葡萄[1]，每天步行十英里去上学。"

"她家里人多吗？"

"哦，不多，只有她了。她父母很多年前就去世了，只剩她一个。"

有时你能理解为何史黛拉要假装白人。谁没梦想过抛弃过去，从新来过？但她怎么忍心杀死爱她的人？怎么忍心离开那些过了这么多年仍对她心心念念的人，连头也不回？这个部分是裘德永远不能理解的。

"我不懂你怎么受得了她，"巴里说，"那姑娘永远停不下嘴！换成我，早把帽子塞她嘴里了。"

和其他演员一样，肯尼迪也让裘德难以忍受。但她需要听肯尼迪说话，她需要在肯尼迪的所有故事里搜寻史黛拉的身影。正因为此，她会帮肯尼迪套衣服，听肯尼迪一遍遍地说她想在夏天去印度，可又很不放心，你知道的，在那种地方连水都不能喝。她有个朋友，也不算朋友，只是童年邻居，塔米·罗伯茨，有一次参加了去印度的宣传旅行，因为吃水果而上吐下泻。你能想象吗，水果？她宁愿死于一根扎进胳膊的针，也不愿死于一个杧果。还有一次，肯尼迪告诉她，观

---

[1] 《愤怒的葡萄》是美国小说家约翰·斯坦贝克的长篇小说，发表于 1939 年。描写美国 20 世纪 30 年代经济恐慌期间大批农民破产、逃荒的故事。此处指代贫苦白人。

众中会来个老东西,一个住在她公寓楼的已婚网友。他从法国带回了一瓶苦艾酒,他们睡了一次。

"我们看到了一些很迷幻的狗屎。"她光着脚,在笨重的沙发上伸着懒腰。

还剩十五分钟就开幕了,她还没穿好衣服。她从不能专心致志,从不会做好准备。裘德来帮她套衣服,她应门时总显得很惊讶,仿佛不是她请她来的。她经常突然提起妈妈,有一次,她登台前告诉裘德,她最早演戏是在十一岁。她妈妈给她安排了各种培训班,布伦特伍德的父母都会这么做,把孩子像渔网一样撒出去,盼着他们能捕获一项才能。她上了网球课、芭蕾课、单簧管课、钢琴课……乐器多到足以组建自己的交响乐团。但一样也没坚持下来。她平庸得吓人,她妈妈觉得很难为情。

"她倒没怎么说过,但我看得出来,"肯尼迪说,"她特别希望我能与众不同。"

因此,她一时兴起试镜了一部关于淘金热的校园剧,得到了一个扮演中国铁路工人的小角色,只有七句台词。她妈妈一手握着剧本,一手搅拌意大利面酱,帮她记住了每一句。肯尼迪在厨房地板上拖着她看不见的镐。

"你不觉得太荒谬了吗?"她说,"我演了个戴草帽的苦力,甚至看不见我的脸。但我妈说我演得好,她……我不知道,她似乎终于激动了一回。"

她谈起妈妈来,总是一副若有所思的神情,和所有人谈起史黛拉时一样。只有这一点让她觉得一切都是真的。

十一月剩下的日子,裘德·温斯顿都在《午夜掠夺者》的演出时段工作。她要装满爆米花机,在门口发剧目单,帮老太太入坐。晚上入睡时,她脑中仍回荡着序曲。闭上眼睛,她仍能看见肯尼迪在舞台中央闪闪发光。她们怎么可能是姐妹。每当这位金发女郎走进剧场,半张脸藏在太阳镜后面,这一点就更显荒谬。失散多年的亲人总该有共同点吧?也许一开始看不出来,但时间久了,总能感觉到血脉相连。但她待在肯尼迪身边的时间越久,这个女孩给她的感觉就越陌生。

一个周五晚上,演员们决定去喝一杯。巴里拖着裘德的胳膊,劝她留下来,她还没来得及说自己太累了,肯尼迪就跑到了她身边,她只好留下。她从不会对肯尼迪说"不",她巴不得时时黏着肯尼迪。演出快结束了,她对史黛拉还几乎一无所知。钢琴家在昏暗的酒吧深处发现了一台落满灰尘的立式钢琴,开始弹奏和弦。慢慢地,演员们聚拢了过去,虽然已经有点晕了,大家仍渴望表演。肯尼迪和裘德坐在破旧的桌子边缘,促膝而谈。

"你没有太多我这样的朋友,对吧?"她问。

"什么意思?"

白人朋友,或许,但肯尼迪说:"女性朋友。我见到你时,你和一群男孩在一起。"

"是,"裘德说,"我确实没什么女性朋友。"

"为什么?"

"我不知道,我小时候就没什么朋友。我住的地方,他们不喜欢我这样的人。"

"黑人,你是说。"

"肤色深的。"她说,"肤色浅的就没事。"

肯尼迪笑了。"这太荒唐了。"

两人都觉得对方的生活不可思议,但这不是必然的吗?裘德不是也奇怪她怎么会如此不在意学业,不是也想体会一下,知道即使最坏的情况发生也不会怎样,到底是什么感觉?每当肯尼迪停车时,她不是也很讨厌那些轰鸣的朋克音乐吗?没错,每当肯尼迪迟到,她总会翻个白眼。肯尼迪让她去拿柠檬茶,她也会感到不满。巴里说她是被宠坏的丫头,她虽然不愿承认,但事实如此,不是吗?这个女孩有时会令人抓狂,但如果裘德的妈妈没有嫁给黑人,或许她也会是这副尊容吧。在另一重人生中,如果双胞胎互换身份,她的妈妈会嫁给白人,成为在豪华派对上脱掉貂皮大衣的人,而不是在乡村小餐馆端盘子的人。在这另一重现实里,裘德人美肤白,在布伦特伍德周边开一辆红色科迈罗,总把胳膊撑在车窗外面。每天晚上,她都容光焕发地登台,撩起一头金发,接受世界的喝彩。

弹钢琴的男孩开始大声唱《别阻止我》,肯尼迪抓着裘德,尖叫不止。裘德从未在人前唱过歌。但不知怎么,她发现自己跟着这个令人头昏眼花的剧团唱了起来。最后,他们终于惹恼了其他顾客,被酒保赶了出来。凌晨三点,她爬上床,脑袋嗡嗡作响,仍能感觉到肯尼迪的胳膊搂着她的肩膀。她们不是真正的家人,不是真正的朋友,但她们确实建立了某种关系。不是吗?

"你去哪儿了?"里斯问。他们在床上接吻,但她有点心不在焉,脑袋里还回荡着音乐。

"对不起,"她说,"我只是在想……"

"想那个白人女孩?"他叹了口气,"宝贝,你不能再这样了。你在玩一个危险游戏。"

"这不是游戏,"她说,"事关我的家人。"

"那些人不是你的家人。他们不想,你勉强不来的。"

"我不是要……"

"那你干吗缠着那个女孩不放?你没法让别人成为他们不想成为的人。你姨妈想当白人,让她当好了,那是她的人生。"

"你不懂,"她说。

"你说得对,"他举手投降,"我一点也不懂你……"

"我不是这个意思。"她说,但真的不是吗?他没看见她妈妈如何在那么多年里为史黛拉消得人憔悴,也没看见厄尔利如何千里追寻史黛拉。他也没看见裘德如何频频在早晨摸索壁橱后面的板条箱,搜寻史黛拉的物品,大部分都不值一提,旧玩具、耳环、袜子。不知是外婆留下的念想,还是早已被忘记的存在。但她会细心整理它们,试着从中发现史黛拉如此与众不同的原因。为何她找到了离开马拉德的方法,妈妈却只知道如何留下?

整个十一月,她都准时到肯尼迪·桑德斯的化妆间报到,帮她把那件大裙子举过头顶。然后,每场演出中,她都会站在剧场侧翼,在观众席中寻找史黛拉的身影。她一次也没看见她。尽管如此,每当序曲结束，肯尼迪终于登台时，她仍会不懈寻找。不知怎么回事，每当幕布拉开，肯尼迪就会丢掉让工作人员频翻白眼的自以为是的调调。只要灯光亮起，她就不再是那个在巷子里一根接一根抽烟的女孩。她会成为多莉，一个迷失在废弃小镇上的甜美可爱、无忧无虑的无名之辈。

"我不知道，"她说，"我一向喜欢舞台。所有人都盯着你，挺刺激的，不是吗？"

一个周六晚上，音乐剧散场后，她提出开车送裘德回家。上车后，她转过头来，对着裘德笑。裘德坐立不安地看着窗外。她讨厌被肯尼迪直视的样子，像在挑衅，看她敢不敢不移开视线。

"不是啊，"裘德说，"我讨厌被所有人盯着。"

"为什么？"

"我不知道。感觉好像……赤身裸体，可能吧。"

肯尼迪笑了。

"是，但演戏不一样，"她说，"你只需要展示你想展示的。"

13

谜一般的母亲

到十二月，星尘剧场外的《午夜掠夺者》海报已被《西岸故事》的广告取代。裘德大概看上去一脸落寞，更换看板的人从梯子上往下看了一眼，说："有时候还会回来再演一轮的。"但她的落寞不是为了这部剧，而是为了史黛拉。演出结束了，她更不可能现身了吧？关于一个女人的几个老故事，她永远不会知道了。

在闭幕演出的晚上，她走进空荡荡的剧场打扫卫生，发现肯尼迪独自站在昏暗的舞台上。她从没早到过，裘德问她是不是有事。肯尼迪笑了。

"最后一场我总会早到，"她说，"人们会因为最后一场记住你。最后的表演代表你的最高水准。"

她穿着破牛仔裤，一顶宽大松软的紫色帽子遮住了半张脸。她总是这样，就像小孩子从服装箱里扯下了几件衣服。

"你也上来吧？"肯尼迪说。

裴德笑了，环顾空荡荡的剧院。"说什么呢？"她说，"我在工作。"

"那又怎么了？这里又没人。就上来一下，很有意思的。我打赌你从没登上过这样的舞台。"

她确实没有登过，尽管她每年都会考虑参加校园剧的演出。她妈妈曾主演过《罗密欧与朱丽叶》，学会了各种奇奇怪怪的英语，还让艾克·古多当着全校人的面亲她。但最终都是值得的，她的鞠躬换来了雷鸣般的掌声。妈妈如果看到裴德登台演戏，一定会激动不已。她曾经壮了胆子去试镜，不是因为想演那个角色，只是因为演戏是妈妈的热情所在。她想向自己证明她们是像的。但走进剧场后，她感觉整座小镇都在笑她，于是在戏剧老师点名前从侧翼溜了出去。

她把扫帚撑在前排座位上。

"我有一次差点参加一部剧的试镜，"她在台阶上对肯尼迪说，"最后还是退缩了。"

"这可能就是你的问题，"肯尼迪说，"别人还没否定你，你就否定了自己。"

站在舞台上看，剧场确实有些不一样，当灯光暗下，你看不清观众的脸。明明有那么多人望着你，你却不知道他们在想什么，那感觉一定很怪。

"我经常做一些可怕的噩梦，"肯尼迪说，"我说在我小时候。

特别可怕。"

"关于什么的？"

"问题就是我永远记不起来。但当我开始表演，那些梦就不见了。这是最奇怪的。就好像我身体里有什么不好的东西想要闯出去，只有在这儿，我才能摆脱它们。"她跺了跺舞台，"但这说不通啊，不是吗？医生说有创造力的人做的梦最生动。我不懂原因。也许等你当上医生，可以研究一下。"

她的目标不是心理医生，但肯尼迪给予她的信心让她很感激。等你当上医生。她说得如此轻松。

"嗯，"她说，"也许吧。"

她跟着肯尼迪走下舞台。她听见剧团其他成员抵达的声音，他们开始在后台奔忙，为最后一场演出梳妆打扮。她会打扫好剧场卫生，然后最后一次躲在暗中观察。当最后的大幕拉下，自从她意识到肯尼迪·桑德斯是谁以来，她将第一次不知何时才能再见到她。

"你要来参加庆功会，"肯尼迪说，"带上你男朋友。我打赌剧场愿意付钱给他，让他拍一些照片。"

这个建议贴心得出人意料。她告诉过肯尼迪里斯是摄影师，但她想不到她居然记得。

"谢谢，"她说，"我会打电话给他。"

肯尼迪向后台走去，半路又停下。"我不知道这部剧结束了后会怎样。"

"什么意思？"

也许对演员而言，剧场侧翼是如教堂一般的神圣空间。肯尼迪突然开始袒露心扉。她不知道明天要做什么，不，就是字面意思，第二天醒来要干吗，这部剧是她几个月来唯一能体会到使命感的事。演戏是她唯一擅长的事。她离开学校是因为成绩太差，她在任何事上的表现都差极了。也许她妈妈是对的，也许她确实在铸成大错，也许演戏是浪费时间。也许父母争吵不休，是准备分开。也许妈妈宁愿批改数学作业，也不愿和她说话。也许这些事都是真的。也许她能接到迄今最重要的角色，只是因为一天晚上，和她睡的男孩在两人抽大麻时告诉她，他哥哥写了一出啼笑皆非的烂戏，现在有一家剧团想把它搬上市中心的舞台。虽然是一出烂戏，但她读剧本时仍热泪盈眶。一个孤独的女孩生活在一个被鬼魂包围的世界，还有什么比这更像她的人生缩影。

也许导演道格感觉到了这一点，也许他只是喜欢看她的乳头，也许那个男孩让哥哥帮忙周旋，无论如何都要确保她的名字出现在通告表排头。不管怎样，她赢得了主演一角。

"但我永远不会告诉我妈这些事，"她说，"她只会说她是对的。相比作为妈妈，她更在乎对与错。有时我甚至觉得她不那么喜欢我。是不是很怪？觉得自己的妈妈甚至忍受不了自己。"

她在笑，但紫罗兰色的眼睛里却饱含泪水。

"肯定不会的。"裴德说。

"你又不认识她，对吧？"肯尼迪说。

当晚,她最后一次目睹了肯尼迪·桑德斯在聚光灯下的蜕变。

肯尼迪在城镇广场上高唱序曲,在墓园里带来心事重重的独唱,在落幕前的醉鬼群舞中和舞团齐跳踢腿舞。在舞台上,你看不出这个女孩刚刚哭过。每当她走进聚光灯,她都会蜕变成一个新人。第一幕结束后,掌声在剧场内响起。裘德穿过人群,走向小卖部。她正将温热的爆米花铲进纸袋,史黛拉终于出现在她眼前。

她妈妈,但又不是她妈妈。她只能这么看待这个人,就像妈妈的脸移植到了另一个女人身上。史黛拉穿一身绿色长裙,头发扎成发髻。钻石耳环,黑色高跟鞋,手里拿着一只小皮包。她飘过大厅,歪着头,向为其开门的高个儿男人微微一笑。有那么一瞬间,在那个笑容里,她看见了妈妈。紧接着,面具又戴了回去,另一个女人接管了她。

来不及多想,裘德丢下爆米花,穿过拥挤的大厅,直奔门外。史黛拉站在屋檐下,正要抽烟。她被眼前的不速之客吓了一跳,裘德僵住了。她脑中浮现的第一个愚蠢念头是,或许史黛拉认出了她。她应该能在自己脸上看到什么熟悉的东西吧,眼睛,甚至嘴巴,然后她会大吃一惊,皮包掉落在人行道上。然而,史黛拉的眼神扫过她,愠愠地望向街道。只有裘德一人的心在怦怦跳。

"嗨,"裘德说,"我是你女儿的朋友。"

她想不出还能说什么。史黛拉愣了一下,点着手中的烟。

"她的同学?"她说。她的声音更平稳、更轻柔。

"不是,剧团的朋友。"

"哦,好极了。"史黛拉说。

她妈妈从不会说这个词。好极了。史黛拉微微一笑，吸一口烟，抬头望了望屋檐。

"你抽烟吗？"她问。

裘德差点想说抽。至少她能有一个留下的理由。

"不，"她说，"我不抽烟。"

"好孩子，"史黛拉说，"他们说抽烟有害健康。"

"我知道。我妈妈正在戒。"

史黛拉看了她一眼。"戒烟很难。"她说，"好东西都难戒。"

中场休息快结束了。史黛拉马上就会返回剧场，消失在黑暗里。演出结束后，她将和人群一起涌向大街。她会回家，也许夜深人静时，她会想起那个打扰她抽烟的深皮肤女孩，然后裘德就会从她的记忆里消失得无影无踪。

"肯尼迪说你来自路易斯安那，"裘德终于开口，"我也是，我来自马拉德。"

史黛拉盯着她，一条眉毛微微一抬，身体的其余部分无动于衷，除了那条微微挑起的眉毛，没有任何迹象显示她听过那个地名。

"是嘛，"她说，"对不起，我不知道那里。"

"我妈妈……"裘德吸了一口气，"我妈妈是德西蕾·维涅。"

史黛拉转向她。

"你到底是谁？"她轻声说。

"我说了，我妈妈……"

"你是谁？你在这干吗？我搞不懂。"

她脸上的笑容尚未完全凝固，但她已经将香烟拿开，警告裘德别靠近。她怒气冲冲，裘德始料未及。或许史黛拉会困惑，甚至震惊。但惊讶过后，她说不定会很高兴见到裘德。说不定还会对导致两人相见的种种偶然惊叹不已。结果，史黛拉摇着头，仿佛要将自己从噩梦中唤醒。

"我想见你。"裘德说。

"不不不，我不明白。你到底是谁？你和她一点也不像。"

透过窗户，大厅里的灯光开始闪烁。她需要引导人们回到各自的座位上。她的上司大概在心急火燎地找她。如果他现在走出门会看见什么呢：一个黑人女孩在恳求一个白人妇女认她。

"她告诉我你们经常要躲进卫生间，"裘德说，"在新奥尔良的那家洗衣店。她说你差点弄断了手。"她有些语无伦次，她想说出一切，只为阻止史黛拉离开。史黛拉收回颤抖的手，深吸一口烟，然后在人行道上踩灭烟头。

"她不可能回马拉德的。"她说。

"我们不得不回去。为了逃离我爸爸，他一直打她。"

"打她？"史黛拉一时语塞，态度有些软化。"我是说，她还在……？我妈妈还在……？"

"她们还在那儿。我妈妈在那家小餐馆工作。"

"卢氏？上帝啊！我已经多少年没想起……"史黛拉没说完，"要我说，你在那儿一定够受的。"

裘德移开了视线,她不想博取史黛拉的同情。

"我妈妈一直在找你。"她说。

史黛拉的嘴角弯了下来,不知是悲是喜,她整张脸都介于哭笑之间。仿佛一场太阳雨。魔鬼在打他的妻子[1],妈妈经常这么说,每次裘德听说爸爸发狂时都会想象这个画面。魔鬼可以爱他拳头下的女人。太阳光可以穿透暴风雨洒下大地。没有什么像你想的那么简单。她不假思索地把手伸向姨妈,但史黛拉一手挡开了她。她眼中闪着泪光。

"她不应该找我,"史黛拉说,"她应该彻底忘了我。"

"但她没有!你可以打电话给她。我们现在就可以打给她,她会很开心……"

"我得走了。"史黛拉说。

"但是……"

"我承受不了,"她说,"我不能走回那扇门。那是另一重人生,你懂吗?"

车灯冲刷过她们,有一瞬间,两人沐浴在黄色光芒下,史黛拉看上去惶恐不安,仿佛要冲进车流。随即,她抓紧皮包,消失在了夜色里。

在庆功会上,所有演员和音乐家齐聚一堂,见证了音乐剧的女主角酩酊大醉,逢人便说,她妈妈居然没来。"你能相信吗?"她说了

---

[1] The devil beating his wife,西方谚语,字面意思是"魔鬼在打他的妻子",意指太阳雨。

一遍又一遍。"闭幕夜,她口口声声会努力挤出时间,显然她努力得还不够!"没人见过她如此暴躁。谢幕后,她几乎马上离开了舞台,并无视了其他演员的祝贺,将导演送她的玫瑰花一把丢进垃圾桶。她甚至没在剧场后门的剧目单上签名。庆功会的前半个小时,她一直在吧台独饮龙舌兰。

"我的第一场大戏,"她对裘德说,"她要做的就是坐着忍受一会儿。她连这个都做不到。"

里斯徘徊在酒吧另一头,抓拍各种真情流露的瞬间。她本该为他再次拿起相机而开心,但此刻,她却在吧台边陪着一个喝醉的乖戾女孩,她的身体还颤抖着。她遇见了史黛拉,但史黛拉不想认她。没必要大惊小怪,这么多年了,她始终不想和家人有任何往来,可见一切都没改变。但为何裘德有种失去了谁的感觉?她看着自己把手伸向史黛拉,却被她推开。就像把手伸向妈妈,却被妈妈推开一样。

"我得走了。"她说。人挤人的庆功会让她胸闷难当,她需要空气。

"说什么呢?"肯尼迪说,"庆功会才刚开始。"

"我知道。不好意思,我得走了。"

"别这样,"她说,"跟我喝一杯吧,拜托了。"

她听起来如此脆弱,裘德差点就答应了。但她想着史黛拉消失在夜幕,想着她一脸惊恐的回眸,仿佛被人抓获一般,她摇了摇头。

"我真得走了,"她说,"我男朋友收拾好了。"

里斯在房间另一头收拾相机,一边与巴里说着话。肯尼迪望了两

253

人一会儿。

"你运气真好,你知道吗。"她说。她脸上笑盈盈的,但声音中透着卑劣。

"你什么意思?"裘德说。

"没什么。但你知道的,没人会觉得他那样的人会和你在一起,不是吗?"肯尼迪笑了,"你知道我没有恶意。我只是说,你们的男人通常喜欢浅肤色的女生,不是吗?"

多年后,她仍然不知道是什么激怒了她。是那个狡黠的笑,还是她轻巧说出"你们的男人"的方式,仿佛和她无关。或者恰恰因为肯尼迪说得没错。她知道裘德因为被爱而倍感幸运。虽然裘德尽量不流露出来,但肯尼迪还是很清楚怎么才能伤到她。

几周以来,她一直在星尘剧场附近追随着肯尼迪。帮她穿衣服,给她送茶,在走廊听她练声。为了和她说话,她不介意打扫厕所,她始终不明白这个怪女孩怎么会是自己的亲人。但现在她明白了:肯尼迪·桑德斯不过是众多听信了那些虚构故事的马拉德女孩中的一个而已。

"你就是个蠢货,"裘德说,"你连自己是什么都不知道。"

"你说什么?"

"你妈妈来自马拉德!我妈妈也是。她俩是双胞胎,长得一模一样,连你也不会看出来……"

肯尼迪笑了。"你疯了。"

"不,是你妈妈疯了。你这一生,她都在对你撒谎。"

话说出口,她就后悔了,但已经太迟。她敲响了钟,在她的余生里,那钟声将始终回荡在空中。

朴先生请他们吃韩式烤肉,端着盘子上桌。"这么伤心,"他说,"从没见你们这么伤心过。"两人一副凄情惨状,裘德揉着肿胀的眼睛,里斯在一旁暗自神伤,每次她哭,他总是这副模样。他搂着她的肩,说:"来,宝贝,吃点东西吧。"但她不饿。她在回家的车上讲述了整晚的倒霉事。她吐露了一切,除了肯尼迪伤她的话,因为伤口太私密,难以对外人道,哪怕是对他。

"你说得对,"她说,"你说的每件事都是对的。我就不应该去找……"

"没事的,"他说,"你想了解她们。现在了解了,你可以放下了。"

"我没法告诉妈妈。"她说。

在此之前,她从没对妈妈隐瞒过这样的秘密。但话说回来,如果不告诉她史黛拉还活着(她还见到了她)是一件残忍的事,告诉她史黛拉不想和她有任何瓜葛岂不是更残忍?如果妈妈知道她寻找多年的妹妹甚至不愿打电话给她,对她有什么好处呢?也许妈妈会认识到失去她是最好的安排。也许随着时间流逝,她终于能忘掉史黛拉,就像裘德已经不太记得爸爸的长相。她的记忆不是一瞬间消失的,而是慢慢消退的。最终,回忆变成想象——虽然两者间的差别小之又小。

她妈妈永远不会忘记史黛拉。她的余生,只要看向镜子,她都会想起自己失去了什么。但裘德没必要徒增她的悲伤。几天后和妈妈通话时,她只字未提史黛拉。从这个角度看,也许她和姨妈很像。也许像史黛拉一样,她也会在每个住过的地方变成一个新人,她妈妈已经认不出她,她成了一个囤积秘密的姑娘,一个骗子。

演出闭幕的次日早晨,史黛拉在剧烈的心跳中醒来。

她还没来得及睁开眼,前晚的事已历历在目:她知道演戏是浪费女儿的时间和才华,但她还是去看了那部可怕的音乐剧。她之所以去,只因为那是闭幕夜。她忍受了可怕的表演,但也有一丝惊喜地发现,女儿是剧中的唯一亮点。中场休息时,她和所有人一样大声鼓掌,希望女儿能看见她,但那孩子和其他演员一起去了后台。史黛拉趁机溜出门抽烟。她计划着等女儿离开肮脏的剧场,一定要让事情朝着正轨发展。演出结束后,她会带肯尼迪去吃饭,对迟到表示歉意,并建议她返校后再多上些戏剧课。就在此时,那个黑姑娘出现在了暗影中。不一会儿,史黛拉就冲上了街道,甚至没来得及想往哪边走。她跌跌撞撞走过两个街区,才想起车停在哪儿。

那个黑姑娘不可能是德西蕾的女儿,她俩毫无相似之处。彻彻底底的黑,德西蕾但凡碰过她,她也不至于黑成这样。她可以是任何人。可她怎么知道新奥尔良的事?那些事除了德西蕾没人知道。也许她讲给了别人听,也许那个女孩觉得她可以来到加州,威胁戳穿史黛拉的谎言,甚至勒索她!各种可能性在她心中翻滚,越来越耸动,但没有一种合乎情理。那个女孩怎么找到她的?既然想勒索她,怎么不直接开价？何必在人行道上演这出苦情戏，一副受了委屈的样子，仿佛史黛拉让她失望了似的。

"你心跳得厉害。"布莱克说。他抬起头，面带笑容，睡眼惺忪地看着她。他喜欢把头靠在她乳房上入睡，她也听之任之，觉得这是一件甜蜜的事。

"我做了个怪梦。"她说。

"噩梦吗？"

她用手抚过他日渐灰白的金发。

"我过去经常做这些噩梦，"她说，"几个男人把我从床上拉下来。栩栩如生。醒来后，我还能感觉到他们的手在抓着我的脚踝。"

"所以你才把球棒放在这儿？"

她刚想开口，突然转过头去，眼含泪水。

"我小时候，"她说，"出过一些事。"

"什么事？"

"我看到一些事……"她声音沙哑，说不下去了。布莱克亲吻她的脸颊。

"哦，亲爱的，别哭，"他轻声说，"我不知道是什么让你这么害怕。我会永远保护你的。"

她亲吻他，没让他说下去。他们拼命做爱，就像她十九岁初次触碰桑德斯先生时那样。年轻时的她一定会为此害臊。两个中年人缠绵悱恻，被子踢到一边。阳光透过百叶窗洒进来，闹钟响起，新的一天拉开帷幕。她的身体变了，他的身体也在变，既熟悉又陌生。当你和某人结婚，你答应不管他变成什么样，都一如既往爱他。他答应爱每一个过往的她。时至今日，他们仍在努力，哪怕过去和未来都充满谜团。

那天早上，她上课迟到了。她快速洗完澡，往潮乎乎的肩上套上衬衫。布莱克在刮胡子，透过镜子对着她笑。"看来我让你迟到了，桑德斯太太。"他说。虽然桑德斯太太不如桑德斯博士那么好听，但也过得去。也许成为桑德斯太太就够了，也许有了她的统计学概论课，有了她的房子和家人就够了。那个黑姑娘再次浮现脑海，她努力把她赶出去。她那么嚣张，那是她的问题。她如此专注于未来的事，而不再看重已经离开的一切。她不能让自己再那样游移不定了，她必须集中精力，保持警惕。

她跑出门时撞上了女儿，后者正拖着一袋脏衣服爬上台阶。两人都吓了一跳，接着，肯尼迪脸上闪现了遗传自父亲的令人卸下防备的笑脸。没人能对着那张笑脸发火，肯尼迪屡试不爽：当她索要一只小狗，最后却交给尤兰达照顾时；当史黛拉已竭力帮她，她九年级的几何仍没考及格时；当她撞坏了第一辆科迈罗，却有办法说服布莱克给她买第二辆时，这笑容屡屡立下奇功。

"哎，她总得有个代步工具嘛。"他说，史黛拉厌倦了总是唱黑脸，终于松口。这并不表示她有多大的话语权。肯尼迪早就知道，想要什么就问父亲要，告诉史黛拉不过是走个形式。

"我正想和你聊聊，"史黛拉说，"听着，昨天晚上……"

"我知道，我知道，你很抱歉。但你如果不来应该直接告诉我，我本来可以把票送给别人……"

"我去了！我只是不得不提早离场，我有点不舒服——可能吃坏了东西。但我发誓我去了。我觉得这部剧很聪明，鬼魂和所有一切，还有你在沙龙唱的那首歌，我都很喜欢，真的。"

她女儿戴着大大的墨镜，史黛拉看不到她的眼睛，只看得到自己的映像。她看上去镇定自若，不像一个在剧烈心跳中惊醒的女人。

"你真喜欢吗？"肯尼迪问。

"当然，亲爱的，我觉得你棒极了。"

她拉过女儿，给了她一个拥抱，一只手抚过其消瘦的肩膀。

"好了，"她说，"我迟到了。今天开心点。"

她边走边打开公文包摸索钥匙，女儿在身后叫住她，"你没去过一个叫马拉德的地方吧？"

史黛拉从未想过这个词会从女儿嘴里蹦出，整个早晨，她第一次感到动摇。

"什么意思？"她问。

"我遇到一个从那儿来的女孩，她说她认识你。"

"我听都没听说过。马拉德，是这几个字吗？"

令人放心的笑脸再次浮现。肯尼迪耸了耸肩。

"没事，"她说。"她可能认错人了。"

当晚布莱克下班后，史黛拉告诉了他那个黑姑娘的事。

整个下午她都在天人交战，最终还是决定说点什么，以先发制人。她不想他觉得她有事隐瞒，她宁愿他从自己口中听到此事。她讨厌丈夫和女儿在她背后窃窃私语。因此，他脱衣上床时，她对他说，肯尼迪演出结束后，有个深肤色的女孩自称是肯尼迪的表姐妹。她目不转睛地看着他，等待他的表情变化。也许会有一个"原来如此"的表情一闪而过，因为一个徘徊心中已久的问题终于得到解答。但他只是冷笑一声，解开了衬衫。

"肯定是那辆科迈罗，"他说，"那人看到了，心想，哈，发财的机会来了。"

"没错，"史黛拉说，"可不是嘛，我一直都让她低调点。"

"这城市，有时真得当点心。"

他们最近一直说要离开洛杉矶。也许搬去奥兰治县，甚至更北，搬去圣塔芭芭拉。起初她有点抗拒，她不想放弃工作，但现在，她不断想象那个黑姑娘再次潜入，在门口张望，敲打窗户。甚至更糟的，满城跟踪肯尼迪，看她的演出，在她去试镜的路上纠缠她。她到底想要什么？她的脸再次闪现。她站在屋檐下，一脸委屈。

史黛拉错就错在以为她能在任何地方住下来。你必须不停搬家，否则，过去的一切迟早会追上你。

"你知道市中心那些人，"她说，"心比天高，一半都那样。"

"可不是，何止一半。"布莱克一边说，一边钻到她身边。

初次假装白人后，史黛拉迫不及待想说给德西蕾听。但德西蕾一定不会相信，在她眼里，史黛拉绝对做不出任何出人意料之事。当晚，史黛拉回到家，在走廊碰到姐姐，什么话也没说。藏在心里的罪过比与人分享的罪过更令人兴奋。她曾经和德西蕾无话不谈，现在，她想要一些属于自己的东西。

她已经四十四了，离开德西蕾的时间早已超过和德西蕾在一起的时间。尽管如此，几周过去，她仍感到德西蕾在紧紧地拉她，像一只手抓住她的脖子，有时像轻轻揉搓，有时像用力扼住。她把错都怪在那个黑姑娘头上，虽然自那晚在星尘剧场以来，两人再未谋面。这座城市太大了，那个女孩再也找不到她了。史黛拉从没把她当成她的外甥女，你怎么能管一个你素不相识，而且一点也不像你的女孩叫外甥女呢。话说回来，德西蕾看到肯尼迪难道不会也有同样的感受吗？有时，连史黛拉看着自己的女儿，都像在看陌生人。史黛拉很久以前决定成为另一个人，这不是肯尼迪的错。她的一生都建立在那个谎言，以及史黛拉为了圆那个谎而堆砌的其他谎言之上，直到此刻，一个黑姑娘出现了，所有谎言都摇摇欲坠。

"你有姐姐吗？"肯尼迪一天晚上问她。史黛拉正俯身清理桌上的面包屑，一下子僵住了。

"什么意思？"她说，"你知道我没有。"

"我只是想……"

"你不是还在想那个黑姑娘吧？"

但女儿咬着嘴唇，望着黑漆漆的窗外。她是还在想——她只是默不作声，这似乎是更大的背叛。

"上帝啊，"史黛拉说，"你信谁？一个疯姑娘，还是你亲妈？"

"但她干吗要撒谎?她干吗对我说那些话?"

"她想要钱!要不就是想要你玩。谁理解得了疯子的行为?"

布莱克走进厨房前先停了一下。每次准备掺和这对母女的争吵前,他总会停一下,像在提醒自己,现在抽身,假装一切与自己无关,还为时不晚。他对那个黑姑娘没多大兴趣,他也没有更多话要说,他只想告诉肯尼迪,如果再见到她,应该报警。他搂了搂女儿的肩膀。

"别胡思乱想了,小肯,"他说,"你不能一直让那个女孩影响你。"

"我知道,但是……"

"我们爱你,"他说,"我们不会骗你的。"

但有时,说谎也是一种爱的表现。史黛拉花了太长时间撒一个谎,她已经说不出真相。又或者,真相已经化为乌有。也许她已经变成这样一个人。

六月,史黛拉和布莱克送了女儿一个惊喜:一间威尼斯新公寓的钥匙。他们会支付一年的租金,支持她参加试镜,此后,她必须回去上学或找一份工作。从技术上讲,这不算贿赂,但当史黛拉递出钥匙,看着欣喜若狂的女儿,她感到如释重负,仿佛这就是贿赂。也许女儿终于能停止对其过往的质疑。她一直担心肯尼迪会发现她的秘密,和她翻脸,布莱克也会离她而去,她的人生将在自己的手掌间分崩离析。她从没设想过怀疑的桥段,她几乎觉得,肯尼迪还不如直接听信那个黑姑娘的话。现在她似乎在翻来覆去地琢磨,一时觉得可信,一时觉得可疑，史黛拉永远不知道她最后会倒向哪边。她无法预料她会问什么，或者她会相信什么，这种不确定性让她抓狂。一间新公寓至少能转移一下她的注意力，说不定能彻底解决问题。

周六早晨，她和布莱克帮女儿搬了新家。布莱克在卧室组装家具，史黛拉擦拭厨房抽屉，她想起了和德西蕾在新奥尔良合住的公寓。墙壁薄如纸板，地板永远吱吱作响，天花板上的水斑越来越大。尽管如此，她还是喜欢那个地方。能告别法拉·蒂博多的地板，她已经谢天谢地，她丝毫不介意新公寓的狭小和逼仄。那里属于她，属于德西蕾，她觉得两人仿佛正揭开人生的帷幕，前途不可限量。她突然流了泪，肯尼迪大感意外，从身后抱住她。

"别犯傻了，"她说，"我还回家吃饭呢。"

史黛拉揉了揉眼，破涕而笑。

"希望你喜欢这里，"她说，"挺不错的小公寓。你该看看我在新奥尔良住的地方。"

"什么样的？"

"可能只有这里的一半。我们总是人挨人的……"

"谁们？"

史黛拉愣住了。"什么？"

"你刚说'我们'。"

"哦，对，我室友，和我同住的女孩，我们来自同一个小镇。"

"你从没跟我说过，"肯尼迪说，"你从不跟我说你的生活。"

"肯尼迪……"

"不只是这件事,"她说,"不只是那个女孩,我好像没法了解你的任何事。我必须求着你,你才会告诉我你有一个室友,你是我妈,你为什么不想让我了解你呢?"

她不止一次想对女儿和盘托出,关于马拉德,关于德西蕾,关于新奥尔良。告诉女儿她因为需要一份工作而假装成别人,久而久之,假装成了现实。她想她可以说出真相。但现在,单独的真相已不存在。她的人生已经一分为二,每个都是真实的,每个也都是谎言。

"我一直是这种人,"史黛拉说,"不像你,能打开自己。这样很好,我希望你一直保持。"

她递给女儿一张垫抽屉的纸,肯尼迪笑了。

"我只会这样过,"肯尼迪说,"我又没什么可隐藏的?"

第五部

太平洋湾
1985/1988

14

表姐妹

  一九八八年，肯尼迪·桑德斯在追求严肃艺术的道路上已精疲力竭，更重要的是，眼看就奔三了，她开始转换跑道，参与了各种日间肥皂剧的演出。过完二十七岁生日的一个月后，她终于在剧集《太平洋湾》中斩获了一个持续三季的角色。这是她迄今为止持续最久的演艺工作，并且几十年后，仍会有一些恍如隔世的粉丝在商场认出她来，叫她夏丽蒂·哈里斯。导演当时对她说，这是她天生要演的角色，她的样子很贴合这部肥皂剧。她一定皱起了眉，他笑了，伸手摸了摸她的胳膊，几乎碰到她的乳头。

  "不是讽刺，宝贝，"他说，"我只是说——那个，我看得出来你有种风采，很适合这部剧。"

  打电话告知父母这个消息时，她说肥皂剧本身没有错。事实上，一些最伟大的经典女演员都不时出演此类剧集，包括贝蒂·戴维斯、琼·克劳馥和葛丽泰·嘉宝。她爸爸很高兴她要搬回加州了，她妈妈很高兴她在好好工作。挂了电话，她去了伯班克购物中心。一年后，她会在鞋架外被一名索要签名的中年妇女拦住。每当有人在公共场合接近她，她都有些慌张。他们认出她了吗？认出这个没有妆发、没穿戏服的她了吗？起初她很兴奋，后来这种事却让她不安，她没注意到别人，别人已经注意到她，这感觉让她不安。

出演《太平洋湾》之前，她在其他肥皂剧中扮演的角色包括：偷孩子的诡计多端的助手护士；引诱学生父亲的老师；把水洒在主角身上的空姐——可能是偶然的，也可能是故意的，剧本未言明；被流氓勾引的市长女儿；被勒死在车里的护士；给主角递玫瑰的花艺师；幸免于难的空姐——后来被勒死在车里；等等。她戴过黑色假发、棕色假发、红色假发，扮演夏丽蒂·哈里斯时，她的一头金发终于派上用场。她只扮演白人女孩，也就是说，她从没演过她自己。

在《太平洋湾》的片场，演员和工作人员从不叫她本名，都叫她夏丽蒂。后来接受《肥皂剧文摘》采访时，她对记者说，这有助于她沉浸在角色里。她宁愿读者认为她是个无法自拔的演员，也不愿他们知晓真相：没人想费心记住她的本名，因为他们不认为她会一直参演下去。肥皂剧世界里的三季就像真实世界的三秒，转瞬即逝。当这部剧在一九九四年完结时，摄像机扫过墙上的照片，夏丽蒂·哈里斯在大结局仅出场了一毫秒。只有最铁血的粉丝记得她最著名的桥段：她被爱人的纠缠者绑在地下室九个月。那几个月，她一直在椅子上扭动、尖叫、乞求，数年后，她才意识到她最重要的桥段与这部剧的主要剧情并不相干。

她带妈妈去过一次片场。她事先警告妈妈，片场会有点冷。可笑的是，尽管伯班克的气温高达 90 华氏度，她妈妈居然穿了件鲜艳的蓝色毛衣。肯尼迪带她简单参观了片场，指给她看夏丽蒂家的外景、市政厅、夏丽蒂工作的冲浪小屋。她甚至带她去了夏丽蒂目前被困的地下室，此时距这个角色在剧中被绑架刚过去三个月。

"希望他们早点放你出来。"她妈妈说。和其他工作人员一样，她也把肯尼迪和夏丽蒂混为了一谈。这是妈妈迄今为止对其演艺事业的最大肯定。很奇怪，演员可以得到的最大褒奖就是她能让自己消失，并蜕变为另一个人。一位戏剧老师曾对她说，表演不是为了被人看见。真正的表演要让自己藏起来，只让角色发光发热。

"你应该直接把名字改成夏丽蒂。"《太平洋湾》导演对她说，"无意冒犯，但我听到你的名字，只会想起一个脑袋中枪的男人。"

下面是一件她可能早就忘了的事：

七岁左右时，她有一次坐在厨房梯凳上，看着母亲为蛋糕撒糖霜。她被扔在一个角落里，三心二意地学一种新的悠悠球技巧，她其实只是在把球拍在瓷砖上，等着被妈妈呵止。她经常做这样的事，一些破坏性的小事，不至于为她惹上麻烦，但又足够让人讨厌，却足以招来关注。但妈妈看都没看她一眼，史黛拉不是那种用家务培养感情的人。

亲爱的，让我教你怎么和面。或者，来，宝贝，你看糖霜是这样做的。肯尼迪长大到不再要求在厨房帮忙时，她妈妈似乎松了口气。

"不是不想你帮忙，"她妈妈总是说，"但我自己做得更快。"后半句似乎恰恰推翻了前半句，而非给出解释。

她烤哪门子蛋糕呢？她不是心血来潮搞烘焙的人。她会用买来的曲奇参加烘焙义卖，只要装进锡罐，就没人看得出来。也许是因为爸爸的生日。但当时是夏天，不是春天，否则自己也不会大白天没去上学，百无聊赖地看着妈妈抚平细小的糖霜纹路。

"你怎么学会的这个？"她问。

她妈妈全神贯注，像在修复一幅受损的油画。

"不知道，"她说，"慢慢就会了。"

"你妈妈教你的？"她以为妈妈会说"是"，然后叫她过来，递给她一把刀。但妈妈连头也没抬。

"我们可没钱做蛋糕。"她说。

后来，肯尼迪慢慢意识到，妈妈随时都能以金钱为幌子，避免谈论过去，仿佛贫穷是肯尼迪无法想象的东西，以至于可以解释一切：为什么妈妈没有任何家庭照片，为什么她没有高中的朋友打来电话，为什么他们从不受邀参加婚礼、葬礼或聚会。"我们很穷！"每当她的问题太多，妈妈就会抛下这么一句。贫穷笼罩了她生活中的一切，她的全部过往就是一个贫瘠的食品柜。

"她是怎样的一个人，外婆？"肯尼迪问。

妈妈还是没有转过身，但她的肩膀僵住了。

"这么想她有点奇怪。"她说。

"怎么想她?"

"作为外婆。"

"但她是呀。就算死了,她也是别人的外婆呀。"

"或许吧。"她妈妈说。

肯尼迪不应该不依不饶。但她很生气,妈妈一心扑在那个该死的蛋糕上,仿佛是什么头等大事,跟女儿说话反而是一件苦差事。她想让妈妈停下手里的活,关注一下她。

"她在哪儿死的?"她问。

妈妈终于转过身来。她穿着桃红色围裙,手上沾着香草糖霜,眉头皱起。她没生气,但有些困惑。

"这是哪门子问题?"她说。

"我就问问!你从来不告诉我任何事……"

"在奥珀卢瑟斯,肯尼迪!"她说,"我长大的地方。她没离开过那里,没去过其他地方。好了吧,你就没别的事可做了吗?"

肯尼迪几乎要哭了。她很爱哭,当时更是动不动就哭,她妈妈总觉得很尴尬。史黛拉只在偶尔看一部伤心电影时才会落泪,抹掉眼角泪水时,她总会不好意思。肯尼迪呢,如果想要一个粉红色的弹力球,妈妈不买给她,还把她拖过商场地面,她就会哭起来。在游乐场输了绳球游戏,她也会哭。夜里从不记得的噩梦中惊醒,她也会哭。此刻,虽然知道妈妈说的不是事实,她还是忍住了泪水。

"可你不来自那里呀。"她说。

"你说什么呢？我当然来自那里。"

"不，不是。你告诉过我你来自一个小镇，M打头的，小时候你跟我说过。"

妈妈沉默了好一会儿，肯尼迪开始抓狂，像《绿野仙踪》结尾的多萝西一样。你在那里呀，你也在那里呀！但关于那座小镇的事是真的，她只是不记得所有细节，她记得当时她坐在浴缸里，妈妈靠在她旁边。但现在，妈妈却一笑置之。

"我什么时候告诉你的？"她说，"你现在也很小啊。"

"我不知道……"

"你肯定记错了，你当时还是个小宝宝。"她妈妈走过来，她身后的蛋糕已经很光滑。"来，亲爱的，想舔勺子吗？"

这是肯尼迪第一次意识到妈妈是个骗子。

那座小镇印在了她脑海里。

她挥之不去，虽然不记得它的名字——因为她从来没记住过。多年来，她再没跟妈妈提起过它。但上大学时，有一个晚上她有点嗨了，她从男朋友的书架上取下了一本百科全书。"你干吗？"他随口问道，他显然对手里的大麻烟卷更感兴趣。她不置一词，翻到路易斯安那州的部分，按字母顺序搜寻城市和小镇名字：曼斯菲尔德、马里恩、马克斯维尔。

"嘿，"他说，"放下那玩意儿，你他妈的不是来看书的。"

梅鲁日、米尔顿、门罗。

"好了，伙计，那书不会比我还有意思吧。"

月光社区、莫斯布拉夫、黎巴嫩山镇……她看见了一定能认出来，她深信不疑。但浏览完全部名字，没有一个有印象的。她把书塞回书架。

"抱歉，"她说，"我不知道突然怎么了。"

那晚过后，她再没试过搜寻那座小镇。对于这件事，她永远知道自己是对的，但永远无法证明，就像有人信誓旦旦说自己看到猫王去了某家食杂店，还敲了敲甜瓜，却无法证明一样。和那些闲人不一样的是，她不会告诉任何人。隐秘的疯狂——她不介意如此。直到她遇见裘德·温斯顿。庆功会那晚，裘德说出了"马拉德"这个词，恰似肯尼迪多年未听到的一首歌。啊，原来是这首。

一九八五年，即《午夜掠夺者》落幕近三年后，她再次见到裘德，这次是在纽约。

当时她还是这座城市的新人，她来到这里的第一个冬天刚过去一半。她一生从未想过去洛杉矶以外的地方生活，但当时，她感到那座城市开始变小。庆功会后，她再没见过裘德，但在每个转角，她都觉得自己会撞上她。她看见她坐在餐馆窗边。参演《屋顶上的小提琴手》时她说错了台词，因为她在前排看见了裘德。那个女人和她一模一样，深色皮肤，大长腿，有一点不安，有一点漠然。意识到自己的错误时，她已经毁了整场戏。幕布还没拉下，导演已下令舞台管理人员拿走她留在化妆间的物品。她把自己的错归咎于裘德，她把一切都归咎于她。

"我不明白,"她宣布搬去纽约时,她妈妈说,"大老远去纽约干吗?在这边不能做演员吗?"

但她也想给妈妈一些空间。起初妈妈拒绝讨论裘德的话,后来她想用逻辑反驳:我看起来像黑人吗?你像吗?我们和她可能是亲戚吗?不像,不可能,但她妈妈的人生故事几乎都说不通。她来自哪里?婚前过着什么样的生活?她曾经是什么人?爱过什么人?她曾经想要什么?一个个的缺口。如今她看着妈妈,只能看到这些缺口。裘德至少为她提供了一道桥梁,一种理解方式。她当然没法放下她。

"我真心希望你别再为那件事忧虑了,"妈妈对她说,"你会把自己逼疯的。我敢肯定,这就是她对你说那些话的原因。她忌妒你,想让你不得安宁。"

她已经回答了肯尼迪的问题,她多少受到了刺激,但她从不会生气。话说回来,她妈妈通常都是镇定而理性的,即使她在对肯尼迪撒谎,她也会像做其他事一样镇定而理性。

在纽约,肯尼迪和男友弗朗茨住在皇冠高地的一间地下室,弗朗茨在哥伦比亚大学教物理学。他生于德佩克斯港,长于贝德斯图,住在红褐色的廉租房里,她在公交车上也会经过此类建筑。他喜欢讲他成长时期的恐怖故事:老鼠咬他的脚趾,蟑螂聚集在壁橱一角,瘾君子徘徊在楼下大厅,等着偷他的运动鞋。起初她以为他想让她了解他,后来才意识到,他只是想要一个戏剧性的背景设定,来反衬他长大成人后的生活:细致,好学,总爱擦他的玳瑁眼镜。

他不酷。她喜欢这一点。他不是那种她喜欢远观的黑人,那些无精打采地坐在破烂汽车里的迷人男孩,或聚在电影院前,向过路女孩吹口哨的男孩。她和朋友们装作很生气,但也会因为受到关注而暗自雀跃。她们永远无法和那些男孩接吻,永远无法带他们回家,但她还是对他们产生了小小的迷恋——安全的迷恋,就像吉姆·凯利带给她的那种快感。湖人队比赛时,她会坐在父亲的沙发扶手上,只为瞥一眼戴着护目镜的卡里姆·阿布杜尔-贾巴尔——人畜无害的迷恋。她至少足够聪明,不会向人吐露情思。弗朗茨是她的第一个黑人爱人;她是他的第四个白人爱人。

"第四个?"她说,"真的假的?那三个是什么样的人?"

他笑了。他们在参加一场部门派对,两人站在弗朗茨指导老师的厨房里,喝着姜汁啤酒。他们刚开始约会,她打扮得过于隆重,穿着长裙和高跟鞋,她以为自己将置身于六十年代的华美电影场景中,牵着戴眼镜的教授丈夫,坐在烟雾缭绕的客厅里。结果,她眼前挤满了三十多岁的邋遢小伙,他们在一栋没有电梯的公寓楼的三层,听着弗利特伍德·麦克。

"都不一样。"他说。

"怎么个不一样法?"

"和你不一样,"他说,"所有人都不一样,白人女孩也不例外。"

他和她认识的所有人都不一样。他的母语是克里奥尔语,说英语时带着口音。他几乎有过目不忘的记忆力,帮她对词时,他总能抢先记住。两人相识于她曾经工作的小酒吧 8 Ball。高脚桌周围挤着魁梧的摩托骑士，文身女孩用自动点唱机播放琼·杰特，她也在尝试融入其中。不知怎的，两人注意到了彼此。当时，她还在四处寻找第一个演出机会。没人理解她为什么离开洛杉矶，去纽约做这件事。但她喜欢舞台。在洛杉矶，她认识的每一个演员都削尖了脑袋往好莱坞挤，但凡有点理智的人都知道好莱坞是下金蛋的母鸡，但整个过程令人疲倦。你要早早起床，去镜头前站几个小时，重复同样的台词，直到某个混蛋导演满意为止。舞台则不一样，每一次都是新的，这让她既恐惧又兴奋。每部剧都不同，每个观众都独一无二，每个夜晚都充满可能性。而她做的一切都不赚钱，对她而言，这反而是加分项。她才二十四，仍然觉得苦行是种浪漫。

"我知道，"她对弗朗茨说，"所以我才问她们是什么样的人。"

很快她就后悔问了这个问题，他们开始在城中各地遇到他的前女友们。诗人萨奇，她发表了漫长的关于女性身体的散文，至今仍会请弗朗茨过目。工程师汉娜，她在研究改善贫困国家的卫生条件问题。肯尼迪曾在脑中想象过一个邋遢的女孩在污水中跋涉的画面，结果在地铁上遇到了这个精力充沛的金发女郎，脚踩五英寸长的靴子，还能保持完美平衡。克里斯蒂娜在布鲁克林爱乐乐团演奏单簧管。吃晚餐时，肯尼迪拌着她的奶油菠菜，克里斯蒂娜和弗朗茨在讨论勃拉姆斯。他说得没错，她们都不一样。她太少见多怪了。一部分的她曾经想象，他的其他白人女友可能都是自己的翻版，例如一个在新泽西长大的她，或一个一时兴起将头发染红的她。但他对白人女孩的品位很多元，她不知道究竟是作为一批相似恋人中的最新版本更不堪，还是作为一个与过往恋人完全不同的存在更糟糕。属于某种模式至少是安全的；独一无二本身就潜藏着风险。弗朗茨到底看上了她什么？她如何能奢望他对她的兴趣始终如一呢？

"如果告诉你我不是白人，"她说，"你会怎么办？"

她脱口而出。弗朗茨笑着喝了口啤酒。

"那你是什么人？"他说。

"就不完全是白人，"她说，"有部分黑人血统。"

此前，她从未对人说起过这事。她想知道是不是说出来，它就会显得更真实，也许她内在的什么就会被这些声音唤醒。但这种坦白反而感觉很假，仿佛在说什么台词，她甚至没法说服自己。弗朗茨对着她眨了眨眼。

"啊，没错，"他说，"我看出来了。"

"真的？"

"当然，"他说，"我知道好多黑人的头发都像你这种卷法。"

他在打趣。他以为她在开玩笑，后来，这也变成了两人之间的一个笑话。她迟到时，他会说她在遵循黑人时间。她对他发火时，他会说："冷静，黑人姐妹。"很快，她自己也把这一切当成了笑话。裘德、妈妈的秘密，所有这一切她会搞清楚的，她暗下决心。你不能在对自己的本质一无所知的情况下，度过这一生。她总能感觉得到吧，她总能在其他黑人脸上看到某种联系吧。但什么感觉也没有。她在地铁车厢里看着他们，她感到一种对于陌生人的漠不关心。对她而言，从本质上说，甚至弗朗茨也是异乡人。不是因为他是黑人，但也许肤色更彰显了陌生感。他的生活、他的语言，甚至他的兴趣，与她都是割裂的。有时，她会走进他改为办公室的小壁橱，看他用潦草的笔迹写下各种她理解不了的方程式。与人疏远的方式多种多样，真正贴近彼此的方式却少之又少。

她妈妈讨厌弗朗茨，她说他自命不凡。

"不是出于你以为的原因。"她说。她们坐在一家咖啡馆的窗边，看着人来人往。她妈妈趁感恩节假期飞来看她。肯尼迪坚称她没法抽出工作和试镜的时间回家，实际上，她只是想让母亲来看看她在纽约的生活。她对此有种乖张的趣味，就像小时候把妈妈拖到墙边看她的涂鸦，看我弄得一团糟！她妈妈尽力不做出反应。参观其地下室公寓时，她紧闭双唇。肯尼迪带她去 8 Ball 时，她默默点头。但弗朗茨是最后一根稻草，在女儿让人难以接受的生活中，弗朗茨是史黛拉无法视而不见的那个部分。

"那是什么原因？"肯尼迪说。

"你知道的。"旁边有两个黑人女性在吃羊角面包。她妈妈绝不会打开天窗说亮话，"不是那方面。我只是不喜欢他的行为举止……"

"比如呢？"

"好像他的'那个什么'都是香的。"

全布鲁克林恐怕找不出第二个人的妈妈会如此彬彬有礼，不愿在公共场合说出"屎"这个字。

"我不懂你为什么不喜欢他，"肯尼迪说，"他对你很有礼貌。"

"我没说他不礼貌。但他走来走去的样子,仿佛他是房间里最聪明的人。"

"他就是呀!看在上帝的分上,他在达特茅斯拿了博士学位。在他身边,我总觉得自己像个白痴。"

"我就是不明白,你从没喜欢过他这样的人。"

高中时,她的约会对象是穿着铆钉皮夹克的男生,他们留着油乎乎的长发,和雷蒙斯乐队成员如出一辙。她的初恋男友披头散发,不撩开头发,几乎看不见脸。她觉得这很迷人,但她父亲很抓狂。和所有父亲一样,布莱克会想象女儿和年轻时的自己那样的男孩约会,发型利落,衣着精干,一心扑在事业上。而不是她带回家的这些垂肩弓背的男孩,总有点颓废,算不上不敬,但也相当没礼貌。她和一些搞乐队的男孩交往,他们演奏的音乐如此糟糕,如果不是因为爱,她根本听不下去。她和大学里的摔跤手交往,看他为了降体重,套着垃圾袋,一连跑几个钟头。她永远无法爱一个太在意任何事的人,她后来曾这么告诉自己,但现在,她却和一个在浴室镜子上写方程式以防忘掉的人住在了一起。

"这个嘛,是时候换一种口味了。"她说。

她的坏男孩阶段已经结束。她妈妈本该松一口气,但却一脸愁闷。

"不是因为那个女孩,对吧?"她说。

她们已经两年没提到过裘德了,但她仍阴魂不散。肯尼迪立刻反应过来妈妈说的是谁。

"说什么呢?"她说。

"你看,你过去从没喜欢过这样的人,然后那个傻姑娘钻进了你心里。我只希望你不是为了证明什么。"

她看上去很慌乱,手指摆弄着咖啡杯把手,肯尼迪移开了视线。如果和弗朗茨的约会是一场实验,这场实验已彻底失败。爱一个黑人只让她觉得自己更白。

"我没有,"她说,"好了,去美术馆吧。"

再见到裴德·温斯顿的那个冬天,肯尼迪在主演一部外外百老汇[1]音乐剧《寂静的河》。她扮演警长的叛逆女儿科拉,渴望和一个粗野的农场工人私奔。几个月来,她比平时更怕生病,几乎到了着魔的地步。她喝了太多热柠檬茶,到二月,她已经忍受不了它的气味,只能捏着鼻子,一口喝下去。出门前,她会吞下锌丸,在脖子上围三圈围巾。钻出地铁,她会疯狂搓手。她的身体不是为纽约的冬天而造。搬来这座城市后,她终于收获了一个最重要的角色,这无疑是一件大事。接到电话的那晚,弗朗茨带她出去吃饭。她感觉像在做梦。他松了一口气。

"我开始想……"他说,但没说下去。他比她大五岁,即使不考虑年龄,他终究是个严肃的人,相信严肃的追求。而越来越明显的是,

---

[1] 外外百老汇(Off-Off-Broadway),百老汇为美国戏剧、舞台剧、音乐剧等舞台艺术的发扬地和重要中心,只有著名剧场可以入驻主街道。围绕百老汇大道有许多小规模剧场,即为"外百老汇",因门槛相对较低常作为冷门作品的首发地点。"外外百老汇"指更冷门的小剧场。——编者注

她的演艺事业入不了他的法眼。起初,他似乎受到了她的吸引。他称她为"我的加利福尼亚梦想家"。他在客厅里和她对词,去试镜场地外接她,在地铁上帮她复盘。但此时此刻,他坐在桌子对面露出忧郁的笑容,她能看出他开心不足,惊讶有余,像一个发现圣诞老人居然真实存在的爸爸似的。他回了信,吃掉了曲奇饼,把礼物留在了圣诞树下,但想不到真有个胖子从烟囱里滑下来。

她为这部音乐剧付出了前所未有的努力。她在所有能找得到的店铺外和路灯柱上都贴上了亮眼的传单。她忍受着邻居的冷眼,在声场更好的楼梯间练歌。早晨,她穿着软鞋在浴室里一边刷牙一边练舞。不排练时,她会让嗓子好好休息。认识她的人都不敢相信:一连几周,她几乎一言不发。当时她已离开 8 Ball,开始在剧场附近的一家名为 Gulp 的咖啡馆打工。音乐剧将占据她的夜班时间,而且酒保是一个需要侃侃而谈的工作,倒咖啡则不必说太多话。休息时,她静静地喝她的茶,不和人说话。在家里,弗朗茨给了她一只小白板,供她传递信息:吃晚饭吗?准备出门。你妈妈来电话了……他似乎乐在其中,仿佛被人绑架,不得不参与一场行为艺术。

当你决定静下来时,你会惊讶于城市有多喧嚣。她变得神经过敏,像马一样容易受惊,甚至咖啡研磨机突然响起的声音也会吓她一跳。但当裘德推门进来时,肯尼迪什么也没听见,没听见门上的铃铛声,没听见伴随寒冷渗入的街市声。三年来,她一直在设想再见到裘德时要对她说什么。现在,裘德就站在柜台对面,肯尼迪张开口,却相对无言。她甚至吐不出一丝声音。

"我想应该是你。"裘德说。

她依然瘦高而结实,裹在宽大的白色外套里,皮肤黑光可鉴。她在笑。她该死的竟然在笑,就像她们是老朋友一样。

"我看到传单上有你的名字,"她说,"我们走过时看见橱窗上的传单,没想到真的是你。"

她认出门口站着裘德的男朋友,他的鬈发更长了,胡须更浓了,但除了他,不会是别人。他徘徊在窗边,往手里哈着气,肩上闪着冰晶。两人居然还在一起,肯尼迪暗自诧异。她了解他的类型,帅得让人想哭,他不是会爱上裘德这种女孩的类型。当然,裘德也有自己的闪光点,但像他这样的帅哥永远不会爱上一个根本称不上美的姑娘。可现实就摆在眼前,两人还在一起,而且身在纽约。他们干吗大老远跑来这里?

"最近怎么样?"裘德问。她表现得很随意,但她们之间的友谊从来不是纯属巧合。只要涉及裘德·温斯顿,肯尼迪都不再相信什么不期而遇。一个穿着灰色外套的白人走进咖啡馆,肯尼迪向他招手。如果是在洛杉矶,她可能已经对裘德恶语相向了。但在这里,在她沉默的茧中,她只能对她视而不见。裘德有些诧异,但还是让出了柜台。

客人买完咖啡就走了。裘德在柜台上留下一张纸条。"这是我们现在住的地方,"她说,"如果你想聊聊的话。"

她打了电话。她当然会打。

早在她将纸条塞入围裙口袋时,她就知道自己会打过去。她没有随手扔掉,这是第一点。第二点是她一直在想它。一小片塞进口袋的纸条化为一片刀片,刺入她的身体。被一张纸条弄得心烦意乱,何苦来哉。她轮班期间曾两次决心撕掉它,但每次拿出来,她都会看见裘德小巧工整的笔迹:卡斯特旅馆,403号房,然后是电话号码。第三次拿出来,撕掉已无济于事——她已经记住了号码。

下班后,她走进马路对面的电话亭,拨通了电话。无人应答。在地铁上,她想着回家后再打,但她不想让弗朗茨听到。该怎么向他解释?那个自称她表姐妹的黑人女孩神秘现身纽约。他又会以为她在开玩笑。次日早上,她上班前拨通了电话,这一次,裘德接了。

"我本来不能跟你说话。"肯尼迪说。

裘德愣住了。有一瞬间,肯尼迪以为她听不到声音,然后她说:"为什么?"

"因为,"肯尼迪说,"我要演一部音乐剧。"

"不好意思,"裘德不紧不慢地说,"我没听懂。"

"我不能和任何人说话,我在养我的嗓子。"

"哦。"

"所以不管你要说什么,说就好了。我不会浪费时间和你周旋。"

"我不是来吵架的。"

"那你他妈的来干吗?"

"里斯要做手术。"

她满脑子都在想裘德想要什么。复仇——因为她在庆功会上说的那些话;钱——就像她妈妈说的那样。好吧,祝你好运。看看她现在过的日子,任谁都知道她没钱,她连房租都快付不起了。她幻想过对裘德坦承此事的情景,她会有一点羞愧,又有一点自豪。但原来,裘德重新在纽约露面和肯尼迪毫无关系。她男朋友病重,或许已时日无多,肯尼迪居然还以为裘德对她念念不忘。"你知道你的问题吗?"一位导演曾对她说,"你以为自己是最迷人的主题。"她一直觉得每个人都像舞台上的主角,身边围绕着同伴、反派和喜欢的人。她仍无从分辨裘德在她的人生舞台上扮演的角色,但她甚至没登上裘德的人生舞台。

"严重吗?"她问,"我是说,他还好吗?"

"不是要死了的那种,"裘德说,"但挺严重的。要我说的话,挺严重的。"

"干吗大老远来这里?洛杉矶没医生吗?"

裘德顿了一下。"我们不住洛杉矶了,"她说,"是一种特殊的手术,需要找专门的医生做。"

她说得含糊不清,这只会让肯尼迪更好奇,但她没追问下去。不论里斯的生活还是裘德的生活,都与她无关。这一次,看来她们的相见纯属偶然。

"你们住在哪个城市?"她说。

"明尼阿波利斯。"

"怎么会跑去那里?"

"我在医学院读书。"

尽管自己过得并不如意,听到这个,她仍感觉与有荣焉。裘德过上了几年前她想过的生活。被同一个男人爱着，迈上了学医的路。而这段时间，肯尼迪有什么值得炫耀的吗？一间地下室公寓，一个她几乎不了解的男人，失去的大学文凭，还有一个倒咖啡的工作，让她可以每晚在一间稀稀落落的剧场里高声歌唱。

"很高兴你打电话来，"裘德说，"没想到你会打电话来。"

"没错，是啊，你能怪我吗？"

"你瞧，我知道事情结束得很奇怪……"

肯尼迪笑了。"呵，你说得真他妈轻巧。"

"如果你愿意和我见十分钟面，我有样东西给你看。"

她妈妈说裘德是个疯子，也许是吧，但肯尼迪已经被她缠住了。她本可以挂断电话，她本可以当机立断，从此以后再不来往，她本可以试着忘记她。但裘德为她提供了一把了解母亲的钥匙，她怎么能轻易说"不"？

"现在不行，"她说，"我得上班。"

"那晚一点吧。"

"待会儿我要演出。"

"在哪儿？"裘德说，"我和里斯过去。票没卖光吧？"

那家剧团还没卖光过一场演出的票，但肯尼迪没有马上回答，仿佛在思考什么。

"大概有。"她说，"一般都会剩几张。"

"太好了，"裘德说，"我们今晚过来。难得来趟纽约，我们也想看一场真正的演出。"

她听上去毫无杂念,令人难以置信,丝毫不像肯尼迪认识的那个有着钢铁般防备心的女孩。她几乎被打动了,更重要的是,她感觉自己再次踏在了坚实的地面上。她告诉裘德剧场名字,请她一定要去。

"好的,"裘德说,"今晚见。还有,肯尼迪?"

"不能再说了,我真得挂了……"

"好,不好意思。我只是——好,我很期待,我是说再看你的演出。你上次的演出我特别喜欢。"

这话让她如沐春风,她讨厌这种感觉。她没说"再见"就挂了电话。

15

肯尼迪

在《太平洋湾》里，夏丽蒂·哈里斯是一位邻家女孩，一半的粉丝爱她，另一半认为她无聊透顶。当她最后一次露面，登上一艘邮轮并从此消失后，肯尼迪甚至收到了欢呼其不幸的信件。当时，她并不觉得心烦。她不在乎粉丝爱她还是恨她，就关注度而言，两者没什么区别，而且，过去从没人对自己扮演的角色表现过如此浓厚的兴趣，以至于要写信给她。不过，她离开片场的停车场时还是心存残念，希望这不是夏丽蒂的最后一场戏。

"这就是肥皂剧，"导演对她说，"什么都没了结，就这么砍掉了。"

夏丽蒂值得一个更好的结局。一直到肯尼迪四十多岁，早该不在意此事的时候，有时在酒吧喝多了，她仍会这么对朋友说。哪怕肯尼迪不期望夏丽蒂能奇迹般地回归（每个被肥皂剧抛弃的演员都做着这样的梦），她至少希望夏丽蒂的故事能有一个清晰的了结，哪怕是她离开太平洋湾后，去秘鲁饲养美洲驼，或别的什么蹩脚剧情，她一点也不在乎。

"但就这么消失了？"肯尼迪有一次说道，"进入大海？就完了？他妈的，什么玩意儿。"

"哪有什么值不值得，"她的瑜伽教练男友说，"所有人都不值得所有东西。我们得到了就得到了，仅此而已。"

也许肯尼迪觉得夏丽蒂是个好女孩，所以替她惋惜。至少她比肯尼迪好。肯尼迪犯过各种各样的错：她睡过两个已婚导演；她偷过爸妈的钱，因为太要面子，不愿要求更多借款；她对朋友说过假的试镜时间，只为了让自己抢占先机。但夏丽蒂人美心善。她在救一条落水狗时，遇到了一生挚爱、剧里的大块头兰斯·加里森，上帝啊。但她消失后，兰斯只等了半季，就盯上了侦探的性感女儿。五年后，两人举行了盛大婚礼，打破了《太平洋湾》的收视纪录。据《电视指南》介绍，那一集的观众数量多达两千万人，《电视指南》也将那场婚礼纳入了其肥皂剧史上五十个最重要的片段榜单。那一集甚至获得了艾美奖提名！而在所有热烈讨论中，无一人提及夏丽蒂，无一人说到如果夏丽蒂没登上那艘邮轮，如果她没在甲板上愉快地挥手，仿佛即将飘向日间电视剧的天堂，这对幸福的夫妻永远不可能找到彼此。

也许除了失去工作以外，她还为自己未能成为一场盛大的肥皂剧婚礼的主角而伤感。这比从未在现实中走入婚姻更令她沮丧。

"我从没演过邻家女孩,"一位黑人飞行嘉宾对她说,"我想没人愿意住在我隔壁。"

帕姆·里德在食品饮料摊前苦笑着,往嘴里丢进一颗小番茄。她是位真正的演员,肯尼迪听到两名道具管理员这么说她。七十年代,她曾在一部大受欢迎的动作系列电影中饰演女警,并在第三集被反派枪杀。然后她在一部法律剧里饰演法官,从此她就与法官结下了不解之缘。肯尼迪有时打开电视,会看见帕姆·里德一本正经地坐在法官席上,手托下巴,身体前倾。

"电视喜欢黑人女法官,"帕姆告诉她,"这很有趣——如果由我们来判定何为公平,你能想象这个世界会变成什么样吗?"

那天下午,她在《太平洋湾》里饰演一名法官。甚至在拍摄间歇,她穿着黑色长袍的样子也令人生畏,这就是为什么肯尼迪在伸手拿一串葡萄时,脱口说出了一句蠢话。

"过去,我家隔壁住着一个黑人家庭,"她说,"其实是马路对面。那家人的女儿叫辛迪,她是我第一个朋友,真的。"

她没告诉帕姆两人友谊终结的原因:她在幼稚的怒气中叫了辛迪"黑鬼"。每当回想起辛迪泪流满面的样子,她仍有些难为情。当时,她也非常可笑地哭了起来,妈妈扇了她一巴掌,那是妈妈第一次也是唯一一次打她。那个巴掌让她困惑,之后的吻更让她困惑,她妈妈的愤怒和爱猛烈地撞击在一起。当时,她以为说出"黑鬼"这个词和说出任何别的脏话一样不好。如果她在死胡同里喊出"操",她妈妈应该也会表现出同样的气愤和尴尬。但认识裘德后,肯尼迪回想起妈妈拖她回家时的表情。她是很生气,没错,但不只如此,她看上去还很害怕。她自己的情绪让她恐惧,或者更进一步,女儿让她恐惧,因为她发现女儿居然变成了如此丑陋的一个人。

她再也没说过那个词,没有随口说过,没有在玩笑中说过,一直到弗朗茨请她在床上说那个词。他抚摸她的背,告诉她这只是一场游戏,因为他知道她没那个意思。她不知为何会想起弗朗茨。对他说那个词和对辛迪说那个词不是一回事。不是吗?

帕姆·里德微微一笑,用纸巾擦了擦嘴。

"她真有福气。"她说。

裘德·温斯顿去看演出的那晚,肯尼迪在舞台上灵魂出窍。

所有演员都会说他/她经历过灵魂出窍,而好演员会在演艺生涯的更早期经历这样的事——她对此深信不疑。那个冬夜,她第一次真正体会到了灵魂出窍的感觉。唱歌就像呼吸,跳舞就像走路,一切都自然而然。当她与瘦弱的纽约大学戏剧系学生、饰演农场工人的兰迪对唱时,她几乎感觉自己爱上了他。谢幕后,演员们为她欢呼。虽然刚演完,但一部分的她很清楚,她献出了自己迄今为止最出色的一场表演。她之所以表现得这么好,是因为她知道裘德正在剧场的某个昏暗的座椅里注视着她。

在化妆间,她慢慢起了变化,舞台的魔力渐渐消失。弗朗茨会在大厅等她。周四晚上,他总会在下班后赶来。他会说她今晚演得很好,甚至很棒。他会注意到她的不一样,甚至纳闷是什么导致了她的不一样。裘德和里斯也会在大厅等她。但她想不到三人居然走到了一起,弗朗茨咧着嘴朝她挥手。

"你没告诉我你有朋友来呀,"他说,"快,我们去喝一杯。"

"我不想让大家都回不了家。"她说。

"说什么呢,他们大老远来了,就喝一杯。"

去 8 Ball 的路上,她一直木木的。她之所以选那家酒吧,只因为她知道那里会让裘德不舒服。一如她所料,进门时,裘德瞥了一眼昏暗的吧台,轰鸣的朋克音乐让她面露难色。桌上乱涂着各种擦不掉的污言秽语,酒吧里挤满摩托骑士。她看上去一脸不快,仿佛去任何地方都好,只要别来这里。很好,大家一定会草草结束。她太蠢了,她没想到自己生命中的这两个部分会狭路相逢。她计划演出结束后去见裘德,随便那个女孩给她看什么。她没想过裘德会和弗朗茨聊起来,发现他们都认识她。裘德一定说了两人是学校的朋友,因为弗朗茨一个劲问她肯尼迪在大学里是什么样的。

"宝贝,别烦他们了。喝酒吧。"她说。

"我没烦他们。"弗朗茨说。他转向裘德,"我烦吗?"

她笑了。"不烦,没事。只是这里有点让人透不过气。"

"我们不是真正的大城市人。"里斯说。他显得淳朴而迷人,肯尼迪快吐了。

"我也不是,"弗朗茨说,"我是小时候搬来的。这座城市至今还在影响我,你懂的。你们来住多久?小肯一定愿意带你们转转。"

"先来点酒吧,"她说,"观光的事后面再说。"

弗朗茨笑了。"好吧，这就不耐烦了。"他从卡座起身，向里斯点点头，"帮我一把？"

两个男人去了吧台。现在，肯尼迪几年来第一次与裘德单独相处。她太需要一杯酒了。

"你男朋友人很好。"裘德说。

"听我说，我要为庆功会上的话道歉，"肯尼迪说，"关于你和里斯的。我喝多了，我没那个意思。"

"你就是那个意思，"裘德说，"你是喝多了。这两件事不冲突。"

"好吧，但这就是你来的原因？这就是你一直捉弄我的原因？这一切我受够了。"

"什么一切？"

"你做的一切。这个游戏，不管你叫它什么。"

裘德盯着她看了一会，拿起她的包。

"我预感会再见到你。"她说。

"好极了，你这么神通广大。"肯尼迪能看到两个男人在吧台点东西，她突然发现她还没告诉弗朗茨她想喝什么。一点小小的默契，仍旧意义非凡，弗朗茨居然能在她开口前，知道她想要什么。

"我本来不想告诉你的，"裘德说，"在庆功会上，我不觉得你想知道。我说那些话，只是因为我太气了。你说的那些话让我想伤害你。这不公平。"她从包里掏出一个白色的东西，"不应该为了伤害别人而说出真相，应该在别人想知道的时候说出来。你现在应该想知道了。"

她递给肯尼迪一张白色纸片——一张照片。肯尼迪不用看也知道，那一定是她妈妈的照片。

"老天爷，感觉等了一万年。"弗朗茨说，他带着酒水滑回卡座，"嘿，那是什么？"

"没什么，"她说。"起来，我要去厕所。"

"啊，小肯，我才刚坐下，"他抱怨着，还是站了起来，她爬出卡座，手里抓着照片。她确实去了洗手间，但只因为她需要更好的光线。不管怎样，裘德递给她的可能是任何人的照片。她站在浴室镜子前，把照片贴在肚子上。

她不需要看它。她可以撕碎它，过了今晚，她可以断绝与裘德的联系。很快里斯就会做完手术，他们会永远离开这座城市。她不需要知道。她不需要，不是吗？

好吧，你知道接下来会发生什么。她也知道，甚至在把照片翻过来之前就已经知道了。记忆不是单向的，而会同时看到过去和未来。那一刻，她能同时看到两个方向。她看到自己作为一个小女孩，渴望、纠缠、爬来爬去，只为了靠近一个拒她于千里之外的妈妈，一个她从未真正了解的妈妈。然后，她看到自己向她展示这张照片，展示她一生都在撒谎的证据。肯尼迪把照片翻过来，她认出了身穿黑色礼服的双胞胎女孩，另一个女人站在她们中间。照片很旧，已经发灰褪色，但在日光灯下，她仍能认出双胞胎中哪个是妈妈。她有些不自在，仿佛随时都想离开画面。

她妈妈一向讨厌拍照，她讨厌被定格在某处。

"你朋友人很好。"那天晚上,弗朗茨说着爬上床。

乘地铁回家时,她几乎一言不发。她有点不舒服,喝完一杯酒后,她告诉所有人,今晚就这样吧。在卫生间,她把照片塞入腰带,像儿时把糖果偷带出厨房一样。只是巧克力会在衣服下融化,而走去地铁站的路上,她一直感觉照片锋利的边角在戳她。一部分的她想让裘德以为她把照片扔了,冲进了马桶什么的。告别时,裘德看上去一脸失望。很好,由她失望吧,她以为她是谁?第二次打乱她的生活,而且不管怎样,裘德仍有可能在撒谎。她看上去既不像照片中的女孩,也不像中间的女人,后者虽然肤色稍深,仍算浅肤色。她的手分别放在两个女孩肩上。这三个人好像一家人,好像她们都属于彼此。但裘德不属于其中任何人。肯尼迪呢?她究竟又他妈的属于谁?

"我们不是朋友,"她说,"算不上。他们只是我过去认识的人。"

"哦。好吧。"他耸了耸肩,翻过来亲她的脖子。她扭过身去。

"上帝啊,别。"她说。

"怎么了?"

"什么怎么了?我说了我不舒服。"

"好,老天爷,你也不用火冒三丈吧。"

他转身背对她的坏情绪,然后关掉了灯。

"我知道他们不是你朋友。"他说。

"什么?"

"你没有黑人朋友,"他说,"除了我,你不喜欢任何黑人,我们也不算朋友,不是吗?"

次日一早,她再次拨通卡斯特旅馆的电话,无人接听。

她一个人躺在床上,端详那张褪色的照片,一直到快赶不及上班。双胞胎肩并着肩,穿着阴郁的黑色连衣裙。一个是她妈妈,一个不是她妈妈,她们中间的是外婆。她妈妈否认存在的一家人,而裘德不知怎么知道了这一切。她十三岁时,有一次妈妈带她去商场,为她的生日买一件新连衣裙。肯尼迪已经开始疏远妈妈,她更愿意和女朋友们去逛布鲁明代尔百货商店。但妈妈几乎没怎么关注她,她停在一处货架前,抚摸一件黑色礼服的蕾丝袖子。

"我喜欢逛街,"她几乎自言自语道,"就像尝试变成其他你可能成为的人。"

午休期间,肯尼迪再次拨通旅馆电话,仍无人接听。她又打去旅馆前台。

"那个女孩说如果有人打来,"前台告诉她,"就说他们一整天都在医院。"

"哪家医院?"

"对不起,小姐,她没说。"

当然了,对于初来乍到的乡下姑娘,你还能指望什么?她当然没想过仅曼哈顿一地就有多少医院。她一肚子气,还是翻出电话簿,找出了离那家旅馆最近的医院。医院前台说不能透露患者姓名,肯尼迪挂断电话,想起她还不知道里斯的全名。尽管如此,她还是提早下班,乘公交车赶往了医院。在护士站,她请一位小个子的红发护士向裘德·温斯顿传话。她等了五分钟,电话簿的那一页在口袋里发出沙沙声,难不成要一路找去上城?此时,电梯门开了。裘德走出来,神情疲惫,但看见只是肯尼迪,似乎松了一口气。

"你没留医院名,"肯尼迪说,"我他妈的可能要花一整天找你。"

"但你没有。"裘德说。

"是没有,但有可能。"老天爷,她们已经在像姐妹一样拌嘴。"这是座大城市,你知道的。"

裘德顿了一下,说:"我现在满脑子都是这里的事。"

这正是她妈妈会说的那种话,狡猾,目的是让她愧疚,让她屈服。

"抱歉,"她说,"他还好吗?"

裘德咬了咬嘴唇。"不知道,"她说,"还没醒。他们不让我见他,因为我不是家人,不合规定。"

肯尼迪想到,如果她此刻在医院大厅突然心脏病发作,裘德将是她最亲的人。表姐妹,她们是表姐妹。但如果裘德告诉护士这一点,并坚持探视,谁会信她呢?

"太荒唐了,"肯尼迪说,"他在这里只有你一个人。"

"唉。"裘德耸了耸肩。

"他应该娶了你,"她说,"结束这种状况。你们在一起够久了,结了婚就不用烦这些事了。"

裘德盯着她看了一会儿,肯尼迪以为她会说关你屁事。她活该被骂。但裘德只翻了个白眼。

"你说起话来像我妈。"她说。

裘德说照片是葬礼上拍的。两人坐在食堂，喝着温吞的咖啡，中间隔一张长长的金属桌，照片放在两人中间。她想到了葬礼，黑色礼服什么的。她再次看向照片，看向那对双胞胎女孩。一样的发带，一样的打底裤。她第一次注意到其中一人抓着另一人的衣角，仿佛努力让自己安静下来。她摸了摸照片，提醒自己这是真的。不知怎的，她需要借此让自己镇定下来。

"谁死了？"她说。

"她们的父亲，被人杀了。"

"谁杀的？"

裘德耸了耸肩。"一群白人。"

她不知道是什么让她更震惊，是事件本身，还是裘德的轻松语气。

"什么？"她说，"为什么？"

"需要理由吗？"

"被杀吗？一般都需要吧。"

"但那件事没有理由，就那么发生了，就发生在她们眼前。"

她试着想象妈妈儿时目睹如此可怕情景的画面，但她只能想到八年前，妈妈手握球棒，站在黑漆漆的走廊尽头的画面。当时，肯尼迪参加完派对后偷溜回家，她有些醉了。她以为妈妈会因为她违反门禁而大骂她。相反，她站在门厅尽头，一手捂住嘴。球棒落在木地板上，向她的赤脚滚来。

"她从没提起过他。"肯尼迪说。

"我妈妈也是。"裘德说。

桌子尽头,一个犹太老人摸索着他的毛衣袖子。裘德瞥了一眼,手里摆弄着糖纸。

"她是什么样的人,你妈妈?"肯尼迪问。

"固执,"她说,"和你一样。"

"我不固执。"

"你要这么说,我也没办法。"

"好吧,她还有什么特点?不会只有固执吧。"

"不知道,"裘德说,"她在一家小餐馆工作。她说她讨厌那里,但她从不去其他地方。她永远不会离开阿嬷。"

"是说你外婆吗?"肯尼迪还说不出"我们的外婆"。

裘德点点头。"我在她房子里长大,"她说,"她年纪大了,忘了很多事。有时还会问起你妈妈。"

空中传来广播声。肯尼迪在她永远喝不完的咖啡里又加了一块糖。

"对我而言,这件事非常奇怪,"她说,"我想你不明白有多奇怪。"

"我明白。"裘德说。

"不,你不明白。我不认为有任何人能明白。"

"好吧,我不明白。"裘德站起来,把咖啡扔进垃圾桶。肯尼迪急忙跟上,突然怕她就此离开。如果她现在推开裘德,而她决定不再多说,那该怎么办?知道一点比一无所知更糟。于是,她跟着裘德走进电梯,默默上到五楼的等候室,与她并肩坐在一株枯萎的植物旁边。

"你不用留下来。"裘德说。

"我知道。"肯尼迪说。但她还是留了下来。

里斯于当晚出院。裘德推着他到外面,肯尼迪抬头看天,吃惊地发现天空已笼罩一层深蓝色。她在裘德身边坐了几个小时,在等候室里翻杂志,去食堂买更多咖啡,或者就那么干坐着,盯着那张照片。她打电话给剧团请了病假,承认自己终于被流感俘获。尽管有种种应该走的理由,她还是留在了安静的医院房间,直到一位粗鲁的白人护士通知她们可以走了。她想过打电话回家。弗朗茨总在演出前打电话给她,如果替补演员接起电话,他恐怕会担心。尽管如此,她还是招来了一辆出租车,帮着裘德把里斯扶进车里。麻醉过后,里斯还有点晕,去旅馆的路上,他的头不停滑到她肩上。裘德会掐一下他的大腿,肯尼迪会挪开视线。她想象不出如此不加掩饰地需要一个人是什么感觉。

她本可以在旅馆外告别,但她也跟着下了车。她和裘德沉默不语,两人各用一只胳膊搂着里斯的腰,把他扶进旅馆。他比看上去更重,进电梯时,她的肩膀已经酸痛。但她一直坚持到把他扶进房间,小心翼翼放在床上。裘德坐在床边,拨开他额上垂下的鬓发。

"谢谢。"她轻声说,但眼睛仍望着里斯。她声音里的温柔只留给他。

"没事。"肯尼迪说。她该走了,但她仍徘徊在房间里。里斯康复期间,裘德应该还会在纽约待几天,也许可以明天再来。裘德一定不会整天待在这个昏暗邋遢的房间里,看着他睡觉。也许她们可以出去喝杯咖啡或吃顿午餐。她可以带她到处走走,如此,她来一趟纽约,除了看了一场平庸的音乐剧,和在医院的等候室里呆坐以外,也总算有点别的回忆。裘德送她回大厅,肯尼迪慢慢围上围巾。

"那里是什么样的?"她说,"马拉德。"

她曾想象那是一座像梅伯里的小镇,充满民俗风情和家庭氛围,女人们把烤好的派放在窗台上放凉。鸡犬之声相闻,人人都知道你的名字。在另一个版本的人生中,她本可以在夏天造访那里。她本可以在外婆的房前和裘德一同玩耍。但裘德只是笑了笑。

"很烂,"她说,"那里的人只喜欢浅肤色的黑鬼。你会很适合。"

她突然突出这个词,肯尼迪差点以为听错了。

"我不是黑鬼。"她说。

裘德又笑了笑,这次有点勉强。

"可你妈妈是。"她说。

"所以呢?"

"所以你自然也是。"

"一点也不自然,"她说,"我爸爸是白人,你知道的。而且不用你来告诉我我是什么人。"

这不是一场比赛。她只是讨厌有人来告诉她,她只能是什么人。在这方面,她和她妈妈如出一辙。如果出生时就是黑人,她会欣然接受这个事实。但事情不是这样。而且什么时候轮到裘德告诉她,现在的她不是真实的她?毕竟什么都没变。她只是知道了妈妈的一件事,但这件事对于她如何看待自己人生的完整性,究竟有何关系?一个细节被移动并替换。换掉一块砖不会让一座普通的房子变成消防局。她还是她自己,什么都没变,一点儿都没变。

那晚,弗朗茨问她去哪儿了。

"医院。"她已筋疲力尽,无力说谎。

"医院?怎么了?"

"哦,我没事。我和裴德一起。里斯做了个手术。"

"什么手术?他还好吧?"

"不知道。"她从未开口问过,"好像是胸部的手术。现在没事了,只有点昏昏沉沉的。"

"你应该打个电话,我一直在等你。"

她要离开他了。她总是很清楚何时该离开。你可以称之为直觉,称之为某种躁动,也可以称之为别的什么。她永远不会在对方的欢迎耗尽时,赖着不走。她知道什么时候该离开洛杉矶,一年后,她也知道是时候离开纽约了。她知道何时该结束和一个男人的关系,不论这段关系维持了六周,还是六年,离开都是一样的。离开很简单,留下才是她尚未学会的功课。所以那天晚上,当她在床上看着弗朗茨,其黑褐色的皮肤在银色床单上闪闪发光,她知道她和他的日子已经不多。尽管如此,她仍坐在床边,脱下他的眼镜,让他眼前的自己变得模糊不清。

"如果我不是白人,你还会爱我吗?"她问。

"不会,"他说,然后把她拉近了一些,"因为那样你就不是你了。"

离开弗朗茨后,她流浪了一年,没人知道她的去向。音乐剧结束了,她开始厌倦剧场,但她还是坚持了几年,加入即兴剧团,参加实验剧试镜。演戏似乎是她唯一不知何时该割舍的事。逃离前,她最后一次见了妈妈,两人坐在后院的泳池旁喝着霞多丽。那是一个晴朗得不自然的冬日。她震惊于温暖的天气,也震惊于自己居然有过将温暖的二月视为理所当然的时期。她闭上眼,让阳光烤着双腿,甚至没想起可怜的弗朗茨,他一定还蜷缩在嗡嗡嗡的散热器旁。

"以前,我经常早上待在这里,"她妈妈说,"你去上学了,我总是没什么事干,但不知怎么,我总会漂在水里,想事情。"

那是美好的一天。肯尼迪日后会回想起当时的天气,她本可以不发一语,本可以一直在阳光下躺着。但她还是把照片递给了妈妈。

"什么?"她问,歪着头端详起来。

"你父亲葬礼时的照片,"肯尼迪说,"你不记得了?"

她妈妈一言不发,面无表情。她盯着那张照片。

"从哪儿弄来的?"她说。

"你说呢?"肯尼迪说,"她找到了我,你知道的。她比我更了解你!"

她本不想大喊大叫,她只想让妈妈有所触动。给她一张家庭照,看着她潸然泪下。擦干泪后,妈妈终于可以对女儿倾吐人生真相。肯尼迪有权知道,不是吗?一个坦露彼此的时刻。但妈妈把照片还给了她。

"我不知道你为什么要搞这个,"她说,"我不知道你想让我说什么……"

"我想你告诉我你是谁!"

"你知道我是谁!这个,"她妈妈狠狠指着照片说,"不是我。你看看!她长得一点也不像我。"

她不知道妈妈指的是哪个女孩,她姐姐还是她自己。

裘德在照片背面留了电话。多年里,肯尼迪一直没拨打那个号码。

但她留下了照片,去哪儿都带着:伊斯坦布尔、罗马。她在柏林住了三个月,和两个瑞典人分租一套公寓。一天晚上,他们喝得酩酊大醉,她给他们看了照片。那两个金发碧眼的男孩疑惑地笑着,把照片递了回去。除她以外,那张照片对任何人都毫无意义,这也是她没法扔掉它的部分原因。那是她人生中唯一真实的部分,她不知该如何处理余下的部分。她了解的所有故事都是虚构的,因此,她开始创作新故事。她的父母是医生,是演员,是棒球运动员。她是正在休假的医学院学生。她家里有个男朋友,名叫里斯。她是白人,她是黑人。每跨越一次国界,她就变成一个新人。她一直在创造自己的人生。

九十年代初,她的演艺事业开始彻底走下坡。一个金发女郎到了三十多岁还没大红大紫,导演们已经避之不及。她在一些电视台出品的剧集里饰演了几个姐姐的角色,又饰演了一两个老师,然后她的经纪人就不再打电话给她。她觉得自己还很年轻，不至于死在沙滩上，而后来，她再次迎来了不可思议的好运气。实际上，她的一生都是运气的馈赠，她被馈赠了白肤、金发、美颜、靓身，外加一个有钱的老爸。收到超速罚单时，她流下几滴眼泪，就能博取同情。失去一次机会时，她调动调情的本领，就能得到第二次机会。她这辈子得到了太多她不配的馈赠。

她做了两年动感单车教练，健身房为吸引顾客，把夏丽蒂·哈里斯印在了传单上。但她讨厌汗流浃背，她的腿也经常抽筋，所以一九九六年，她决定重返学校。怎么可能是真正的学校，她调侃道，是房地产学校。她在日间电视上卖过多年的劣质产品广告，她为什么不能做房子呢？第一天，她笨拙地坐在小桌子旁，看着老师传过来的讲义。

客户看重房地产经纪人什么品质：

·诚信为本

·市场知识

·谈判技巧

她心想，大部分东西她都能学，除了第一点。她一生都在演戏，可以说，她是她认识的人里最出色的骗子。好吧，第二出色的。

在圣费尔南多谷房地产公司工作的第一年，肯尼迪卖掉了七套房子。她的老板罗伯特说她有点石成金的本领，但她私下里称之为"夏丽蒂·哈里斯效应"。她这张脸容易给人留下隐约的印象，甚至从未看过《太平洋湾》的人也是如此。人人都觉得好像认识她。当然，一直到《太平洋湾》停播后很久，这部剧的粉丝仍会光临其开放看房日。

"我一直觉得他们对你不公平。"在塔尔扎纳样板房里，一个女子低声对她说。她礼貌地笑着，带领那人穿过走廊。只要他们需要，她随时可以成为夏丽蒂。实际上，她可以成为任何人。

每个开放看房日前，她都觉得自己仿佛重返舞台，等待着帷幕升起。她会调整装饰，换掉镶框的全家福。黑人家庭变成白人家庭，足球懒人沙发换成篮球，丰饶角塞进橱柜，换上多支烛台。如果将样板房看作舞台布景，开放看房日就是她一手导演的盛大公演。每一次，她都会站在门后，低头垂手，像初次登台前一样忐忑不安，因为知道妈妈会坐在观众席中。然后，她会挂上一个大大的夏丽蒂·哈里斯式的笑容，打开大门。她会消失在自己体内，消失在这些没有人真正居住过的空房子里。当房间塞满陌生人，她总会找到她的记号，引导一对夫妇穿过厨房，逐一讲解灯具、连壁架和高高的天花板。

"想象一下，如果住在这里，"她说，"你们能过上什么样的生活。"

第六部

地点
1986

16

归来：另一半

到一九八一年，马拉德已不复存在，至少已不再被称为马拉德。那座小镇其实从来都不是一座镇子。州政府官员认为它是一座村庄，美国地质调查局称之为居民点。尽管居民可能自己划出了边界，但当地并不存在法定边界。因此，在一九八零年人口普查后，当地的教区重新划定了城镇边界，一夜之间，马拉德的居民发现他们被划归了帕尔梅托。到一九八六年，马拉德已从该地区的所有公交地图上消失。对多数人而言，更名的改变不大。马拉德一直以来更像一个创意，而非地点，而创意无法用地理名词重新定义。但名称的变更难倒了史黛拉·维涅。她站在奥珀卢瑟斯火车站，盯着地图看了足足十分钟，最后还是招来了一位年轻的黑人搬运工，向他询问去马拉德的最佳方法。他笑了起来。

"哦,你一定是从过去来的人,"他说,"早就不叫那个名字了。"

她脸红了。"现在叫什么呢?"

"哦,可多了,可多了,勒博、巴雷港,应该叫帕尔梅托,但有人还叫它马拉德。人就是这么固执。"

"明白了,"她说,"我有段日子没回来了。"

他对她笑了笑,她移开了视线。她尽量轻装简行,避免引人注目。一只简单的包,婚戒也塞在里面。最便宜的裤子,像往常一样把头发别在脑后,只是现在长出了一些白发。出发前,她特意染了一下,她也为自己的虚荣心感到尴尬。但如果德西蕾也染了呢?她可不想成为双胞胎中显老的那个。从德西蕾的脸上看不见自己——这个念头让她惶恐。

回去和离开一样,最难的就是下决心。几个月来,她一直在想其他办法,但现在已经无计可施。自从带着照片从纽约来访后,女儿就杳无音讯,史黛拉也开始凝望自己的过去。她不记得在父亲葬礼上拍了那张照片,可话说回来,那天的所有事她都很模糊了。黑色蕾丝一直蹭着她的腿,让她发痒。一小块松软香甜的磅饼,一具封死的棺材,德西蕾挤在她身边。不知怎的,她姐姐总能在她无言以对时说出她想说的话。

她在后院盯着那张照片时,同样无言以对。开口前,她已经知道自己会说谎,就像她一直以来所做的那样,只是这一次,女儿不再相信她。

"你好像没有了说真话的能力。"肯尼迪说,"除了说谎,你什么也做不了。"

几个月里,她一直拒接史黛拉的电话。史黛拉在应答机上留言,一想到自命不凡的弗朗茨会听到她乞求女儿的话,她就羞愧难当。她还和弗朗茨说过一两次话。他总是答应帮她传话,但不知道是不是在敷衍她。六个月前,弗朗茨告诉史黛拉,她女儿搬走了。"她走了,"他说,"我不知道她去了哪里。一天早晨,她突然就走了。没留下新地址。这里还有一些她的箱子,她也没说要寄去哪里。"相比被肯尼迪抛弃,似乎她留下的垃圾更让他烦躁。史黛拉自然陷入了恐慌,但几周后,布莱克收到了从罗马寄出的明信片,上面是女儿的潦草字迹。

她写道:"去找自己,我很安全,别担心我。"

这种话最让史黛拉难受。你没法空等出一个自我来,你得动手创造,你要创造出自己想成为的人。可女儿不正在这样做吗?史黛拉把责任归咎于那个黑姑娘,她在洛杉矶纠缠女儿,又跨越整个国家,追踪她女儿。那个姑娘下定决心要向肯尼迪揭开真相,绝不会轻易罢手。除非……史黛拉在办公室里踱来踱去,突然停住脚步,瘫在了门边。

她知道自己该做什么:让德西蕾打消她女儿的念头。她必须返回马拉德。

于是,当布莱克去波士顿出差时,她买了去新奥尔良的机票。飞机下降时,她紧握双手,凝视着窗外的褐色平原。她随时可以回去。转身买张机票飞回洛杉矶,忘了这个蠢主意吧。但在她脑海里,那个黑姑娘又一次次地出现,飞机开始轻轻摇晃着滑向跑道,她抓紧扶手。现在,在火车站,那位瘦高的搬运工对着她笑。不知怎么回事,她觉得他一定看透了她,知道她从一个她从未想过自己能离开的地方回来。他指向一个巴士站。

"可以让你在马拉德外围下车,"他说,"然后还要走一段路,我估计。"

她有好多年没坐过巴士了。他朝公用电话的方向点了点头。

"你可以打个电话,"他说,"找人去接你。"

但她不确定还有没有人在。于是她说:"活动活动腿脚也好。"

当马拉德不再是马拉德,有人开玩笑说,小餐馆的名字不妨也正式改成大家早已习惯的叫法:德西蕾的店。八十年代,人们基本都叫它"德西蕾的店",一些出生较晚的孩子根本不记得那里还有过别的名字。大家都忽略了屋顶褪色的咖啡杯上还印着"卢氏"的字样,对此,卢并不开心,但他已经老了,他里里外外都得靠德西蕾。她是首席服务员兼经理,她负责招聘和解聘厨师,她会随她的心意更改菜单。她是这家店的门面,多年以来,她一直框在其黑白两色的橱窗之间。卢总说他死后会把小餐馆留给她,但德西蕾说她不要。

"除了卢氏蛋屋,我还有我自己的生活,"她说,"我不想永远困在这里。"

但她到底有什么生活呢?有时她自己也不知道。仍旧来来去去的厄尔利,记忆残缺不全的母亲,千里之外的女儿。她会在一九八五年冬天去明尼阿波利斯看女儿。两人手挽手走在积雪的人行道上,小心躲避着路上出其不意的冰。她已经近三十年没见过这样的雪了,货真价实的雪。她在一个拐角处闭上眼睛,让宽大的雪花落在睫毛上。她想起她在华盛顿特区度过的人生中的第一个冬天,萨姆带她去市中心溜冰,嘲笑她的步履蹒跚。溜冰场上到处是他们这样的年轻黑人,他们手牵着手,看着酷炫的溜冰者旋转飞驰。路边摇铃的圣诞老人也是黑人。她从未见过黑皮肤的圣诞老人,眼睛死死盯着他,差点失去平衡。

"说是雪要下一个星期,"她女儿说,"对不起,妈妈。"

"你有什么好对不起的?你又控制不了天气。"

"我知道,但——我想让它对你好点。"

她伸手抚掉裘德头上的冰晶。"已经很好了,"她说,"快走吧。"

食品杂货店里灯火通明,女儿慢慢推着购物车跟在后面。德西蕾抓起一把芹菜——看见女儿可怜的食品柜里除了冷麦片就是罐头,她提出(坚持)亲手给他们做饭。

"我应该好好教你做饭的。"她说。

"我会做饭。"

"太多的聪明女孩不知道怎么打理一个家。"

"我做饭呀,里斯也做饭。"

"是,没错,你们都……你们管那个叫什么来着?"

"现代。"

"现代。"她重复道,"他是个好小伙。"

"可是?"

"没有可是。他看上去很不错,我只是不明白他为什么不娶你。

他在等什么,死神吗?"

"那你呢?"裘德问。

"我怎么了?"

"你和厄尔利。"

德西蕾拿起一个甜椒,只是听到厄尔利的名字,她就感到一阵突然的柔情,她也吃了一惊。她很想他,一把年纪了,居然还会这样思念他。落地明尼苏达州后,她给厄尔利打了电话。她第一次坐飞机,觉得自己英勇无比,像飞跃了月球一样。她想让他一起来,但他提出留下陪她母亲。近来,德西蕾意识到让母亲一个人在家有点危险。

"哦,那不一样。"她说。

"怎么不一样?"

"你们还年轻,你们不想好好过日子吗?给我个洋葱。"

"我们已经在好好过日子了,"裘德说,"我们不一定要为此结婚。"

"我知道,我只是……"她顿了一下,"我不想你因为我的事有心理压力。"

德西蕾拿起一个青番茄,不愿直视女儿。她不愿回想那些可能被女儿目睹了的暴力,那些残酷的爱的教育。裘德搂住她。

"我没有,"她说,"我发誓。"

在他们的小厨房里,德西蕾做了鲜虾什锦饭作为晚餐。她一边搅动食物,一边环顾公寓:不配套的餐椅,橙色的双人沙发,墙上挂着里斯拍的照片。里斯已经在为《明尼苏达每日星报》兼职拍照。通常都是些小任务：小联盟比赛、商铺开业等等。悠闲的日子，他也会接一些受戒仪式、婚礼、舞会拍摄的活儿。有时他会四处晃几个小时，直到指尖冻得通红。他会去拍湖上冻结的冰棱，蜷缩在门外的流浪汉，嵌在泥泞岸边的破旧的红色连指手套。他说他不喜欢冷天气，但他从没像现在这么高产过。他以两百美元的价格卖掉了一张照片。他想存钱买套房子。

"我只想让你知道我是认真的。"他对她说，"对你女儿。"

他看上去确实很认真，坐在沙发边缘，两手交叉，她差点笑出声来。但她握了握他的胳膊。

"我知道，宝贝。"她说。

刚回马拉德生活时，她绝对想不到有这么一天，她会坐在明尼苏达的一张二手沙发上，面对着一个爱自己女儿的男人。一整个星期，她都和裘德一起去校园，看着那些跋涉在严寒中的学生，他们的眼睛深深吸引着她，她至今不敢相信女儿是其中一员。她女儿已经像她小时候一样，闯入了这个世界。一部分的她仍希望自己也有机会再来一次。

"太傻了，"她在电话中对厄尔利说，"我也没什么要重新开始的。但不知道，有时候会想，是不是错过了什么。"

"一点也不傻，"他说，"你想做什么呢？"

她不知道，但她尴尬地承认，每当她想象自己离开马拉德时，只能看到他们两人坐在他的车里，驶上一条不知通往哪里的漫漫长路。

当然，这只是一个妄想。她永远不会离开卢氏蛋屋，至少现在不会，至少母亲还需要她时不会。

在明尼阿波利斯的最后一晚，暴风雪侵袭屋顶，德西蕾打开百叶窗，向外张望。她端着咖啡，里斯在她咖啡里加了威士忌，裘德在清洗碗碟。里斯的照片散在桌上，都是他们在洛杉矶时的生活照。里斯俯身指出镜头中不同的地点，裘德的手搭在他脖子后面。曼哈顿比奇码头、首都唱片公司形似唱片的大楼、他们在圣塔芭芭拉看到的座头鲸，还有他们认识的人、很久不见的朋友、派对上的人潮。透过女儿的眼睛欣赏一座只在电视上看过的城市，这种感觉很奇妙。

"这是谁？"她问。

她指向一张在拥挤的酒吧拍摄的照片。她本不会注意到它，但她看到背景中有一个金发女孩回眸一笑，仿佛无意中听到了一个笑话。女儿把那张照片塞回了照片堆里。

"只是我们认识的一个女孩。"她说。

德西蕾和女儿睡在床上，男朋友自告奋勇去睡凹凸不平的沙发。他拿走枕头和被子时，德西蕾有些尴尬，仿佛她不知道她不在时两人是怎么过的，仿佛她不知道她离开后两人会怎么继续。等这个不停催婚的老女人回去，这两个相爱的年轻人一定会如释重负。离开前的这晚，她和女儿躺在一起，一直在想照片中的那个金发女孩。她不知道为何会如此惊讶。那个女孩就像加利福尼亚的缩影，或者她想象中的加利福尼亚的缩影：苗条的身材，健康的肤色，一头金发，一脸喜悦。她想打电话给厄尔利，但时间已经太晚，而且一天后，她就能见到他。

但她还是想打电话给他,这让她觉得很尴尬。你知道吗,她会问他,裘德居然和白人女孩交朋友,她居然会做这样的事?这是一个全新的世界,不是吗?你知道这个世界已经如此焕然一新了吗?

一九八六年,塞尔死了,厄尔利·琼斯在布伦纳医生的诊所里看报时才得知此事。当时,他正和岳母(他开始这么看待她)等候看诊,他在《皮卡尤恩时报》很靠后的版面看到一个男人的照片,标题写着,"高利贷大鳄横死街头"。似乎是因打牌发生口角,被人捅死。这样一个靠借贷和收债为生的人,最后死于金钱,似乎也恰如其分。但为了这么点小钱丧命,也实在有些不堪。报上说是为了四十美元。该死的四十美元。当然,时至今日,厄尔利早已明白有多少人愿意为了一点小钱去死,或去杀人。他还见过更糟的,不用四十美元,就有人愿意冒更大的险。尽管如此,透过冷冰冰的白纸黑字获悉塞尔的陨落,仍令他分外震惊,同样震惊的是,他发现他的真名居然叫克利夫顿·刘易斯。

哦,他明白了,克里夫顿(Clifton)的"C"加上刘易斯(Lewis)的"L"就是塞尔(Ceel)。布伦纳医生叫了阿黛尔的名字,他合上报纸,从某种意义上说,塞尔是他最老的朋友。

此时,他已经三个月没为塞尔工作了。"我早该为你办一场退休派对了。"塞尔上次通话时对他说,"你不是我刚认识的那个孩子了。你丧失了杀手本能。"厄尔利挂断电话,知道塞尔只是想刺激一下他。塞尔还需要他,那个老家伙不止一次说过,他是其手下最优秀的猎人。曾几何时，他的侮辱是奏效的。但现在已今非昔比，厄尔利早已不是孩子。他有责任，有他爱的女人，还有她的母亲，他也爱她。阿黛尔有一次差点把房子烧了，当时她在烧水煮咖啡，转头就跑去睡觉了。那天他去方特诺特店里为厨房添置了一台咖啡机，并教了阿黛尔如何使用。但那个早上以后，她再也没煮过咖啡。每当德西蕾去卢氏蛋屋开门，他就会起床为阿黛尔煮咖啡。如果他出门为塞尔工作，谁在家做这个呢？

他在炼油厂找到了人生中第一份真正的工作。现在他每天去上班——像个正经人一样，如阿黛尔从前会说的——穿着灰色工作服，名字绣在胸口。工头叫他"晚来的厄尔利"[1]，因为他是工人中年纪最大的。德西蕾上早班时，他就上晚班；她上晚班时，他就上早班。两人无缝对接，轮流照看阿黛尔。

一天早晨，他带着阿黛尔去河上钓鱼。燕子在头顶飞过，林中传来阵阵松涛声。阿黛尔望了眼天，束紧了毛衣。她现在扎两条长辫子。德西蕾每天早上给她梳头，她必须去卢氏蛋屋时，就由厄尔利代劳。一天下午，她用纱线向他示范了怎么扎辫子。他尝试了一次又一次，惊讶于自己的粗手居然能干这么细的活儿。他喜欢给阿黛尔扎辫子的早晨。她允许他给她扎辫子，只因为她开始忘事。他可能也开始忘事，比如忘了她不是自己的母亲。

---

[1] Early Come Lately，厄尔利的英文"early"是"早"的意思，所以字面意思即"晚来的早"，类似于"起个大早赶个晚集"，是调侃的意思。

"够暖吗，阿黛尔小姐？"他问。

她点点头，又拉了拉毛衣。

"德西蕾说你喜欢钓鱼，"他说，"是吗？"

"德西蕾这么说？"

"是的，女士。我告诉她我们会钓些鱼回去，晚上炸着吃。这安排不错吧？"

她抬头看着树，握紧了手。

"我也要去工作了。"阿黛尔说。

"不用，女士。你今天放假。"

"放一整天？"

她满心欢喜的样子让他不忍告诉她，她已经九个月没去工作了。她帮忙打扫卫生的白人家庭最早注意到她的记性开始衰退。盘子放错抽屉；衣服没晾干就叠好；罐装豆子放进冰箱，鸡肉却在食品架上放坏了。

"哦，我老了，"她说，"你知道的，老了就会忘东忘西。"

但布伦纳博士说这是阿尔兹海默病，情况只会越来越糟。打电话告诉厄尔利时，德西蕾在电话里哭了。他提早结束了一份在劳伦斯的工作，回去陪她。没事的，他摇着她说，尽管他想不到还有什么比前一天还看着德西蕾的脸、第二天却看到一个陌生人更可怕的事。

"你是我儿子吗？"阿黛尔问。

他笑了，伸手去拿鱼竿。

"不是，女士。"他说。

"不是，"她重复道，"我没有儿子。"

她满意地转向树林，仿佛他刚帮她化解了一个困扰她的谜团。接着，她再次看向他，几乎羞怯地说。

"你不是我丈夫吧？"

"不是，女士。"

"我也没有丈夫。"

"我只是你的厄尔利，"他说，"仅此而已。"

"厄尔利？"她突然大笑起来，"这是什么傻瓜名字？"

"我唯一的傻瓜名字。"

"我知道你是谁，"她说，"你是那个总围着德西蕾转的农场男孩。"

他摸了摸她灰色辫子的末端。

"没错，"他说，"完全正确。"

他们回到家时，一个白人女性坐在门廊上。

厄尔利钓到了两条不大的斑鲑，阿黛尔看着它们在钓绳上蠕动，满心欢喜。回家的路上，阿黛尔挽着他的胳膊，嘴里哼哼唧唧的。他透过空地看到那个白人女人时，抓紧了阿黛尔的胳膊。此前有一位县政府的女人来看阿黛尔。德西蕾感觉大受其辱，一个古怪的白人女人在她家里晃来晃去，查看房屋是否适合居住。

"肯定适合居住啦，"她对厄尔利说，"她在这住了六十年！"

他讨厌政府工作人员到处刺探的做法，好像他们两个没能力照顾一个忘事的女人似的。但那次拜访也带来了帮助。他们需要钱买药、看医生、付账单。尽管如此,他还是不喜欢跟那个县政府的女人打交道。她无论怎么想他,他都毫不意外。

他拍了拍阿黛尔的手。

"那位女士问起来,就说我是你女婿。"他说。

"你说什么呢?"

"门廊上的那位白人女士,"他说。"从县里来。只为了不把事情搞得太复杂。"

她挣脱他。

"别犯傻了,"她说,"哪来的白人女人,那是史黛拉。"

在追踪史黛拉的那些年里,他一直在想象她,甚至不停梦见她,她在他眼里变得很强大。她比他聪明,比他睿智,每次快要接近她时,她似乎总能成功脱身。但眼前这个不是白人的女人,这个史黛拉·维涅,看起来却普普通通,他屏住了呼吸。她并不像德西蕾,即使走近,他也不会混淆。史黛拉站了起来,她穿着海军蓝色的休闲裤和皮靴,头发扎成马尾,满头黑发,似乎一点也没老,不像德西蕾,两鬓已露出银丝。但不只是外表,还有她身体的感觉,很紧绷,像一根拉紧的吉他弦。她面露惧色,但她在怕什么呢?怕他吗,也许应该怕。每个德西蕾想着她、而非他睡去的夜晚,他都想对她大发雷霆。

但史黛拉没有看他。她望着她母亲,嘴巴像鲑鱼一样张开,喘着粗气。阿黛尔几乎不看她。

"闺女,来帮我们杀了这些鱼,"阿黛尔说,"然后叫你姐姐回来。"

她母亲已经失智。

史黛拉慢慢意识到这一点。她跟在母亲身后，走过狭窄的走廊，来到厨房，陌生男人从冷藏箱里取出鱼。她常常设想回家后母亲会说些什么，她可能会发怒，甚至打她耳光，但她从没设想过此情此景：母亲已变成一副躯壳，在厨房里团团转，仿佛此刻唯一要做的事就是张罗晚餐。母亲对史黛拉无动于衷，仿佛她只走了二十五分钟，而非二十五年。陌生男人跟着母亲，等她放下东西后，拿起一把刀。他护着她，让她远离灶台，并终于说服她坐在桌边，然后给她煮了一杯咖啡。

"你是德西蕾的丈夫吗？"史黛拉问。

他低声笑了笑。"差不多吧。"

"那你是谁？怎么和我妈妈在一起？"

"你是怎么了，史黛拉？"她母亲说，递给她一把汤匙，"你知道，这是你兄弟呀。"

他不会是那个黑姑娘的父亲，他看上去远没有她那么黑，尽管他灰灰壮壮的，挺像个会欺负女人的男人。

"她这样多久了？"她说。

"大概一年。"

"上帝啊。"

"闺女，别随便说主的名字，"她的母亲说，"我怎么教你的。"

"对不起，妈妈，"她立刻说道，"妈妈，对不起……"

"我不知道你在说什么。"她母亲说,"可能也不需要知道。快去弄鱼吧。"

父亲曾教她杀鱼。她和他一起在河边涉水,水溅到膝盖。德西蕾在前面走,大声跺脚,父亲说她把鱼都吓跑了。他们是他的双子精灵,跟随他穿过树林。捕鱼的过程总让德西蕾感到无聊,她四处晃荡,四仰八叉地躺下,制作菊花链。但史黛拉能和父亲一起坐上几个钟头,安安静静地,想象自己可以穿透浑浊的水看到围绕着脚丫的所有生灵。此后,父亲会向双胞胎展示如何清理捕上来的鱼。将鱼放平,刀滑入腹部,然后呢?她不记得了。她感到鼻酸。

"我不会。"她说。

"你就是不想弄脏手,"她母亲说,"德西蕾!"

"她去上班了,阿黛尔小姐。"那个男人说。

"上班?"

"在镇上。"

"那得有人去叫她呀。她会错过晚饭的。"

"史黛拉会去叫她,"这个男人说,"我得和你待在一起。"

他伸手护住她母亲的肩膀。保护她不被我伤害。史黛拉反应过来后,轻轻放下刀。她走到门廊,望着树林。她不知不觉走过泥地,不知要往何处去。

人们后来把这次重逢称为"破镜重圆",最大的遗憾是没有一个真正的目击者。午餐和晚餐时段之间,卢氏蛋屋总是空荡荡的,裘德会在这个时间从学生会打来电话。虽然裘德听上去总是很赶时间,急着去上课或去实验室,德西蕾依然很享受这些吵吵闹闹的电话。那天下午,裘德试图用甜言蜜语劝德西蕾再去看她。

"你知道我去不了。"德西蕾说。

"我知道,"裘德说,"我只是想你了。有时候我挺担心你的。"

德西蕾哽咽了一下。"嗨,别担心我,"她说,"你在那边好好过你的日子,我就心满意足了。别担心我,妈妈没事的。"

挂断电话,她才听到门铃响了。她吃了一惊。走到后门接电话时,小餐馆还空荡荡的,只有马文·兰德里一个人,他过了中午总是醉醺醺的,战争毁了他。那天下午,他一直在后面的卡座里打盹,夹克里塞着瓶五分之一加仑的威士忌,德西蕾留下的火鸡三明治他碰都没碰。史黛拉·维涅走进屋子时,他也丝毫不为所动。他没看见她在门口踌躇的身影。她看了看起皮的油毡地板,开裂的皮革凳,街角打盹的流浪汉。他也没听见德西蕾从后门传来的声音,"来了!"

他当然没看见德西蕾从厨房出来,重新系上围裙。她也完全没注意到他,因为转过身,她的目光就落在了史黛拉身上。

"哦。"德西蕾说,这是她唯一说出口的话。哦,更像一个声音,而非一个字。围裙的系绳从她手中滑落,那块布没用地垂落。柜台对面,史黛拉的表情在笑,但眼里噙满泪水。她向她走去,德西蕾举起一只手。

"别过来。"她强忍着愤怒说。史黛拉出现在她面前,没有任何警告,没有任何道歉,德西蕾终于能放下她了,她却回来了。她穿着一件女式衬衫，后来德西蕾回想起来，有时记得是奶油色，有时记得是骨头色，一件看上去好像从没弄脏或弄皱过的衬衫。小小的珍珠纽扣，闪亮的银色手链，没有婚戒。双手弯曲握成拳头，这是史黛拉紧张时的反应，她很紧张，不是吗，她从未在德西蕾身边感到过紧张。但她不该紧张吗？这么多年，谁给她的胆子，让她再次露面？她以为有人欢迎她吗？德西蕾心里千头万绪，扯不清也追不上。史黛拉的笑容慢慢凝固，她又向前走了一小步。

"我说真的。"德西蕾说。声音低沉，充满威胁。

"原谅我，"史黛拉说，"原谅我。"

她走过柜台时仍在重复这些话。德西蕾想把她推开，但她坚持过来，两人推搡了一会，终于抱在一起，德西蕾精疲力竭，啜泣着；史黛拉埋头在姐姐的头发里，乞求原谅。此时，马文·兰德里终于醒了，他把看到的情景讲给了所有人听：他面前放着一盘火鸡肉三明治，一瓶冒泡的可乐，柜台后面，德西蕾·维涅紧紧抱着自己。

她不一样了。

双胞胎脑子里都浮现同一句话。德西蕾看到史黛拉手握刀叉的样子，优雅轻盈。史黛拉注意到德西蕾在厨房里的样子，大手大脚。德西蕾看见史黛拉揉搓后颈的样子，疲惫不堪，她有些惊讶。史黛拉听见德西蕾和母亲说话，声音柔和舒缓。在阿黛尔·维涅眼中，这对双胞胎自始至终都没什么两样。时间在塌缩和延展；双胞胎既不一样，又毫无改变。或许饭桌上坐着五十对双胞胎，每一个都是她们分别后的自己：受虐的妻子和百无聊赖的妻子，服务员和教授，每个人都坐在一个陌生人旁边。

但现实是只有一对双胞胎，厄尔利坐在她们中间。他看着史黛拉一本正经地切鱼，觉得自己一点也不了解德西蕾。也许少了双胞胎中的一个，你永远也不可能了解另一个。晚餐后厄尔利洗碗，双胞胎去了门廊。德西蕾从食品柜里翻出一瓶落满灰的金酒，虽然不知合不合史黛拉的口味，她还是拿了出来。史黛拉的目光落到酒瓶上，又移回德西蕾，德西蕾感到一种心领神会的快感。她夹着酒瓶走向门外，史黛拉跟在她身后。

"别待太晚，"她们的母亲说，"明天还要上学。"

此刻，她们懒洋洋地传着瓶子，轮流喝着这瓶古老的金酒，这还是玛丽·维涅送的结婚礼物。德屈尔家丑闻缠身，婆婆的礼物也实在不遑多让！这些年来，这瓶饱含争议的酒被抛在了脑后。德西蕾喝一口，递给史黛拉，双胞胎进入了一个轻松的节奏。

"你现在说话不一样了。"德西蕾说。

"什么意思？"史黛拉说。

"像这样，'神么意思'，你从哪学来的？"

史黛拉一时语塞，然后笑了。"电视，"她说，"我经常一看就是几个小时，就为了学他们的发声方式。"

"老天爷，"德西蕾说，"我还是不敢相信你做到了，史黛拉。"

"其实不难，你也做得到。"

"你不想我做到。你抛弃了我。"上帝啊，德西蕾讨厌自己听起来满腹委屈的样子。这么多年了,怎么还像个被丢弃在游乐场上的小孩子一样哭哭啼啼。

"不是那样的,"史黛拉说,"我遇到了一个人。"

"你做这一切就为了个男人?"

"不是为了他,"她说,"我只是喜欢和他在一起时的我自己。"

"白人的感觉。"

"不,"史黛拉说,"自由的感觉。"

德西蕾笑了。"一回事,宝贝。"她又喝了口金酒,辛苦咽下,"好吧,他是谁?"

史黛拉再次语塞。

"桑德斯先生。"她终于开口。

德西蕾突然不顾一切地爆笑起来。过去几周,甚至过去几年,她都没这么大笑过,最后史黛拉也跟着笑起来,并夺走酒瓶,大饮了一口。

"桑德斯先生?"她说,"你老板?你和他私奔了?法拉说……"

"法拉·蒂博多!我好多年没想起她了。"

"她说她看见你和一个男人一起……"

"她怎么样了?"

"我不知道。已经很多年了,她嫁了个市政官。"

"政客太太!"

"难以置信吧?"

在酒的加持下,双胞胎再次迎来了欢声笑语。德西蕾留意着母亲的动向,就像她们十几岁在门廊抽烟的时候一样。她有点醉了,她不知道时间已经多晚。

"你是怎么过来的,这么多年?"她说。

"我只能往前看,"史黛拉说,"有了家庭,有了依靠你的人,你就不能回头了。"

"你过去也有家庭。"德西蕾说。

"哦,我不是这个意思,"史黛拉移开视线,"孩子不一样。你知道的。"

但到底哪里不一样?抛弃姐姐比抛弃女儿容易,抛弃母亲比抛弃丈夫容易。史黛拉怎么能轻易抛弃这一切?当然,德西蕾没有问。这个问题会让她显得更像个小孩子。她又回头望了望,以防母亲看见她喝酒。

"好吧,你和桑德斯先生……"

"布莱克。"

"你和布莱克和……"

"我们有个女儿,"史黛拉说,"肯尼迪。"

德西蕾试着想象她的样子。不知怎的,她脑中只能浮现一个正经的白人女孩,坐在钢琴凳上,双手平放在腿上。

"她是什么样的?"德西蕾说,"你女儿。"

"任性,迷人,她是演员。"

"演员!"

"她在纽约演一些小戏,不是百老汇那种。"

"那也厉害了，"德西蕾，"演员。下次可以带她回来。"

史黛拉移开视线，德西蕾知道自己说错了话。一点微表情也逃不过她的眼睛。两人目光再次交汇时，史黛拉噙满了泪水。

"你知道我不能。"她说。

"为什么？"

"你女儿……"

"她怎么了？"

"她找到了我，德西蕾。在洛杉矶。所以我才来这里。"

德西蕾冷笑了一声。裘德怎么可能找到史黛拉？她的女儿，一名大学生，在洛杉矶这么大的城市，怎么能撞上她？就算裘德阴差阳错找到了史黛拉，她一定会告诉妈妈的——女儿永远不会隐瞒这样的秘密。

"她没告诉你，"史黛拉说，"我不怪她。我表现得很糟糕，我不是故意的——我当时很怕，突然冒出来一个女孩，说她认识我。她长得和你一点也不像，你知道的。我能怎么想？但她找到了我女儿。告诉了她我的事，马拉德的事。然后她又出现在纽约……"

德西蕾从台阶上站起。她必须打电话给裘德。她不在乎时间已经太晚，也不在乎她已经喝醉，她想知道，史黛拉到底为什么奇迹般地坐在她门廊上。但史黛拉抓住了她的手腕。

"德西蕾，拜托了，"她说，"你先听我说，别冲动……"

"我没冲动！"

"她不会罢休的！你女儿会一直努力告诉我女儿真相，现在为时已晚。你不明白吗？"

"哦，好吧，世界末日来了。你女儿发现她居然不是洁白无瑕……"

"发现我撒了谎。"史黛拉说，"她永远不会原谅我。你不明白，德西蕾。你是个好妈妈，我看得出来。你女儿爱你，所以才没告诉你我的事。但我不是个好妈妈，我花了那么长时间隐瞒……"

"这是你自找的！你活该！"

"我知道，"史黛拉说，"我知道，但拜托了。拜托了，德西蕾。别把她从我身边抢走。"

她弯下腰，掩面而泣，声嘶力竭，德西蕾回到台阶上。她搂住史黛拉的肩膀，看着她的后颈，假装没看见黑丝里透出的白发。虽然她只早出生了几分钟，她始终有种身为姐姐的感觉。但也许早在那七分钟里，她们第一次分开，已经各自过了一生，并选好了分道扬镳的路。两人都发现了自己未来会变成谁。

一开始，厄尔利·琼斯在维涅家的房子里总是睡不着。舒适令他不安，他习惯了睡在星空下，蜷在车里，或躺在牢房坚硬的床板上。或者像过去一样，和八个兄弟姐妹挤在长着西班牙苔藓的床上，他已经不记得他们的名字，更不用说他们的脸了。他不习惯这样：一张大床和手工缝制的拼布被子，雕刻的床头板，没人提起那位匠人的名字，但他的作品仍嵌在所有家具上。起初，他躺在德西蕾身旁，躺在不漏水的屋顶下，睡着后却会在梦里无可救药地追逐。有时他会在凌晨三点起身,去门廊上走来走去,抽烟,觉得房子本身在抗拒他。也有时,他会在门廊上睡着,一早德西蕾绊倒在他身上,他才醒来。

"他就像条野狗,"他听到阿黛尔对她说,"你给他一张舒服的床,他还是要睡在泥里。"

她说得没错,毕竟他是个猎人,他不是为柔软的棉被和宽大的椅子而生。只有到处嗅探踪迹时,他才觉得他是他自己。这就是为什么次日一早,听见史黛拉从前门溜走时,他选择跟上去的原因。

"火车还早呢。"他说。

她吓了一跳,差点丢下她的小包。她面露愧色。

"我必须回家了。"她说。

"不告而别,"他说,"不合适吧。"

"我只能这样,"她说,"非得和她告别,我就走不了了。但我必须走,我必须回到我的人生。"

他理解。尽管他自己也是被遗弃的,但他能理解。也许那是父母能遗弃他的唯一方法。如果和他告别,他一定会哭着喊着,抱紧他们的腿——他永远不会让他们离开。

"要我送你吗?"他说。

她瞥了一眼黑漆漆的树林,点了点头。他让史黛拉上了他的车。他主动提出送她,不是发什么善心,而是因为德西蕾爱史黛拉,爱就是这样,不是吗?爱屋及乌,只要离得够近,就会产生移情。他开车带着史黛拉驶过公交车站,一路来到火车站。她坐在这辆破烂汽车的副驾驶位上,双手抓着腿上的包。

"我没想过会这样。"她说。

他咕哝了一声。她下车时,他不想看她,他不想成为唯一和她告别的人。他知道他回到家会对德西蕾撒谎,假装没听见史黛拉走出门厅的声音。同样,当史黛拉将婚戒塞入他掌心时,他也知道他永远不会想向德西蕾吐露一个字。

"卖了它,"她看着别处说,"照顾好我妈妈。"

他想把戒指还给她,但史黛拉已经下车,史黛拉走向火车站,史黛拉消失在玻璃门后面。钻戒在他掌心里冰冰的,他不知道这玩意儿值什么钱,直到几周后找人鉴定时,他才知道它的价值。那个秃头白人透过放大镜端详它,警惕地看着厄尔利,又问了一次,他从哪儿弄来的。家里传下来的,厄尔利说。和大部分真相一样,这个听起来也有点似是而非。

那天早上德西蕾醒来时,伸手摸到床的另一侧,除了空气,一无所有。她并不惊讶,但还是哭了起来。头天晚上,她还和妹妹相对而卧,两个女人挤在一张太小的床上。史黛拉睡在她的老地方,德西蕾睡在她睡了多年的一侧。两人在床上躺了几个小时,窃窃私语,一直到睁不可眼,但谁都不想先闭眼。

史黛拉回马拉德一个月后,女儿终于打电话回家,宣布要搬回加州。她和弗朗茨的事(她总把一段关系称为"事",这也很符合她的作风)已告一段落,她在欧洲花光了积蓄,她对音乐剧的热情也已耗尽。她说了几个搬回去的理由,但在电话这头,心已经提到嗓子眼的史黛拉并不在乎理由。她甚至不在乎女儿没有说她想念父母,想和父母住得近一些。她回了家,现在女儿也要回家了。这两件事当然没有联系,但她在心里把两件事联系了起来,一个人的回家触发了另一个人的回家。她取消了下午的课,去洛杉矶国际机场接肯尼迪。她走来了,拖着一只鼓胀的行李箱走过航站楼。她瘦了,头发剪短了,波浪状的金发现在只到脖子。

史黛拉抱住女儿,抱了很久,引来了等行李的人群的侧目。

"你没事吧?"女儿问,"你有点不一样了。"

"怎么不一样?"

"不知道。疲倦。"

过去一个月,她常常彻夜难眠。闭上眼就看见德西蕾。

"我没事,"她握着肯尼迪的手说,"我只是很高兴你回来了。"

"你的戒指呢?"女儿问。

谎言差点脱口而出。她有些害怕,说谎已经变得如此自然。她差点把对布莱克编的谎话又对女儿复述一遍。那天她回到家,二十多年来第一次没戴婚戒,她告诉布莱克,她在工作中摘下戒指洗手,一定是忘在了教职工卫生间的肥皂盒里,她回去问遍了所有能找到的清洁工,没人见过。她表现得心烦意乱,最后,他反而开始安慰她。

"哦,没事的,史黛拉,"他说,"我想也是时候换一枚更好的了。"

他在她最喜欢的珠宝商那里定制了新戒指——一个谎言换来第一

枚戒指，又一个谎言换来第二枚。她永远无法对丈夫袒露自己，但不知怎么回事，此刻在机场里，她没法再欺骗女儿。也许她已精疲力竭，也许女儿终于回家让她如释重负，也许，伸手拿那只鼓胀的行李箱时，她知道女儿身上流着自己的血。她始终有种莫名的冲动，想停止跟女儿斗智斗勇，停止将女儿拒之门外，如果不向女儿解释一切，她永远不可能了解自己。而女儿本应是她人生中唯一能永远懂她的人。

她抓着行李箱把手，低头看着旧旧的地毯。

"我给我姐姐了，"她说，"她比我更需要它。"

肯尼迪停下脚步。"你姐姐？"她说，"你回去了？"

"好了，亲爱的，"史黛拉说，"我们去车里说吧。"

交通是一场噩梦。早在开上 405 公路前，她已经知道。车屁股挨着车头，目力所及，清一色的红色尾灯。刚搬来洛杉矶时，她曾觉得这样的交通颇有美感，所有人都在奔波。她当时害怕上高速，后来习惯了，她会在中午时分出门兜风，享受宁静。她喜欢万里无云的天空，喜欢浅蓝色的远山。宝宝绑在后座，跟着收音机咿呀学语。

"你想问什么都可以，"她握着方向盘说。"但回到家……"

"知道，知道，"她女儿说，"我什么也不能说。"

"说这些事很痛苦，"她说，"你明白吗？但我想让你了解我。"

女儿扭过头，看向窗外。她们离家不远，但这里是洛杉矶。十一英里的路足以讲完你的一生。

17

再出发

他们给死者起名叫弗雷迪。

他二十一岁，六英尺二英寸高，一百八十磅重，死于心脏扩大。实验室对其更病态的称呼是"死者弗雷迪"。在明尼苏达大学，所有医学生都会为尸体起名。教授说这样能给予死者个性化的身份，为不体面的死亡、不体面的科学过程赋予尊严。这是人们捐出遗体以供研究时设想的情景：一群穿着白大褂的二十来岁的年轻人有说有笑，为名字集思广益，每年至少有一组人很懒，戏称你为"掘墓人"，然后就不改了。奇怪的是，命名"弗雷迪"后，在裘德看来，这具尸体显得不那么沉重了。这不是他的本名。他在生存和死亡时成了完全不同的人，除了表格上的细节以外，他们对他的其他事一无所知。他的人生几乎还没开始就戛然而止。现在，在地下室的实验室台面上，他或许过上了一种更有趣的生活。

在能忍受气味后,裘德喜欢上了和尸体一起工作。她不必透过开玩笑来掩饰不自在。她看着尸体从不会感到恶心。课堂令她昏昏欲睡,但在实验室里,她总是精神饱满;每当教授请人操刀,她总会自告奋勇,第一个抓起手术刀。人们栖居在自己的身体里,但对身体的了解其实非常有限。你永远无法了解自己身体的某些部分,也没有人能了解,除非等你死了。她深深着迷于解剖的奥秘和挑战。你要找出难以寻觅的细微神经。这几乎像一场迷你的寻宝游戏。

"好恶心,宝贝。"里斯说。她回家时带着福尔马林的味道,总让他避之不及。他让她洗完澡才能亲他,他不想让裘德用刚摸过尸体的手摸他。他一直都很感性,至少她这么认为。直到有一天下午,妈妈打电话来,说外婆去世了。她站在没有窗户的办公室里,电话贴在脸上。那个学期,她在做助教,得到了一间她很少使用的办公室。她只把电话号码告诉了里斯和妈妈,以免有什么紧急情况。妈妈的声音吓了她一跳,她知道只有一件事会让她打到这里来。

"你知道外婆生病了。"妈妈说。她试图安慰裘德,或减轻她的震惊。

"我知道,"裘德说,"但是……"

"死得很安详。她笑着和我说话,一直到离开。"

"你还好吗,妈妈?"

"哦,你知道我的。"

"所以我才问。"

妈妈笑了一下。"我没事，"她说，"那个，葬礼是这周五。就跟你说一声。我知道你在学校很忙……"

"周五？"裘德说，"我飞回去……"

"别，你那么远回来也没用……"

"外婆死了，"裘德说，"我得回去。"

妈妈没再劝阻她。裘德松了口气。妈妈通知她外婆过世的消息，仿佛觉得在给她添麻烦。在妈妈看来，她到底过着什么样的生活，连外婆去世这种事都不能打扰她？挂断电话，裘德来到走廊。学生们吵吵闹闹地经过，一个生物系的朋友走进休息室前朝她挥了挥手中的咖啡，一个留着橙色乱发的女孩在公告板贴上绿色的示威活动海报。这就是关于死亡的事，只有细节让人难受。普遍意义的死亡构成了背景噪音。她就这么站在死亡的沉默之中。

巴里上次打电话时说，西好莱坞就像一座墓园，每天都有人行将就木。

有一些你认识的人，比如贾里德——"海市蜃楼"的那个倒酒慷慨的金发酒保，他总会一边抛媚眼，一边把金酒倒进你杯子里，仿佛他对你特别好，仿佛对别人绝不会这么慷慨。他的追思会在鹰岩举办。还有里卡多（人称伊西卡）这样的前任或敌人，玩球的女王，巴里总是他的手下败将，虽然他不愿承认。他要求死后火化，巴里站在曼哈顿比奇的海边，看着他被撒入大海。然后是你爱的人。路易斯刚被送进好撒玛利亚人医院，裘德打电话时，他一直在说，一位护士告诉他鲍比·肯尼迪死在了那儿。

"你能相信吗?"他说,"好家伙,一位总统死在了这里。"

她没有勇气告诉他,鲍比·肯尼迪从未当过总统。他在竞选期间去世,年纪轻轻,前途无量。

"没那么年轻,"她之后打电话给巴里时,后者说道,"都四十多了。"

"那还不年轻?"她说。

他不置可否,她后悔说了这些话。

裘德会在周末参加活动人士举办的激昂会议,他们组织请愿、信访和游行示威,致力于改变政府的冷漠态度。她加入了一个学生团体,帮忙在明尼阿波利斯市区分发避孕套和清洁针头。她会拜访没有家人的病患,给他们带去杂志和扑克牌。她持续思考死亡,但外婆去世的那个下午,她却发现自己无法触碰那具尸体。这太傻了,但她甚至无法直视他。裘德满脑子都是外婆躺在某个地方的台面,了无生息的样子。外婆绝不会捐出遗体用作研究。她一定不喜欢陌生人触碰她的身体,何况,她还是天主教徒,相信火葬是一种罪过。她的身体将在审判日复活,她需要保持原状。

"把我装在一只旧松木箱子里,埋在后院就好。"外婆这么说过。那是几年前,她刚意识到自己病了的时候。她的记忆像潮水一样时起时落。

那一年,裘德读遍了所有她能找到的有关阿尔兹海默病的书。她拼命研究这种疾病,仿佛弄懂它,就能让事情迎来转机。当然不可能。

她只是一年级的新生，而且她的目标是成为心血管病医生。心脏是肌肉，她了解心脏。大脑则让她困惑。尽管如此，她还是从医学图书馆借来了很多书，努力钻研。在外婆的大脑内部，蛋白质碎片硬化成了神经细胞间的斑块。脑组织萎缩，海马体中的细胞退化。最终，随着疾病扩散至大脑皮层，外婆将失去日常的自理能力。她会失去判断力，无法控制情绪和语言。她将不能自己吃饭，不能认人，不能掌控身体机能。她会失去记忆，她会迷失掉自我。

"别把钱浪费在我身上，"她外婆说，"反正我也看不到。"

她不在乎穿什么寿衣，墓碑上刻什么经文，或用什么花装饰坟墓。但火化不行，绝对不行。这一点她坚决不退让。裘德虽不理解，但也从未劝她改主意。既然上帝能重组腐烂的尸体，为何不能让灰烬复活？但她也不愿想这个画面，外婆被烧成灰烬，骨头和皮肤的碎片在骨灰盒中飞扬。她提早离开了实验室。

回到家，里斯在炉子上搅拌着汤。他光着膀子，光着脚，穿一条牛仔裤。这些天，他总喜欢光着膀子。你会以为他们住在迈阿密的棚屋里，而非冰冷的北方。

"你会得肺炎的。"她说。

他笑着耸了耸肩。"我刚洗完澡。"

他头发还湿着，肩上点缀着细小的水珠。她环抱他的腰，亲吻其潮湿的后背。

"我外婆死了。"她说。

"天哪。"他转过身，"我很抱歉，宝贝。"

"没事,"她说,"她病了很久……"

"但是,你还好吗?你妈妈还好吗?"

"她没事。大家都没事。葬礼在这周五,我想飞回去。"

"当然,要回去。你怎么不打电话给我?"

"我不知道,我什么也没法想,我甚至不能看那具尸体。是不是很傻?我是说,我知道那是一具从前的尸体。但今天又有什么不一样呢?"

"你在说什么?"他说,"今天当然不一样。"

"我跟她其实没那么亲。"

"不重要,"他抱住她,"亲人就是亲人。"

那天下午,伯班克化妆拖车里的电话响了七次,美发师从挂钩上拿起电话,推给坐在椅子上的金发女郎。"我可不是你的私人秘书。"他大声耳语道。他不懂这位艺人怎么这么不尊重他的时间,怎么总是迟到,怎么不告诉纠缠她的男友,告诉那个不停打电话的人,稍后再来打扰。她说她不知道会有人打来,但还是接起了电话,发型刚处理一半。几十年后,每当她在网上看到《太平洋湾》的模糊片段时,这发型仍令她不忍直视。

"喂?"她说。

"我是裘德。"电话里说,"你外婆死了。"

傻傻的肯尼迪最先想到的是奶奶,奶奶早在她小时候就去世了,那是她第一次参加葬礼。"你"字让她犯了傻,她没说"我们的外婆"。她的外婆,她从未谋面的外婆,再也不会谋面了,死了。她靠在柜台上,遮住了眼睛。

"上帝啊。"她说。

发型师感受到了悲剧的气息,默默走了出去。终于只剩下她自己,肯尼迪拿起一包烟。她一直在努力戒烟。她妈妈终于戒掉了,现在总劝她也戒了。有时她下决心一鼓作气,扔掉了所有香烟。但之后,她总会在抽屉里,或在汽车杂物箱里发现几根,那是她为了防止自己无烟可抽时放下的。她觉得自己像个瘾君子。只有戒烟时,她才感觉到烟瘾的存在。但晚点戒也无妨吧。她外婆死了。她有权抽根烟,不是吗?

"你真该改改你报丧的态度。"肯尼迪说。

电话另一端,她想象着裘德在笑。

"对不起,"裘德说,"我不知道还能怎么说。"

"你妈妈还好吗?"

"还好吧,我想。"

"上帝啊,对不起,我不知道该说些什么。"

"你不用说什么,她也是你外婆。"

"不一样,"肯尼迪说,"我没像你一样跟着她长大。"

"好吧,我还是觉得你应该知道。"

"是,"她说,"明白。"

"你会告诉你妈妈吗?"

肯尼迪笑了。"我什么也没告诉过她吧?"

例如，她没告诉妈妈她还会和裘德通话。虽然算不上频繁，但联络也不少。有时，肯尼迪打电话给裘德，在答录机上留言。她每次都说："嘿，裘德"，因为她知道这让她抓狂。有时，裘德也会先打来电话。她们的对话总是这样：吞吞吐吐，相互吐槽，然后才亲近起来。她们从不会聊个没完，也不会安排见面。有时，通话过程似乎无比敷衍，就像为另一个人把脉，手指放在对方的手腕上几分钟，然后松开。

她们没告诉各自的妈妈两人通话的事。她们会保守秘密，一直到双胞胎走完各自的人生。

"说不定你妈妈会想知道。"裘德说。

"相信我，她不想知道。"肯尼迪说，"你没我了解她。"

秘密是她们之间的唯一语言。肯尼迪的妈妈通过谎言表达她的爱，肯尼迪也有样学样。她再没提过葬礼上的双胞胎照片，尽管她收好了那张褪色照片，尽管她会在外婆去世那晚拿出来端详一番，而无人知晓。

"我一点也不了解她。"裘德说。

那天晚上躺在床上，裘德让里斯和她一起回家。

她抚过他浓密的眉毛，抚过他许久未刮的胡须，她开始叫他伐木工。他一直在不停变化——下巴的线条更锐利了，肌肉更紧实了，胳膊上的汗毛越来越浓密。他每次走过地毯，都会吓她一跳。他甚至闻起来也不一样了。自从两人分手以来（她搬往明尼苏达州之前），她注意到了他身上的每一个细微变化。当时他不想离开洛杉矶，不想像个摆脱不了的重担，跟随她去中西部。他对她说，她有一天会意识到自己比他强得多。

整个春天，他们都在慢慢分手，每次分开一点点。他们总因小事争吵，然后和好，做爱，循环往复。有两次，她差点搬去巴里家。她对自己说，如果迟早要分，不如现在就分，但每一次。她还是会在里斯的床上入睡。她在任何别的地方都睡不着。

那年的初雪来得比她预期的早，万圣节那天，细小的雪花从天而降。她透过慕斯塔楼的窗户向外张望，学生们穿着校服匆匆来去。她想到她的牛仔，想到他在那个拥挤的派对里坐在沙发上的样子，再次努力忍住泪水。那晚，他出现在她公寓门外，背着帆布包，黑色针织帽上落着雪花。

"天杀的，"他说，"我有时候真是蠢得要死，你知道吗？"

她在大学结识的一位黑人内分泌医师同意给里斯开睾酮。为了负担这个药，他们每个月都过得捉襟见肘。但谢拉医生说，那些街头药物会损坏他的肝脏。她直言不讳，也和蔼可亲，她写处方时对里斯说，他让她想起她儿子。

现在，裘德躺在他身边，吻了吻他的眼睑。

"你怎么想？"她问。

"真的？"他说，"你想我去？"

"没有你，我不知道怎么回去。"

她十八岁就爱上了他。三年来，她从没和他分开过一个晚上。在纽约肮脏的旅馆房间里，她慢慢解开他的绷带，屏住呼吸，让冷空气亲吻他的新皮肤。

阿尔兹海默病是遗传疾病,这意味着德西蕾也要时刻担忧自己患上这种病。她会开始玩填字游戏,她在一本女性杂志上读到,动脑解谜可防止记忆衰退。

她告诉女儿:"你得像锻炼肌肉一样锻炼自己的大脑。"

女儿没有勇气告诉她大脑其实不是肌肉。在她想象史黛拉在地球的某个地方活着的时候,她已经开始遗忘,而裘德尽了最大努力帮她寻找线索。

裘德·温斯顿的家乡从来不是一座小镇,如今,那个地名已不复存在。尽管如此,它看上去和过去没什么两样。厄尔利在拉菲特接到他们时,他的皮卡车让她吃了一惊,她本以为还会见到那辆埃尔卡米诺。"那辆车的岁数比你都大,"厄尔利笑道,"只能当废铁卖了。"他穿着炼油厂的工作服,这也让她吃了一惊,厄尔利居然穿起了工作服。他握了握里斯的手,把她搂进怀里,亲吻了她的额头。他的胡碴像记忆中一样扎人。

"看看你,"他说,"都长大了,简直不敢相信。"

他看上去还是很壮,但头发已经斑白,银丝也蔓延到了络腮胡上。她调侃他时,他笑起来,摸了摸下巴。"我得刮了它,"他说,"搞得像个圣诞老人,还不如娃娃脸呢。"

"妈妈还好吗?"她说。

他擦了把额头,戴好棒球帽。

"哦,她没事。"他说,"你知道你妈妈,她很坚强。她会撑过去的。"

"我如果在就好了。"她说。但她不确定是否发自真心。在外婆身边,她从来不知道该说些什么。但她想陪着妈妈,她不该独自面对这一切。外婆临终时,应该有两个女人给她安慰,一边一个,一人握着她一只手。

"没事的,"厄尔利说,"你也没什么能做的。现在你回来,我们都很开心。"

她捏了捏里斯的大腿,他也捏了捏她的。他望着窗外,嘴唇微张。她知道他想念这个,不是日光浴的海滩,不是寒冷的城市人行道,而是平坦的棕色旷野,绵延不绝的林地。白色的纵排房子出现了,和记忆中一模一样,但外婆不会坐在门廊迎接他们了,一念及此,那房子又显得有些异样。她的死亡一浪一浪打来——不是洪水的大浪,是扫过脚踝的浅浪。

两英寸深的水也能淹没你。也许哀恸正是如此。

裘德整晚都在帮妈妈准备葬礼的膳食。厄尔利和里斯去殡仪馆敲定最后的安排。她透过厨房的窗户,看着两个男人钻进皮卡车,不知道他们能聊些什么。

"你们过得还幸福吗?"她妈妈问,"他对你好吗?"

德西蕾问她的时候并没有看她,弯腰从烤箱里拉出山药托盘。

"他爱我。"裘德说。

"我问的不是这个,这是两码事。你以为你永远不会伤害你爱的人吗?"

裘德正在切芹菜丁做土豆沙拉,她感觉到了熟悉的愧疚感。有四年时间,她知道了史黛拉的事,却什么也没说。她从没想过史黛拉会自己现身,也没想过那天早上妈妈会声泪俱下地打来电话,控诉她撒谎。她一再道歉,即使妈妈答应原谅她,她也知道她们之间的关系发生了变化。在妈妈眼中,她长大了,不再是她的女儿,而成了一个有自己秘密的独立而完整的女人。

"你觉得呢?"她停下来,把芹菜刮到碗里,"你觉得爸爸爱过你吗?"

"我觉得每个伤害过我的人都爱过我。"她妈妈说。

"你觉得他爱过我吗?"

妈妈抚摸她的脸。"爱过的,"她说,"但我没法等在那里。"

葬礼的早晨,裘德在外婆的床上醒来,因为妈妈说,在她家,两个没结婚的人不能睡一张床。她还在旁敲侧击,如果这种明摆的催婚也算旁敲侧击的话。她不知道其实裘德和里斯谈过一两次结婚的事。他们结不了婚,除非里斯能拿到一份新的出生证明,但他们还是谈过这件事,就像小孩子过家家式的谈论,心怀憧憬。她妈妈以为他们是时髦的知识分子,认为婚姻太老土。这么想总比让她觉得他们过于浪漫要好。

裘德把干净的床上用品拿到她的旧卧室,帮里斯整理了床铺,她甚至没指出在法律和教会眼中,妈妈和厄尔利也没结婚。她一直到天亮才入睡。她傻乎乎地想着自己能否感觉到外婆的存在。但什么也感觉不到,这更让她难过。

她在走廊上转过身扎头发,里斯帮她拉上黑色礼服的拉链。

"昨晚你不在,"她说,"我几乎没睡。"

他亲吻她的后颈。他穿着他的黑色西装。她妈妈请他帮忙抬棺材。昨晚她刷牙时听到两人在厨房说话。妈妈对里斯说,不管办没办婚礼,她都把他当儿子看待,但她希望他至少别让她永远当不了外婆。

"我不是说必须现在,"她妈妈说,"我知道你俩都忙。但希望有那么一天,仅此而已。在我老得哪都去不了之前。你会是个好爸爸,你不觉得吗?"

他沉默了片刻。"希望如此。"他说。

阿黛尔·维涅临终前给德西蕾讲了一些她童年的故事,故事栩栩如生,德西蕾怀疑母亲把肥皂剧情节当成了她的经历。她讨厌的一个女同学曾试图把她推入井中。她的兄弟们会穿着全黑的衣服去偷煤。一个穷苦的男孩送给她康乃馨胸花,带她参加高年级舞会。她会在电视机前说出这些奇闻轶事,而每天下午,她都坐在那看她的肥皂剧。对她而言,那些剧集堪称完美。故事每天都在缓慢推进,但一周过去,又基本没什么变化,每个角色还和上周一模一样。

母亲第一次叫她"史黛拉"时,德西蕾刚扶她坐下。她去沙发垫上找遥控器,突然停下。

"什么?"她说,"你叫我什么?"她过于诧异,甚至喷出了口水,"是我,妈妈,德西蕾。"

"当然,"她母亲说,"我就是说你。"

母亲似乎为口误感到不好意思，似乎只觉得有些失礼。布伦纳医生说不要纠正她。她说的就是她相信的，纠正她只会激怒她，或让她困惑。一般情况下，德西蕾都不会纠正她。比如她母亲把厄尔利叫作"莱昂"的时候，或忘记某个寻常物品（煎锅、钢笔、椅子）的称呼的时候。但母亲怎么能忘了她？忘了这个二十年来和她同住的女儿？这个给她做饭、扶她进浴缸、慢慢喂她服药的女儿。布伦纳医生说，这个病就是这样。

"他们会记得很久远的事，"他说，"没人知道原因。就像日子在往回过。"

往回过的故事是这样的：现在及其沉闷的后撤，一次次的看医生，吃不完的药，让她眼中闪光的陌生人，她永远看不懂的电视节目，照看她的女儿。每次她从椅子上起身，每次她要去任何地方，德西蕾都要跟着起来。她发现自己身在最陌生的地方。她出去散步，在田野里睡几个小时，直到女儿哭着用毯子包起她，带她回家。或许她成了婴儿，女儿成了妈妈，或姐姐。阿黛尔每次看德西蕾，后者的脸都会切换一次。过去是两个人，也许现在还是两个人，也许每次阿黛尔闭上眼，都会出现一个新人。她只记得其中一个的名字——史黛拉。她星光熠熠[1]，遥不可及。

"你去哪儿了，史黛拉？"她有一次问道。

此时已经接近尾声，或者说接近开始。她正等待莱昂从商店回家，他答应给她带水仙花。史黛拉坐在她身边，在她手上涂着乳液。

---

[1] 史黛拉"Estella"源自拉丁语，意为"像星星一样"。

"哪儿也没去,妈妈。"她说。她不会看向她。"我一直在这儿。"

"你去了,"阿黛尔说,"你去了什么地方……"

但她想不起是哪里。史黛拉和她一起爬上床,让她的胳膊搂着自己。

"没有,"她说,"我没离开过。"

人们会说德西蕾·维涅放弃和离开了马拉德,仿佛她的离开很意外似的。但她刚回来时,没人相信她能待一年以上,但她待了近二十年。然后她母亲走了,她终于受够了,决定离开。也许失去双亲后,她已经没法生活在童年的房子里,尽管其父母的最后时刻有天壤之别。她父亲死于医院,临死还盯着杀他的凶手。她母亲只是睡了过去,再未醒来。她可能还在做着梦吧。

但除了被回忆驱赶以外,她也在畅想未来。这是她人生中第一次抬头往前看。因此,埋葬了母亲后,她卖掉房子,和厄尔利搬往了休斯敦。他在康菲炼油厂找了份工作,她入职了一家呼叫中心。她已经三十年没坐过办公室了。上班的第一个早晨,在吹着空调的办公室里,她想着要说的脚本,拿电话的手都在发抖。但她的上司,一个三十多岁的金发女郎,说她做得很好。这赞扬让她不好意思,她低头盯着办公桌。

"不知道,"她对女儿说,"只是觉得该往前看了。"

"但你喜欢那里吗?"

"这里不太一样,交通、噪音、到处都是人。你知道的,我很久没见过这么多人了。"

"我知道,妈妈。但你喜欢吗?"

"有时候我想,我应该早点离开故乡。为了你,也为了我。我们可以去任何地方。我本可以像史黛拉一样,过上精彩的生活。"

"我很高兴你跟她不一样,"她的女儿说,"很高兴我身边的人是你。"

她每天早上在呼叫中心坐下,看着列表上的号码,逐一拨打电话。上班首日,年轻上司告诉她这份工作并不轻松。你必须忍受客户的拒绝,挂电话,甚至劈头盖脸的辱骂。

"不会比有人当着我面骂得更难听。"她说。主管笑了。她喜欢德西蕾,所有年轻女孩都喜欢她,她们叫她"德妈"。

第一个星期结束,她终于记住了脚本。她一直在默默背诵,不管是坐在办公室外的长椅上,还是等厄尔利接她的时候。您好某某某,永远不要让人觉得这是不分对象的推销,我是德西蕾·维涅,来自休斯敦皇家旅行社。我们现在有一项季节性促销——我们将在达拉斯-沃思堡-阿灵顿都会区送出三天两夜的酒店住宿。您肯定觉得这是什么套路,对吧?她总会在这里停一下,笑一笑,既让听者感觉亲切,也给他们挂电话的机会。但很多人都会听她说下去,她觉得很惊讶。

"你声音很甜。"有一次,厄尔利隔着门廊,笑着对她说。

但更有可能的是,人们很寂寞。有时,她想过打匿名电话给史黛拉。她能认出她的声音吗?她的声音还像史黛拉自己的声音吗?史黛拉会不会很寂寞,让她一直说下去,只为了隔着电话线听另一个人说话?

阿黛尔·维涅被埋在圣保罗公墓的黑人区一侧。没人指望会有任何不同,一直都是如此,白人埋北边,黑人葬南边。没有人抱怨,直到有一年,公墓的所有者、白人教堂的圣体牧师为"追思节"清理了墓碑,但只清理了北边的。马拉德举行了示威抗议,执事不想惹是生非,于是派了两名满腹怨言的祭坛男孩,提溜着四处乱溅的水桶,擦洗了黑人区一侧的墓碑。妈妈讲给裘德听时,她几乎笑出来,这就是他们的解决方案,不是废除墓地隔离制度,只是清洗两边的墓碑。一场强飓风袭来,墓地就可能被淹,旧棺材就会裂开,冲进脏水。掘墓人会在泥地里搜寻金表和钻戒,惊叹于自己的好运气,他们会踩过一摞摞尸骨,不分黑白。

在墓地,她看着里斯抬起外婆。厄尔利在另一边,后面跟着另外四位抬棺者。牧师在空地对面为死者祈福,手在空中划出十字,然后外婆就被放至墓穴中。她抚摸妈妈的背,希望她不要转过脸来。她不能直视妈妈的脸,此刻不能。葬礼期间,她一直握着她的手,想象另一个女人坐在那张教堂椅上,史黛拉提着一串念珠,和姐姐一同默哀。

镇上的人聚在阿黛尔·维涅的房子里参加丧宴,他们等着一睹那个从马拉德出走的女儿的风采。她妈妈说她进了医学院。一半人都等着她穿白大褂现身,剩下的半信半疑,觉得德西蕾·维涅在吹牛。那个黑姑娘怎么可能做到德西蕾说的那些事?

但他们没在死者家里看见她。她牵着男友的手,从后门溜了出去,他们穿过树林朝河边跑去。太阳徐徐落下,天空染成橘黄色。里斯一把脱掉了背心,太阳温暖着他的胸膛,那里还是更白一些。时间久了,他的疤痕终将消失,皮肤也会渐渐变黑。到那时,再看着他,她会忘记有过一段他不肯与她赤膊相见的时期。

他脱下她的丧服,在一块岩石上叠好,然后,两人尖叫着涉入河中,任由冰冷的河水漫至大腿。和所有河一样,这条河也记住了它的流向。他们漂在浓郁的林荫下,乞求遗忘。

图书在版编目（CIP）数据

消失的另一半 /（美）布里特·本尼特著；程玺译. — 北京：北京联合出版公司, 2021.11（2022.1重印）
　ISBN 978-7-5596-5490-8

Ⅰ. ①消… Ⅱ. ①布… ②程… Ⅲ. ①长篇小说—美国—现代 Ⅳ. ①I712.45

中国版本图书馆CIP数据核字（2021）第179165号
著作权合同登记号　图字：01-2021-4841

THE VANISHING HALF
by BRIT BENNETT
Copyright © 2020 by Brittany Bennett
Published by arrangement with PACIFIC COVE INC, through The Grayhawk Agency Ltd.
Simplified Chinese edition copyright:
2021 Beijing Guangchen Culture Communication Co., Ltd
All rights reserved.

消失的另一半

作　　者：[美] 布里特·本尼特
译　　者：程　玺
出 品 人：赵红仕
产品经理：孙淑慧　李楚天
责任编辑：夏应鹏
营销推广：周久琦
装帧设计：王　易
封面插画：刘晓颖
出版统筹：慕云五　马海宽

北京联合出版公司出版
（北京市西城区德外大街83号楼9层　100088）
北京联合天畅文化传播公司发行
天津丰富彩艺印刷有限公司印刷　新华书店经销
字数337千字　880毫米×1230毫米　1/32　11.25印张
2021年11月第1版　2022年1月第2次印刷
ISBN 978-7-5596-5490-8
定价：52.00元

版权所有，侵权必究
未经许可，不得以任何方式复制或抄袭本书部分或全部内容
本书若有质量问题，请与本公司图书销售中心联系调换。电话：（010）64258472-800